斗罗大陆
兄弟篇
神澜
Hailongzhu
少 著
神秘莫测六大域
波澜壮阔七色海
海龙珠 1
定价 34.80元/册
全3册 第1册已上市！
媲美“斗罗大陆”系列的全新重磅作品
揭秘《斗罗大陆 第三部 龙王传说》中提及的法蓝世界
《神澜奇域：海龙珠》为“神澜奇域”系列第二部
继无双珠之后，海龙珠出现
无尽蓝海/神珠突现/危机当前/风云再起
第1册内容介绍：法域天才唐允卿与海龙帝之女叶露姚意外在近海相识，又因海龙珠不得不结为伙伴。互相看不顺眼的两人，为解开彼此的特殊羁绊，踏上寻找远古龙庭之路。险恶的前路，海量的追兵，潜藏的背叛，将会对两人的关系造成何种影响？

天珠变
典藏版
11
一颗意外觉醒的
本命珠
一位修炼天珠变的
弓箭手
定价
32.00
元 / 册
唐家三少
幻想异能
经典代表作
看强者
异界征战
如 何 问 鼎 天 珠 十 二 变 的 世 界
第11册内容简介：周维清带领七百名无双士兵击溃克雷西帝国的大军，守住弦月城后，他与一众将领重新整编并壮大了无双师团。周维清接到中天帝国的来信，对方希望他能够代表天弓帝国参加新一届的天珠大赛。周维清组建天弓战队，应邀前往中天城，从预赛到八强赛，天弓战队一路过关斩将，数次化险为夷，最终进入决赛，登上了天珠岛。

空速星痕

典藏版3

唐家三少 著

CNS PUBLISHING & MEDIA 中南出版传媒
湖南少年儿童出版社
HUNAN JUVENILE & CHILDREN'S PUBLISHING HOUSE

图书在版编目(CIP)数据

空速星痕 : 典藏版. 3 / 唐家三少著. -- 长沙 : 湖南少年儿童出版社, 2019.10（2020.1重印）
ISBN 978-7-5562-4800-1

Ⅰ. ①空… Ⅱ. ①唐… Ⅲ. ①长篇小说－中国－当代 Ⅳ. ①I247.5

中国版本图书馆CIP数据核字(2019)第212597号

KONGSU XINGHEN DIANCANG BAN 3

空速星痕 典藏版3

唐家三少 著

责任编辑：阳 梅
特约编辑：雷 英 刘 芳
装帧设计：田星宇

出版人：胡 坚
出版发行：湖南少年儿童出版社
社址：湖南省长沙市晚报大道89号 邮编：410016
电话：0731-82196340（销售部） 82196313（总编室）
传真：0731-82199308（销售部） 82196330（综合管理部）
常年法律顾问：北京市长安律师事务所长沙分所 张晓军律师

经销：新华书店 印刷：湖南凌宇纸品有限公司
书号：ISBN 978-7-5562-4800-1
印张：18 字数：238千字
开本：710 mm×1000 mm 1/16
版次：2019年10月第1版
印次：2019年10月第1次印刷 2020年1月第2次印刷
定价：32.00元

目录

CONTENTS

目录
CONTENTS

第47章

龙魂之盾

撒冷皱眉道：“不好，看来奈落这小子的青龙力确实不弱。恐怕……”他刚说到这里，杰瑞的身影已经在青光中显现出来。

杰瑞接连打出三道气刃轰击在青光之上，青光却释放出极大的反震力，将杰瑞震得一阵晃动。

奈落·比尔脸上露出一丝狰狞之色：“跑啊！这回我看你还能跑到哪里去！青龙悍击！”随着他一声大喝，青色的龙形光芒出现在光罩之中，并充满了整个光罩。

在没有达到掌控者境界之前，空间系异能者的攻击力水平远不如辅助的闪躲技能，可眼下杰瑞无处可躲，只能全力迎上那青色龙形光芒的攻击。

整个空中大竞技场瞬间变得鸦雀无声，每个人的目光都集中在青、白两色光芒上。突然，光芒中发出接二连三的碰撞声。

蓝鲸六号叹息一声，道：“杰瑞自视太高，他要是始终采取一击即退的方法，也不会被对手抓住机会。不过，我倒是没想到奈落那小子的绝对攻击力竟然这么强。”

正如蓝鲸六号所说，在绝对攻击力明显占优势的情况下，胜负立判。

杰瑞重重地撞击在青色的光罩上，口吐鲜血。奈落·比尔显然不想就这么放过杰瑞，操控着青色的龙形光芒再次冲向他。

杰瑞的表情突然变得很怪异，眼看青色的龙形光芒即将近身，他做出了一个令人不解的动作，只见他右手摊开，重击自己的左胸，代表着空间系力量的白色光芒瞬间升腾，直接将那青色龙气吞噬。杰瑞低吼一声飞身而起，整个人宛如一柄利刃般刺向奈落·比尔。白色光芒在半空中又幻化出无数耀眼的光芒，没有谁能看清杰瑞所在的位置。

撒冷失声惊呼道："空间异变之千刃斩！这是掌控者才能掌握的技能。好小子，看来空间系出了不少天才。"

杰瑞显然已经忘记了马萨诺的话，他这一击丝毫没有手下留情的意思，奈落·比尔形成的青色光罩瞬间被千刃斩绞得粉碎。

眼看自己就要被白色的光芒吞噬，奈落·比尔显得有些惊慌，他下意识地向后飞退，原本的青色光芒被金光所代替，他的身体也随之发生了变化，皮肤表面浮现出一层类似鳞片的东西。

贵宾包厢中的罗丝·菲尔见状，不禁有些兴奋，奈落·比尔终于使出了真正的青龙力。

悠长的龙吟声从奈落·比尔口中发出，他的身体已经完全被金色光芒所笼罩，眼看千刃斩攻到身前，他右手一抬，一面暗蓝色的盾牌无声无息地出现在他面前。如同激光炮爆炸一般的轰响声震得整个空中大竞技场微微颤抖，暗蓝色的盾牌一闪而逝，白色光芒变得暗淡，被龙鳞覆盖的金色拳头直接向前挥出。

此时，杰瑞再想使用移形幻影已经来不及了，千刃斩消耗了他太多的力量，他勉强一躲，还是被金色拳头击中了左肩。下一刻，他飞了出去，跌落在地，看起来应该是没有再战之力了。

奈落·比尔眼中充满了愤怒，他闪电般追了上去，右手呈刀状直接斩向杰瑞的脖子。

眼看杰瑞命悬一线，救命的黄色光芒突然亮起，“噗”的一声，奈落·比尔的身体骤然停滞。

马萨诺的声音响起：“我刚才说过，参赛者不可置对方于死地。奈落，你已经胜了，又何必违规呢？”

奈落·比尔脸色一变，但很快就恢复了正常，他淡然道：“多谢掌控者提醒，如果不是您，恐怕我就无法进入下一轮了。空间系异能者也不过如此。”他收起身上的金色鳞片，嚣张地看了一眼观战的异能者，然后飞回观众席。

蓝鲸八号重重地一跺脚：“没想到这小子竟然有如此实力，连攻击力那么强悍的千刃斩都奈何不了他，恐怕今天的胜利者……”

“不，不对。”天痕摇了摇头，道，“杰瑞的千刃斩的攻击力之强不容置疑，奈落·比尔绝不是凭借自己的力量获胜的。八号大哥，难道你没注意到那暗蓝色的盾牌吗？奈落·比尔既然是比尔家族的少爷，身上肯定带着特殊的护身之物，正是那面暗蓝色的盾牌替他挡住了千刃斩的攻击，才使他有机会获胜。否则，就算他有青龙力，恐怕也只能同千刃斩战成平手，鹿死谁手还未可知。那家伙真卑鄙，这样的比赛怎么能算得上公平？”

撒冷点了点头，道：“绿叶说的对，作为比尔家族的继承人，奈落·比尔身上肯定有不少家传之物，杰瑞确实输得有点冤枉。不过，比赛并没有规定参赛者不可以使用器具，看来，今天这比赛结果不好预测了。”

蓝鲸六号看了天痕一眼，道：“空间系异能真是让我大开眼界，没想到一名二十一级的空间系异能者能有如此强大的实力，我迫不及待想看看你会给我们带来什么惊喜。”

天痕微微一笑，道：“如果真的轮到我出场，我不会让你们失望的。奈落·比尔刚才已经侮辱了我们所有空间系异能者。”

就在他们讨论奈落·比尔时，观众席的角落处，奈落·比尔一脚将自己的得力手下阿三踢得翻了个跟头，怒骂道：“笨蛋，你是怎么办事的？你查到的都是些什么狗屁资料，差点让我在阴沟里翻船。要不是有龙魂之盾，我堂堂比尔家族的继承人就要输了。”

阿三捂着胸口咳嗽了几下，才缓慢地站起身，惶恐地道：“少爷，空间系异能者一向非常神秘，我已经尽力调查了，没想到那小子隐藏得如此之深。他才二十一级，竟然能施展出这么强的攻击力，实在有些不可思议。我向您保证，这种情况绝不会再出现在其他异能者身上，后面的比赛您就放心吧。既然您已经展现了强大的青龙力，索性就以雷霆万钧之力打败对手吧。”

奈落·比尔冷哼一声，道：“现在我想隐藏也隐藏不了了，罗丝·菲尔那老东西指不定有多高兴，等我娶了他的外孙女，看我怎么整治他们。”

罗丝·菲尔满意地坐回自己的位置，喃喃自语道：“摩尔这一系的异能者果然强大，杰瑞竟然逼得奈落使出了青龙力和龙魂之盾，等他达到三十六级，指不定能拥有什么样的力量。老比尔倒是真疼爱这个孙子，竟然把自己最厉害的东西都给了他。蓝蓝，你过来。”

蓝蓝有些担忧地走到外公身前，低着头道：“外公。”她本来对自己的能力很有信心，但看了刚才的比赛，她的信心不禁打了折扣，她既没把握扛住空间异变之千刃斩的攻击，更没把握攻破奈落·比尔的强大防御。

罗丝·菲尔道：“刚才的比赛你也看到了，你现在还有把握打赢奈落吗？”

蓝蓝犹豫了一下，摇头道：“很难，他的攻击能力算不上很强，防御能力却十分惊人，我要是破不了他的防御，怎么攻击他都没用。”

罗丝·菲尔点了点头，道：“你知道就好。不出意外的话，最后向你挑战的会是奈落，你不要以为他打了几场之后实力会减弱，有两个小时的时间休息，加上比尔家族生产的特殊药品，他足以恢复实力了。现在，你满意外公给你挑的这个丈夫了吗？至少他可以保护你。”

蓝蓝眼圈一红，摇了摇头，道：“外公，我不想嫁给他。您也看到他的人品了，蓝蓝要是嫁给他，以后怎么会幸福呢？”

罗丝·菲尔脸色一沉，冷冷地说道：“如果最后你能凭借自己的力量战胜他，我就不逼你，否则，一切按照我们之前的约定进行。你要知道，能够成为比尔家族嫡系继承人的妻子，是多少女孩子梦寐以求的事。”

蓝蓝低下头，她知道自己说再多也改变不了外公的决心，索性就不说了，反正外公有外公的打算，她也有自己的办法。

第二轮比赛很快就开始了，第一个晋级的是三十二级水系异能者博克斯。他的力量确实怪异，虽然攻击力不强，但是防御能力一流，经过十余分钟的对抗他就取得了胜利。

八进四的过程比先前的比赛要缓慢，当第四场轮到奈落·比尔出场时，意外的情况发生了。奈落·比尔的对手是二十九级火系异能者，奈落·比尔凭借龙魂之盾的防御加上青龙力的攻击，速战速决取得了胜利。所有观战的异能者大为惊讶，这时候，他们才意识到奈落·比尔的防御能力有多强大。

半决赛依旧没有悬念，博克斯和奈落·比尔，一个凭借怪异的防御能力，一个凭借神秘的龙魂之盾，双双杀入决赛。

看到进入决赛的这两个人，天痕不禁暗暗为蓝蓝的命运感到揪心，不论是气焰嚣张的奈落·比尔，还是容貌猥琐的博克斯，都不可能是她心目中理想的丈夫人选。现在，蓝蓝已经没有希望可言了。

博克斯佝偻着背站在奈落·比尔面前，脸上露出谦卑的笑容：“比尔少爷，您好！我很佩服您的力量。”

奈落·比尔愣了一下，之前同他交手的几名异能者都因为他那嚣张的表现而对他恶言相向，可这个看上去有些猥琐的对手似乎很忌惮自己的身份，他不禁有些得意地道：“我们比尔家族拥有绝对强大的实力，佩服就不用了，你的能力也不错，如果你愿意，本少爷可以帮助你脱离圣盟。”

博克斯嘿嘿一笑，道：“这个条件很诱人，我想如果跟了比尔少爷您，我一定会有不菲的收入吧？”

奈落·比尔冷笑一声，道：“那是自然，比尔家族的雄厚财力是尽人皆知的。虽然我不知道你现在在圣盟的收入是多少，但我可以许诺给你现在收入的三倍。既然你对我的家族有所向往，我也愿意成全你。”

博克斯长叹一声，道：“可惜，实在是可惜啊！”说罢，他一脸惋惜地看着奈落·比尔，露出一个无奈的表情。

奈落·比尔不解地问道：“可惜什么？”

博克斯露出一脸比哭还难看的笑容：“可惜我不想做一条狗的手下，毕竟，我虽然长得难看，但至少还是个人，您说是吗，比尔少爷？”

奈落·比尔勃然大怒，对方说话绕来绕去竟然是在侮辱自己，可恶的异能者！他怒吼一声，双手向身体两侧展开，龙鳞再次出现，带起耀眼的金光，他直接向博克斯扑去。

博克斯以超强的防御而出名，他将蓝色领域展开，滑溜地躲开了奈落·比尔的攻击。

观众席上的异能者听闻博克斯的话后哄堂大笑，就连对博克斯没什么好感的天痕也不禁生出了亲近之意。在面对外敌的时候，圣盟的异能者宛如一家人，同仇敌忾的气氛让他感觉很舒服，仿佛圣盟是一个巨大的家庭，每一个家庭成员都会为维护家庭的荣誉和尊严而努力。

奈落·比尔和博克斯展开了追逐战。博克斯作战经验丰富，自然不会犯杰瑞的错误，他凭借灵活的优势，一边躲开奈落·比尔的攻击，一边出言讽刺对方，激得对方的怒气不断上升。博克斯的目的很简单，就是要耗尽对手的力量，所以他现在一点儿也不着急。

天痕看向身旁的撒冷掌控者，低声问道："掌控者，您觉得这一场谁会赢？"

撒冷摇了摇头，道："很难说。从力量上来看，我不得不承认，拥有青龙力的奈落·比尔无论是攻击还是防御能力都在博克斯之上，他恐怕已经拥有相当于掌控者的实力。但博克斯胜在够狡猾，凭借他那特殊的防御能力，奈落·比尔想战胜他绝不是一件容易的事，除非他们突然使出隐藏的强大能力，否则，这应该是一场持久战。关键就看是博克斯先出现失误，还是奈落·比尔的力量先用尽。"

天痕赞同地点了点头，道："您的分析很有道理，不过，我始终觉得拥有暗蓝色防御盾牌的奈落·比尔没那么简单。"

蓝鲸六号道："绿叶，你的感觉是有道理的，据非尔老师说，青龙力是一种非常神秘的技能，如果修炼到极致可以拥有相当于审判者的力量，奈落这小子虽然用出了自己真正的力量，但并没有表现出什么特殊性，我想他肯定还留有后手，我们接着看下去吧。如果他再次获胜，我们异能者的脸面可就要靠你来挽回了。要是我能年轻二十岁，也不会任由他在这里嚣张。"

蓝鲸八号"扑哧"一笑，道："六哥，你要是年轻二十岁，也不会有四十多级的能力啊。"

奈落·比尔对战博克斯的比赛仍在继续，两人一追一逃，从比赛开始到现在，两人之间竟然还没有一次正面交锋。

奈落·比尔并不傻，很快就明白了博克斯的用意，他冷笑一声，停止了追逐。接着，他释放出金色的光芒，静静地感受着身体周围的变化，准备以不变应万变。

博克斯见状，不禁一愣，他伸出右手在蓝色领域中一引，数十颗水弹冲击而出，直奔奈落·比尔攻去。

奈落·比尔根本连躲都没有躲，水弹冲击到他身体周围的金光处，顿时被蒸发成了水蒸气。他冷笑一声，道："亏你还自称是圣盟中人，圣盟就只有你这种除了闪躲什么都不会的异能者吗？这假的领域算什么东西，我懒得和你耗下去，今天就让你见识一下什么才是真正的领域！"

当奈落·比尔说出"真正的领域"几个字时，蓝鲸六号和蓝鲸八号不禁同时惊呼出声，撒冷掌控者忍不住全身一震，沉声道："难道他已经拥有了青龙领域不成？！"

没等天痕发问，奈落·比尔的双眼已经完全变成金色，闪烁着金色光芒，散发出森然之气，他身上的龙鳞由金色变为青色，看上去更加真实了。接着他仰天怒吼一声，只见他的额头上出现一道血纹，向头顶延伸而去，他那金色的短发随之变成白色，澎湃而浩大的气势如同一个旋涡般将博克斯布置在周围的蓝色领域绞得粉碎，龙鳞青色的光芒快速向四周弥散，笼罩了方圆十米。奈落·比尔的身躯比先前更加高大了，他的肌肉中似乎蕴含着强大的力量，他大喝道："青龙领域！"

巨大的咆哮声响起，一条金色游龙浮现，围绕着奈落·比尔旋转起来，整个大竞技场完全被这股狂暴的气息封锁了。奈落·比尔伸出完全被青色鳞片覆盖的右手，一掌拍向博克斯，那金色游龙骤然向博克斯扑去。

博克斯虽然心中有些惊慌，但他毕竟是三十二级的异能者，他镇定地在身前布下九层水盾，接着他双手向两侧平伸，低吼一声，蓝色光芒骤然绽放，朝着奈落·比尔扑去。这才是他真正的实力，三十二级的异能者又岂是那么好对付的？

金色游龙直接穿过了水盾，它身体周围的蓝色光芒也变暗了许多，虽然金色游龙的身体缩小了一圈，但它依旧扑到了博克斯的身前。博克斯的蓝色光芒变得更暗淡了，但它同样冲击到了奈落·比尔的面前。

奈落·比尔重重地哼了一声，一拳挥出，龙吟声再次响起，他身前的蓝色光芒完全消散。在巨大的冲击力下，奈落·比尔向后退了三步才站稳，他的目光中流露出一丝惊讶之色，他紧盯着博克斯，想看博克斯会如何化解自己的攻击。

正当博克斯准备用水系异能中的分解术来应对金色游龙的攻击之时，一只白皙的手出现了，接着一面菱形的如同蓝水晶般的盾牌出现在他身前。金色游龙直接撞击在这面盾牌上，而后化为点点金光消失不见，菱形盾牌却完好无损，这是实力的绝对差距。

一个威严的身影挡在博克斯身前，沉声道："够了！"

奈落·比尔眼中金光大放，看着突然出现的身影，他说道："菲尔爷爷，您怎么也插手了？这样对我恐怕不公平吧。"

帮博克斯挡住金色游龙的正是水系审判者罗丝·菲尔，他看着奈落·比尔，淡然道："我既然出手，自然会给你公平，你的青龙领域确实比博克斯的领域强大，既然你已经获胜，就不需要再继续比下去了，何必非要出现伤亡情况？"

然后，罗丝·菲尔转身向众人道："我宣布，来自比尔家族的奈落·比尔获得最后的胜利，他将有资格挑战我的外孙女蓝蓝。"

说完，罗丝·菲尔转身拉着博克斯飞回了贵宾包厢，并用只有博克斯能听到的音量道："你今天的表现非常不错，我决定将你收入蓝鲸小队。"

空中大竞技场再次陷入沉寂，每一名异能者心中都憋着一口气，有些人甚至站了起来，愤怒地盯着奈落·比尔。

或许是感受到了周围沉重的气氛，奈落·比尔将青龙领域收回，傲然指着观众席上的异能者沉声道："你们不服吗？今年我刚过三十，你们的年纪都跟我差不多，你们之中却没有一个人能同我对抗，谁要是不服尽管放马过来，我奉陪到底，比尔家族的青龙力愿意接受任何人的挑战。我，奈落·比尔，是不可战胜的！"

蓝鲸六号和蓝鲸八号的目光同时落在天痕身上，蓝鲸八号沉声道："绿叶，你还不动手吗？现在就是最好的机会，别让我们蒙羞。"

刚开始天痕心中还有些犹豫，他自然不是害怕奈落·比尔，而是觉得如果蓝蓝嫁给奈落·比尔，自己曾经受的气总算可以发泄出来了。但当他听到蓝鲸八号的话时，心中不禁热血沸腾，他暗想：自己堂堂一个男子汉，怎么能因为当初的一点小事而记恨一个女孩子呢？过去的事都已经过去了，如果自己"见死不救"，又和奈落·比尔有什么区别？

想到这里，天痕站起身，目光落在蓝鲸六号、蓝鲸八号以及撒冷的身上，说道："三位，别忘记你们之前答应我的事。"

大竞技场中的奈落·比尔见观众席上没人吭声，气焰更加嚣张，虽然他心里明白不应该同异能者闹得太僵，但他还是忍不住傲然道："你们全是废物，空有异能有什么用，比尔家族的青龙力才是最强大的。今天你们已经见识到了，我是最强的！"

就在此时，一灰一蓝两个身影同时从贵宾包厢和观众席上飞起，眨眼间就到了大竞技场中央。蓝色的身影正是一脸怒气的蓝蓝，刚落入场地中央，她就怒斥道："你乱叫什么，你还没打败我呢！想成为我的丈夫，恐怕没这么简单！"

奈落·比尔看到蓝蓝，眼中不禁流露出一丝贪婪之色，他嘿嘿一笑，道："蓝蓝小姐，你现在就想跟我比试吗？"

蓝蓝冷冷地道："如果你想休息两个小时也行，我可以等，我可不想落得个欺凌弱小的名头。"

"弱小？你是说我吗？我堂堂比尔家族的继承人怎么会在意先前消耗的那一点点力量？来吧，咱们现在就可以开始比试。"奈落·比尔根本没把那灰衣人放在眼里，他心想只要战胜蓝蓝，就能成为最后的胜利者。

灰衣人一闪身挡在蓝蓝身前，转过身面向蓝蓝，用低沉的声音道："蓝蓝小姐你好，收拾他这样的人还是让我来吧。"

蓝蓝一愣，问道："你？要向他挑战？"

灰衣人点了点头，道："是的。我不为别的，只为我们异能者的尊严而战。"

奈落·比尔冷笑一声，道："原来还真有一个不怕死的，不知道当你失败的时候又会有谁来救你？"

灰衣人缓缓地转过身面向奈落·比尔，淡然道："我不需要任何人救，如果今天我输了，任你处置。你放心，我不会乘人之危，你先前已经比试过几场，力量有消耗，不过，我想你们比尔家族应该有秘制的东西可以令你快速恢复，我给你恢复的时间，我先过马萨诺掌控者那一关，然后再向你挑战，这样总算得上公平了吧？"

顿了顿之后，灰衣人继续说道："记住我的名字，我叫绿叶，今年二十二岁，异能等级十五。"

这灰衣人正是天痕，他已经放下心中的仇恨，为了自己，也为了在场所有的异能者，今天这一战他不能逃避。在黑暗面具的遮掩下，他的面容给人一种看起来很朦胧的感觉，所以蓝蓝并没有认出他来。

奈落·比尔哈哈大笑，道："异能等级才十五级，你在做梦吗？就凭你也敢向我挑战？我看你不如直接自杀来得更痛快。”

天痕没有理会奈落·比尔的挑衅，而是向不远处的马萨诺伸出右手，露出闪闪发光的生物电脑宝石：“马萨诺掌控者，我想这应该可以证明我的身份。我虽然来得晚了些，但是我想奈落·比尔先生一定会接受我的挑战。毕竟，他代表着整个比尔家族。”

奈落·比尔愣了一下，天痕的话已经将他的退路堵死，为了家族的荣誉，他不得不接受天痕的挑战。看天痕似乎很有把握，他心中不禁一阵打鼓，他不再要求直接进行比赛，而是冷然道：“既然你想先接受马萨诺掌控者的测试，那我就成全你，也好看看你究竟有没有挑战我的资格。”

天痕转身看了蓝蓝一眼，见蓝蓝眼中的怒气已经消失，正一脸好奇地打量着他，他心中不禁生出一股倔强，告诉自己今天绝对不能输。他郑重地道：“蓝蓝小姐，请您先回贵宾包厢休息吧，如果我败了，您再出手也不迟，不过，我相信自己的实力，希望您也能相信我。”

蓝蓝眼中流露出信任的光芒，轻轻地点了点头，道：“好，我信你，为了我们异能者的尊严，希望你加油。”说完，她飞回了贵宾包厢。

贵宾包厢中的罗丝·菲尔惊讶地望着天痕，奈落·比尔一连串的作为让他也大为愤怒，不过自己说出去的话自然不能反悔，他唯有静观其变，但是，此刻他已经不再那么认同奈落·比尔了，甚至开始隐隐觉得外孙女蓝蓝不选择奈落·比尔是正确的。这次的比赛中，已经有数名异能者的表现让他惊讶不已，他想看看这个叫绿叶的少年实力到底有多强。

第48章

天魔变与青龙领域

“欧雅，你认得下面那个少年吗？他是哪一系的？胆识倒是不错，不知道实力如何。”罗丝·菲尔对天痕非常好奇，不禁向身边的女儿问道。

欧雅想了想，摇头道：“这少年给我一种很熟悉的感觉，但我又不记得是在哪里见过他。不过，他应该是本盟中人，待会儿看看他使用什么异能吧。我想他既然敢站出来，一定是有把握的，希望他能教训教训比尔家族的少爷。”

罗丝·菲尔淡然一笑，道：“希望绿叶这孩子能给我带来惊喜，如果他的表现不错，我可以破格收他入虎鲨组。欧雅，你是不是也觉得我给蓝蓝选的这个丈夫不好？”

欧雅看了罗丝·菲尔一眼，低声道：“女儿不敢。”

罗丝·菲尔轻叹一声道：“或许是我太急功近利了，今日之事就让上天来决定吧。如果绿叶败了，就看蓝蓝的了。你待会儿就把水晶之痕给她。”

欧雅愣了一下，激动地道：“父亲，您、您……”

罗丝·菲尔看了女儿一眼，微笑道：“你曾经因为我帮你定下的亲事而怨我，现在蓝蓝不愿意，我又何苦勉强她呢？我并不是一个不念亲情的人，我知道自己有刚愎自用的缺点，但有时候我真的控制不住自己。蓝蓝已经达到了掌控者的修为，再加上水晶之痕，她应该不会输给奈落·比尔。不知道为什么，我感觉自己老了，以后蓝蓝的亲事就由她自己决定吧。”

“外公，您真好。”刚刚返回的蓝蓝听到罗丝·菲尔的话，几步跑到罗丝·菲尔身旁搂住他的手臂，感动地说道。

罗丝·菲尔莞尔一笑，道：“在你心中，外公不一直是个凡事只考虑利益的人吗？哈哈，大不了今天外公就得罪比尔家族，别忘记，我是圣盟的领导者之一，维护本盟荣誉是我必须做的事。更何况由你出面获胜，对我来说是有好处的，毕竟，将来只有你能够继承我的位置。不过，以后你可不能再懒散了，要尽快提升自己的能力才行，你是难得一见的先天异能者，千万不要浪费自己的天赋。”

“外公，我知道了，我以后一定认真修炼。”蓝蓝此时心情大好，点头保证道。

看到奈落·比尔和蓝蓝相继退场，天痕的目光落在马萨诺身上，他恭敬地道：“掌控者，请您切勿手下留情，以免有些人说我们圣盟中人徇私舞弊。”说完，天痕眼中寒光大放，直接用精神力切断了自己与三种力量的联系，他体内代表着黑暗、空间、宇宙气的三个旋涡迅速向胸口处集中，黑、白、青三色光芒在急速旋转中融合在一起，他身上骤然爆发出强大的气息，天魔变蓄势待发。

马萨诺眼中充满了惊讶，从天痕的生物电脑来看，他的实力并没有达到掌控者的境界，可他现在展现的实力如此强大，甚至令自己产生了恐惧的感觉。

天魔变不但给天痕带来了强大的力量，同时也令他更有信心，他压低声音，道：“掌控者，先前都是您攻击，测试者在您手上坚持十秒不败即为过关，我看这次我们不如增加一些难度，也省得奈落·比尔待会儿找借口。您的土系异能以防御见长，不如就由我攻击您一次，如果我不能将您击退至少一步，那么就算我输，如果您退后一步，就算我赢，您看可以吗？”

马萨诺眉头微皱，道：“你可要想清楚了，土系异能的防御力相当强大，我想你获胜的机会应该不大。”

天痕道：“机会不大不代表没有机会，就这样决定了，我希望您能使出全力来应对，否则这次测试就打折扣了。”

说完，天痕深吸一口气，体内由三种力量融合的天魔变升腾起地狱魔火。由于有黑暗面具的遮掩，外人感受不到黑暗的气息，只能看到白色的火焰。

看到白色的火焰，所有的异能者都愣住了，这种火焰似乎并不属于任何一系异能的力量啊！

马萨诺右手一伸护在胸前，一面黄色的菱形盾牌出现在他手上，虽然他没有审判者的实力，但这面蕴含土系异能最强防御效果的苍茫之盾拥有可以媲美罗丝·菲尔的强大防御力。马萨诺看到天痕身上的火焰，不禁疑惑地问道：“你到底是哪一系的异能者？”

天痕淡然道：“我属于空间系，但我的能力是空间系异能者中唯一的，掌控者，请您小心。”说完，天痕骤然消失，下一刻，他便出现在马萨诺身前三米处，抬起拳头击向了苍茫之盾。由于他的速度太快，瞬间提升到了四倍声速，所以，在场除了罗丝·菲尔和马萨诺之外，根本没有人看清他的动作。

感受到天痕的速度及其身上散发出来的强大气息，马萨诺已经下意识地释放出全部力量准备迎接强大的攻击，突然，他感觉身前一空，重力和大气压力仿佛完全消失了，自己与天痕之间的空间也消失了，他用尽全力才稳住身体不向前冲，他手上苍茫之盾的防御力却减弱了。正在这时，原本消失的空间骤然膨胀数百倍并爆发，同时，高度压缩的地狱魔火借着空间爆发的力量击在了苍茫之盾上。

天痕经过天魔变之后施展出来的地狱魔火，从某些角度来看并不是真正的地狱魔火，因为，他虽然使出了天魔变，但他并不具备黑暗系审判者的实力。不过，他这“弱小”的地狱魔火依旧拥有地狱魔火的特性，那就是超强的腐蚀之力。土系异能的防御无疑是坚固的，但黑暗系异能是破除土系异能防御最好的能力。当地狱魔火撞上苍茫之盾的瞬间，刺耳的声音骤然响起，苍茫之盾上腾起一股黄色的烟雾。地狱魔火在天痕的压缩下爆发出前所未有的强大冲击力，对空间系与黑暗系异能的综合利用终于让天痕的实力达到了另一个层次。

马萨诺清晰地看到苍茫之盾上出现了凹痕，那强大的冲击力连他这五十六级的土系异能者也无法承受，他不受控制地向后接连退了三步才站稳，眼中流露出惊骇之色，他心中只有一个念头：好强大的力量！他不能确定对方使出的到底是不是空间系异能，但刚才他身前空间的变化不是假的，他心想，这绿叶真的只是一名空间系异能者吗？他的力量也太可怕了。

天痕比马萨诺要狼狈得多，毕竟，就算施展了天魔变，他的力量也不能同马萨诺相比，更何况，土系异能的防御力之强并非徒有虚名。他被反震力震得向后飞出，幸好经过天魔变之后，他对空间的掌控更加自如了，接连使出几次移形幻影之后，他勉强稳住了身体。其实，以他现在的实力，在马萨诺使出五成力量的攻击下支撑十秒并不困难，他却不想那样做，施展天魔变后，力量是宝贵的，时间更加宝贵，三种力量融合之后，就算不攻击，本身也在不断消耗，所以他选择了速战速决，只有这样他才能给自己争取更多的时间来对付奈落·比尔。

“马萨诺掌控者，您确实强大，但是，我想我还是赢了。不好意思，我耍了一些小聪明，利用了空间的膨胀，不然我绝对没能力将您击退一步。”

听到绿叶谦恭的话语，马萨诺心中感觉好受些了，他摇了摇头，微笑道：“你用不着解释，我又不是输不起的人。你对空间系异能的控制帮了你很大的忙，这同样是实力的体现，如果你没有强大的空间掌控能力，又怎么能做到呢？我输得心服口服，我相信你一定有能力做到自己想做的事。”他缓缓走到天痕身前，低声对天痕道，“不管你是从哪里冒出来的，待会儿给我狠狠地揍奈落·比尔那小子，不用给我留面子。”

天痕心中一乐，马萨诺还真是有意思，他不禁微笑道：“掌控者放心，这正是我站出来的目的。”

马萨诺的表情畅快了许多，他朗声道：“我确定，绿叶有向奈落·比尔挑战的资格，同时，我希望绿叶是最后的挑战者，我们圣盟并不是输不起，如果绿叶输了比赛，我不希望再看到有人参赛，否则，就要先过我这一关。下面，我宣布挑战开始。”

奈落·比尔看到天痕的实力，心中有些不快，听到马萨诺的话心里才舒服一些。其实，他哪里知道马萨诺内心真正的想法呢？只有真正同天痕交过手的人，才知道天痕的实力有多么强大，那种怪异的力量绝不比青龙力弱，如果天痕都赢不了奈落·比尔，那其他异能者就算出手也没有任何意义。

看到天痕击退马萨诺，整个空中大竞技场沸腾了，异能者们兴奋地欢呼着，不过这当中并不包括蓝鲸六号、蓝鲸八号和撒冷，这三人正面面相觑。虽然他们早已猜出天痕有着不亚于掌控者的实力，但他们没想到他竟然可以击退马萨诺，五十六级土系异能可不是闹着玩的。

蓝鲸六号苦笑道：“如果那小子是我们的敌人，他突然出手的话，恐怕我不死也要脱层皮。”

蓝鲸八号有些幸灾乐祸地道：“是啊！六哥你怀疑的对象真不错，你看人家那气势，确实比我们要强多了。”

撒冷依旧是一脸酷酷的样子，看着大竞技场中的天痕，半天才蹦出一句：“一代新人胜旧人。空间系异能者的数量很少，实力强的却很多。”

比他们更为激动的要数贵宾包厢中的蓝蓝了，天痕那高大的身影深深地印在她的心上，她暗想：外公这个比武招亲的方法似乎也不错，这个人就不错，没想到他竟然如此强大。

奈落·比尔再次与天痕面对面地站在一起，但他的心情已经和先前大不相同，他再也不敢小看天痕，直接施展出自己最强的青龙领域，金色的光芒和青色的鳞片再次出现，他眼中闪烁着金光，死死地盯着面前的对手。他冷哼一声，道：“原来圣盟中还有你这样的人物。”

天痕暗自感受了一下体内的力量，虽然刚才那一击耗费了一部分力量，但因为他时间控制得好，力量耗费得并不是很多，他淡然说道：“咱们手底下见真章吧。”

时间就是一切，天魔变的力量只能维持有限的时间，天痕不但要打败眼前这个家伙，还要成功离开这里。想到这儿，天痕不自觉地瞥了一眼撒冷三人所在的方向。就在他走神的一瞬间，他感觉身前有股力量骤然膨胀，金色光芒闪耀，令他眼前一花，他下意识地使出了移形幻影，直接出现在三米之外。

“偷袭就是你们比尔家族的绝学吗？”真正面对青龙领域，天痕才感受到先前博克斯所承受的压力。

由于青龙领域的作用，他在距离奈落·比尔一定距离之时，攻击力会变弱，就连速度也会受到影响，如果是在没有用出天魔变的情况下，恐怕单是青龙领域带来的恐怖气势就足以碾压他了。

时间是宝贵的，下一刻，天痕避开了奈落·比尔的连续攻击，右手向前伸，一片巨大的“白色”火焰浮现，向着奈落·比尔所化的金光扑去。

当天痕的半吊子地狱魔火遇到奈落·比尔的半吊子青龙力时，会出现什么样的情况呢？恐怕即使是当事人也绝对想不到。

所有的观战者都屏住呼吸，有些异能者甚至在为天痕祈祷，希望他能获胜。时间在这一刻过得格外缓慢，“白色”的火焰与金色的光芒终于碰撞在一起，令人吃惊的一幕出现了，天痕发出的“白色”火焰竟然变成了一张巨大的嘴，直接吞噬了金色的光芒。青龙领域的威力骤然大减，金色光芒不断消散，两人的身体周围都出现了不同颜色的闪电。天痕和奈落·比尔都愣了一下，他们谁也不知道这究竟是怎么回事。只不过，天痕更多的是兴奋，奈落·比尔却是惊恐。

天痕没想到，奈落·比尔的青龙力竟然成了地狱魔火最好的补给，他体内消耗的力量慢慢得到补充。

奈落·比尔瞪大了眼睛，感受到自身力量在不断消耗，他快速反应过来，立刻切断了自己与青龙力之间的联系，骤然向后退去，这才逃过了地狱魔火的吞噬。他不禁失声道：“你、你这是什么能力？”

别说天痕不知道，就算知道他也不会告诉奈落·比尔。他冷哼一声，道：“我只想让你知道，侮辱异能者是要付出代价的！”

奈落·比尔怒吼一声，他实在无法相信，自己一向认为是世界最强的青龙力竟然会被轻易打败。他深吸一口气，将体内的宇宙气和青龙力瞬间提升到极限，然后骤然释放。青龙领域将天痕笼罩在内，同时，围绕在他身体周围的金色巨龙骤然扑向天痕。

天痕发现自己的速度在青龙领域的作用下再次受到限制，他心中一动，瞬间将地狱魔火燃至全身。正如他想象的那样，地狱魔火一出现，就冲破了青龙领域的束缚。看着在青龙领域的增幅下变得更加强大的金色巨龙，天痕以最快的速度冲了过去，他那隐藏在黑暗面具下的一双眼睛亮起黑、白两色光芒，散发出恐怖的气息。巨大的白色光刃出现在天痕的右手中，宛如他身体的一部分，膨胀的肌肉释放出巨大的力量，他将白色光刃高高扬起，全身热血沸腾，脑海中似乎响起了一个声音，他下意识地大吼出声："空间·破——龙——杀——"

白色光刃带着绚丽的尾焰扫过，仿佛将空间撕开了一个巨大的口子，骤然斩在那金色巨龙的龙角上。与长度超过十五米的金色巨龙相比，天痕显得那么渺小。但是，他像一名屠龙勇士般用出了自己全部的力量，光刃深深地砍入龙角，大竞技场的地面竟然被他身上磅礴的气势冲出了大面积的凹陷。

"为——了——尊——严——"是的，为了尊严，爆发吧，破龙杀。

白光瞬间从金色巨龙的头部蔓延到尾部，奈落·比尔骇然色变，虽然他身前还有金色巨龙那巨大的身体，但他没有丝毫安全感，面对天痕惊人的气势，他不禁接连后退，一屁股坐在地上。

"轰——"整条金色巨龙轰然炸裂，蘑菇形态的光云冲上了空中大竞技场的高空，青龙领域和青龙力被天痕的破龙杀斩灭了。

天痕飘浮在半空之中，傲然俯视着脸色大变的奈落·比尔，慢慢地说道："辱人者，人恒辱之。这是我送给你的话。"

天痕从来不认为自己是一个高尚的人，或许换一名异能者此时会不屑于再对奈落·比尔出手，但这种情况显然不会发生在天痕身上。只见天痕手一挥，一个白色光球应声而出，直奔奈落·比尔。

蓝光出现，罗丝·菲尔一闪身出现在半空中，右手一伸，抓向天痕发出的光球。虽然他已经不打算再帮奈落·比尔娶自己的外孙女，但毕竟他与奈落·比尔的爷爷有很深的交情，他不想把关系弄僵，所以只能出手相救。

眼看罗丝·菲尔的手就要抓到那白色光球，异变突生，白色光球在半空中画出一道优美的弧线，速度骤然加快，眨眼间就飞到了奈落·比尔胸前。罗丝·菲尔对自己信心十足，根本就没想到会发生这样的变化，他这时再想阻止已经来不及了。

天痕这一击使出了全力，白色光球直接击向奈落·比尔的胸口。奈落·比尔显示出过人的应变能力，他立即释放出那面暗蓝色的盾牌，挡在了自己身前。

“轰——”奈落·比尔口吐鲜血，深深地陷入地面之中，龙魂之盾虽然救了他的命，但无法完全挡住天痕的攻击。

天痕惋惜地摇了摇头，他知道有罗丝·菲尔在，自己已经没有再出手的机会了。

“算你命好。下次别让我再看见你，异能者是不容侮辱的！”说完，他腾空而起，加速向撒冷三人的方向飞去，他知道罗丝·菲尔不会来追自己，毕竟，罗丝·菲尔要忙着照顾身受重伤的奈落·比尔。

当天痕飞到撒冷三人的上空时，看到三人同时向自己竖起了大拇指，下一刻，三道气流从天痕身旁冲过，直接轰击在空中大竞技场上方的防护罩上，天痕抓住机会，闪电般从破开的口子飞了出去。他不知道的是，一个蓝色的身影紧随其后，跟着他一起消失不见。

空中大竞技场外围有许多地球警察在巡逻，当发现一灰一蓝两个身影飞出来时，他们根本来不及反应，那两个身影就以超过四倍声速的速度从翔车之间的空隙钻了出去，而后消失不见。警察们目瞪口呆地注视着两个身影消失的方向，不知道该如何应对。

警察甲：“兄弟，刚才你看到了吗？”

警察乙：“看到了，那似乎是两个人吧。人怎么能飞得那么快？”

警察甲：“天知道，圣盟的人确实牛啊！如果我也有异能就好了。”

警察乙："那简单，你娶个有异能的老婆，生的孩子或许就有异能了。"

警察甲："别开玩笑了，圣盟的人能看上咱们普通人？算了，继续执勤吧，这也不能算是咱们的失误，或许人家是在练速度呢。"

"等等，你等等啊！我快跟不上了。"一个焦急的声音响起。

灰色身影骤然停住，天痕无奈地转过身，看着脸色有些苍白的蓝蓝道："蓝蓝小姐，你追我干什么？"

蓝蓝剧烈地喘息着，着急地说道："你、你跑什么，难道我会吃了你吗？"

天痕看着蓝蓝，道："我该做的已经做完了，还留在那里干什么？我不喜欢被人围观，也不喜欢被人称赞。"

蓝蓝哼了一声，道："你怎么知道大家会称赞你？"

天痕微笑道："称不称赞无所谓，我只是做了自己想做的事而已。好了，蓝蓝小姐，你该回去了。我还有事，告辞。"

"等等。"蓝蓝见天痕要走，赶忙叫住他，疑惑地道，"你似乎很怕我，难道我看起来很凶吗？"

天痕愣了一下，看着蓝蓝道："不，当然不是，我们只不过是第一次见面，我为什么要怕你？我是真的还有事。"

蓝蓝俏脸一红，道："可是，你应该知道今天比赛的目的是什么，既然你已经赢了奈落·比尔，就应该，就应该……"

天痕心头一震，正色道："蓝蓝小姐，你可不要多心，我并没有那个意思，我出手只是为了教训奈落·比尔而已，而且，我还没有与你比试，所以，一切都还可以挽回，据我所知，你并不想找一个不爱你的丈夫，我现在就向你认输。”

蓝蓝脸色微微一变，不敢相信地道：“你、你不是为了我才出手的吗？”

天痕摇了摇头，心道，我要是为了你就不会出手了。他解释道：“蓝蓝小姐，我不知道该怎么对你说，我出手可以说是为了你，也可以说是为了所有的异能者。你还记得我在与奈落·比尔比试时说过的话吗？为了尊严，是的，我是为了尊严而战。再见了，或许以后我们还会见面，我叫绿叶。”

说完，天痕瞬间加速向前飞去，为了甩掉蓝蓝，他发挥出天魔变的全部潜能，眨眼间消失在蓝蓝的视线中。

“绿叶，难道你就是我要找的人？为什么你不肯多留一会儿呢？难道你是怕外公怪罪？为什么我一直不知道本盟中有你这样的人存在？”天痕灭龙时的身影已经牢牢地印在蓝蓝心中，令蓝蓝有一种异样的感觉。

同一时间，空中大竞技场已经变成了一片欢乐的海洋，所有的异能者都欢呼着，扬眉吐气的感觉令每一个人心中都无比畅快，他们高喊着圣盟和绿叶，绿叶已经成为他们心中的英雄，异能者中的英雄。

奈落·比尔像一只病猫似的昏了过去，肋骨折了七根，还受了不轻的内伤，恐怕至少三个月不能下床了，这就是嚣张的代价。在确定奈落·比尔没有生命危险后，罗丝·菲尔总算松了一口气，至少一切还有挽回的余地。

“马萨诺。”

“菲尔审判者。”马萨诺来到罗丝·菲尔身旁，脸上挂着笑容。他现在心中异常舒畅，在天痕一拳将奈落·比尔轰入地面的时候，他就暗暗决定，以后有机会一定要好好报答绿叶那小子，实在太解气了。

第49章

去魔幻星之前的别离

罗丝·菲尔是在场的异能者中唯一一个心情不太好的，毕竟，圣盟的人将银河联盟第一家族的继承人伤得这么重，老比尔定然不会善罢甘休。

“马萨诺，所有异能者的转正事宜都是你负责的，对他们你应该比我要熟悉，这绿叶到底是什么来历？刚才你也看到了，他的实力虽然比不上你，但至少超过四十级了，而且，我不能确定他用的到底是不是空间系异能，尤其是他释放出的白色火焰，竟然强大到连青龙力都可以吞噬。”

马萨诺耸了耸肩膀，道：“对于绿叶这个名字我也很陌生，只能回去查查资料再说。不过，恐怕这是个假名字，在我的印象中没有哪一个空间系的操纵者拥有掌控者的实力。空间系掌控者的数量少得可怜，包括摩尔那老家伙在内总共只有四个，可刚才那小子明显不是其中的任何一个。绿叶，真好笑，难道还有红花不成？哈哈。”

罗丝·菲尔皱了皱眉，道：“马萨诺，我可没闲工夫跟你开玩笑，你到底知不知道那个绿叶的底细？空间系操纵者的数量只有二百多个，就算一个一个排除也能找出来吧。”

马萨诺嘿嘿一笑，低声道：“老菲尔，你一定要找出他来干什么？不是要给你外孙女当老公吧？”

罗丝·菲尔没好气地道："当你个头，我连他的底细都不知道怎么可能草率地做决定。不过，那小子的异能着实有些怪异，我们必须弄清楚。"

马萨诺无奈地道："那我也没办法了，据我所知，地球上的空间系异能者只有几个，最近倒是新来了一个摩尔的弟子，不过，他的异能才十级而已，虽然天赋不错，对异能的应用也很出色，但最多也就是相当于十八级左右的操纵者，不可能是今天这个绿叶。"

罗丝·菲尔眼中闪过一道精光，道："这可说不准，刚才那个绿叶不也说自己只有十五级吗？要是十五级的异能者都有那种实力，我岂不是成神了？这件事就交给你了，立刻去给我查查那个新来的空间系异能者，叫斐济跟你一起去，如果能确定他就是绿叶，立刻带他来见我。"

马萨诺道："那他要不是呢？"

罗丝·菲尔哼了一声，道："不是？不是的话，我就到明黄星去找老摩尔要人，但凡是空间系异能者，哪个和他没有关系，也只有他才有可能教出那样特别的弟子来。"

一旁的欧雅突然问道："马萨诺掌控者，您说的那个新来的空间系异能者叫什么名字？"

马萨诺道："叫天痕。老摩尔似乎很重视他，连魔幻石都给了那小子，过几天那小子就要去魔幻星执勤了。"

欧雅惊呼道："天痕！他要去魔幻星执勤？"她的目光落在父亲身上，有些闪躲。

罗丝·菲尔皱眉道："欧雅，天痕就是上次被蓝蓝利用的小子吧。他以十级的能力竟然能同十八级普通异能者抗衡，他要是达到掌控者的实力那还了得？这样的人才你都能放过，真是我的好女儿啊！"

欧雅低下头，道："父亲，事情发生得太突然，蓝蓝后来才告诉我她将真相告诉了天痕，而且他们之间还产生了一些矛盾，所以我才……”

“行了。”罗丝·菲尔不耐烦地挥了挥手，道，“你们这一对母女真是不让我省心，以后我也懒得管你们了。马萨诺，既然那名操纵者是天痕，你就不用去查了，他成长的经历欧雅几乎都告诉我了，虽然他的天赋不错，但也不可能拥有那么强的实力。看来，这个神秘的绿叶还真要我费些力气才能找到了。”

说到这里，他暗下决心，一定要将绿叶找出来，就算那小子是摩尔的弟子，他也要弄到自己身边，毕竟，能对抗青龙力的异能，必然可以成为他强大的助力。

天痕用最快的速度回到住处，躺回床上，收起天魔变，他只觉得全身虚弱，心情却是愉快的。第一次使用黑暗面具，效果比天痕想象中要好得多，马萨诺是见过天痕的，以他的能力都没认出天痕，别人就更加不可能认得出了。就算撒冷掌控者看到了拟态珠，但天痕相信他不会随便说出去，毕竟，他以掌控者的身份做出了承诺。

天痕平复着有些激动的心情，随后翻身而起，将身上的衣服脱下来，换上带有无极徽章的制服，收起神奇的黑暗面具，这才重新躺回床上。他凝神内视，见体内的三个旋涡都缩小至原来的三分之一了，他暗呼好险，如果不是地狱魔火吸收了部分青龙力补充力量，恐怕天魔变未必能支撑到自己跑回来。唉，自己还是太冲动了，如果罗丝·菲尔审判者不是忙着救奈落·比尔，自己绝对无法这么顺利地离开。

天痕闭上眼睛，缓缓地吸收着空气中的能量分子，尽量让自己变得平静。一切还算顺利，过几天自己就要去魔幻星深造了，到了那里，就可以安下心来努力修炼了，不知道自己的能力达到三十六级后，天魔变的威力能达到什么样的强度？升级，是他目前最渴望的事。

天痕并没有受什么伤，闭目调息半个小时后，他的精神逐渐恢复，三种能量旋涡也在旋转中不断恢复，由于这次他体内的能量并没有消耗殆尽，所以恢复的速度也快得多。精神力一动，天痕清晰地感觉到有气息在靠近，他赶忙装睡。

房门打开，雪梅像一阵风似的跑了进来，兴奋地喊道："天痕，天痕，真是太精彩了，今天的比赛真是一波三折啊！"

天痕装出睡眼蒙眬的样子，说道："啊！雪梅，你回来了。比赛已经结束了吗？最后是谁当了蓝蓝小姐的丈夫？"

雪梅有些怪异地看着天痕，疑惑地问道："你今天真的一直留在这里？"

天痕心中一惊，难道雪梅发现了什么不成？他尽量保持平静，道："雪梅，你为什么这么问？你们走了以后，我连房门都没出过。"

雪梅疑惑地道："可是，今天那个人的身材和你真的很像，不过，我已经想不起他长什么样子了，但他说话的语气也跟你很像。"

天痕心中暗想：看来，自己隐藏得还是不够好，熟悉自己的人还是能够看出一些端倪，但是，只要自己打死不承认，他们也没办法。如果让雪梅和达蒙他们知道了，恐怕会给他们带来许多不必要的麻烦。想到这里，他刚要说什么，就看到雪恩和达蒙走了进来。

雪恩笑道："小梅，你急什么，天痕又跑不了。这一趟真是没有白来，看得太过瘾了，我终于见识到了什么叫真正的实力。"

达蒙平静地看了天痕一眼，没有说什么，但他这平静的表情让天痕心中不禁有些慌乱。天痕笑道："两位老师，比赛到底发生了什么事，让你们看得这么过瘾？"

雪梅拉着天痕的手臂，抢着回答道：“今天的比赛实在是太精彩了，本来我是带了录像设备的，可是，在罗丝·菲尔审判者对在场人员进行测试的时候，设备不小心摔坏了，我就口述给你听吧。事情是这样的……”

天痕微笑地看着雪梅，听她绘声绘色地讲述着发生在空中大竞技场的事情，心中不禁有些得意，多亏有他的帮忙才挽回了异能者的尊严。

“就是这样了，那个叫绿叶的家伙，最后竟然用破龙杀将奈落的龙给灭了，还将他打成重伤。你是没看到当时那宏大的场面，整个空中大竞技场都险些被他那一击轰得粉碎呢，简直太神气了，我要是能有他那样的实力该多好！”

看着雪梅眼中闪烁的光芒，雪恩笑道：“别说是你了，连我都佩服得五体投地，那绿叶为咱们异能者出了一口气，看以后谁还敢小看咱们。我还是第一次知道空间系异能竟然有那么强大的力量，天痕，你也是空间系异能者，你今后一定要努力修炼，争取早日达到那种程度。”

天痕微微一笑，道：“你们不是说那个人的力量已经超过掌控者的境界了吗？我跟他比差得太远了，恐怕人家一根手指的力量都比我强。”

雪梅微笑道：“你不用妄自菲薄，咱们还年轻，有的是时间，总有一天你能够达到那样的境界的。唉，我累了，那菲尔审判者没事搞什么无差别攻击，要不是哥哥和达蒙大哥护着我，恐怕我到现在还醒不了呢。天痕，你都睡了大半天了，快给我让地方，我要好好睡一会儿。”说着，她毫不避嫌地躺在天痕身旁，随手拉过被子盖在了自己身上。

天痕有些尴尬地从床上跳下来，无奈地摇了摇头。雪恩伸展了一下身体，笑道：“还真是兄妹啊！你一说我也困了，达蒙，咱们也回去睡一会儿吧。”

达蒙瞥了天痕一眼，看向雪恩道：“你先回去，天痕过几天就要走了，我有点事要跟他说。”

雪恩不疑有他，直接回了房间。

达蒙向天痕使了个眼色，转身走了出去。天痕心中一阵忐忑，只得跟上。达蒙径直走出了招待所大楼，一路上都没有说话。天痕加快脚步追了上去，问道：“达蒙老师，您叫我出来是……”

达蒙猛地停下脚步，转身看向天痕，眼中光芒闪烁，压低声音问道：“告诉我，你是不是绿叶？”

看着达蒙眼中流露出的怒气，天痕心头一震，在达蒙面前，他实在说不了谎，他只能低下头，道：“老师，您为什么会这么问？”

达蒙深吸一口气，缓缓地道：“天痕，或许雪恩和雪梅对你还不够熟悉，但是，我不一样。虽然当时在空中大竞技场出现的那个绿叶容貌和你不一样，甚至气质也不同，但是，他的一些小动作跟你一模一样。你在中霆综合学院跟我学习了五年，是我从贫民窟把你带出来的，我对你怎么样你心里最清楚。不论在生活还是学习上，我对你都太熟悉了，即使从一些微小的动作中我也能认出你。除了你，还有谁会穿着只有贫民窟中才有的布衣呢？天痕，我不明白你为什么要瞒着我。难道，你不信任你的达蒙老师了吗？”说到这里，达蒙的声音有些激动。

天痕全身一震，单膝跪地，解释道：“达蒙老师，在我心中您一直是我最信任的人，但是有些事我不想让您知道，有些事也实在难以解释，我不希望您因为我受到连累，何况您又是负责本盟监察任务的。”

达蒙叹息一声，道：“你不愿意说我不勉强你，但是我真的很奇怪，不到两年的时间，你为什么能变得如此强大？难道摩尔掌控者真的有那么神？”说完，他将天痕从地上扶起来。

天痕摇了摇头，道：“达蒙老师，我承认绿叶就是我，您看到的绿叶展现的力量只是昙花一现而已，并不是我真正的力量，那是异能变异所产生的。如果您真的想知道，我可以将所有的事都告诉您，但我希望您听过之后能尽快忘记，不管以后我出了什么事，您都千万不要被卷进去。”

达蒙若有所思地看着天痕，疑惑地道：“真的有那么严重？你说出来吧，我教过许多学生，其中最看好的就是你。”

天痕苦笑道：“达蒙老师，其实我不仅是空间系异能者，我还拥有另一种力量，那就是黑暗系异能。现在，您明白我为什么不愿意说了吧。”

“黑暗？”达蒙失声惊呼，下意识地后退一步，“你还拥有黑暗系异能？

天痕点了点头，道：“是的，我也是无意中发现自己拥有黑暗系异能的，可黑暗系异能是被圣盟完全排斥的，而我是圣盟的操纵者！这种事我怎么说得出口呢？我不想因为自己的原因而连累你们，您不要怪我，好吗？”

达蒙吃惊地看着天痕，道：“黑暗！你竟然同时拥有两种异能，这太不可思议了！天痕，你跟我说实话，你有没有同黑暗势力联系？”

天痕点了点头，道：“有。但请您相信，作为圣盟的操纵者，我绝不会做出有损圣盟利益的事。我虽然不排斥黑暗势力，但我始终是圣盟的人。摩尔老师也知道我同时拥有两种异能，但他老人家只是让我不要轻易施展黑暗系异能，他说，不论是何种异能，用之正则正，用之邪则邪，只要我能把握好自己的本心，未必就不能成为黑暗势力中的异类。”

达蒙听闻，心情久久难以平静，犹豫了半晌，他才道：“天痕，我是看着你长大的，我相信你的为人，原来这其中有如此曲折的过程，怪不得你要隐瞒了。老师并不怕被你连累，不过，你要记住自己刚才说的话，你始终是圣盟的一员，如果将来你做出有损圣盟利益的事，我一定会亲手对付你。”

天痕哽咽道：“谢谢，谢谢您对我的信任。未来的事我不知道，但我对您的承诺永远不会改变。”

达蒙拍了拍天痕的肩膀，道：“摩尔掌控者说得很对，你一定要把握好自己的本心。今天的事我就当没发生过，你还是本盟的空间系操纵者。其实，今天你捍卫本盟尊严的表现已经证明了你对圣盟的赤诚之心，你所说的异能变异，一定与黑暗系异能有关吧？今后，你还是少以绿叶的身份出现为好。”

天痕用力地点了点头，道：“能得到您的谅解，我已经很满足了，我不想多说什么，事实会证明一切。”

达蒙微笑着道：“走吧，咱们回去，我有些困了。明天我们该返回中霆星了，看了今天的比赛，我产生了危机感，回去定要加倍努力修炼。”

得知达蒙不再怀疑自己，天痕顿时觉得轻松了许多，两人重新返回招待所。一边走着，天痕一边向达蒙问道：“达蒙老师，您知道去魔幻星要到哪里报到吗？摩尔老师只说让我来地球，却没说清楚到这里以后该怎么做。”

达蒙摇了摇头，道：“你可以去问问马萨诺掌控者，我想他一定知道。”

天痕微笑道：“老师，三年后等我从魔幻星回来，一定去中霆星看您。”

达蒙看了天痕一眼，道：“你放心去吧，你父母那里我会经常过去看看的。魔幻星是一个美丽而神奇的地方，在那里你一定要努力修炼。”

第二天一早，达蒙就去购买了返回中霆星的运输舰票。雪梅不想这么快就回去，但雪恩和达蒙都是中霆综合学院的老师，还有教学任务需要完成。在反对无效的情况下，她只得顺从。

离别的时刻即将到来，临走前的每一分钟雪梅都待在天痕身旁。虽然她嘴上不说，但谁都看得出她非常舍不得离开天痕。短短一个星期的相处，不单是她对天痕的态度有所改变，就连她的心思也发生了微妙的变化。

地球中央城运输站。这里人来人往，每天都承担着数以百万计的客流量。

达蒙他们的登舰时间马上就要到了，天痕眼中泪光隐现，不舍地道："达蒙老师、雪恩老师，你们多保重。"

达蒙微笑道："你自己也要多保重，希望三年后见到你时你能带给我们更多的惊喜。"

天痕坚定地点了点头，道："一定会的。"

雪梅猛地扑入天痕怀中放声大哭，达蒙和雪恩相视一笑，转身先去登舰了，将最后的时间留给雪梅告别。

天痕不知道该怎么安慰雪梅，他轻轻地拍着她的后背，道："别哭了，再哭你可就不漂亮了。"

雪梅抬起头，泪眼蒙眬地看着天痕，问道："我要走了，你就没有什么要跟我说的吗？"

天痕一愣，答道："回中霆星之后你要多保重，要听雪恩老师的话，你现在已经是见习操纵者了，我们一起加油吧。"

雪梅追问道："就只有这些？"

天痕当然知道雪梅想听什么，但是那些话他怎么能说出口呢？经过这一个星期的相处，要说他对雪梅没有任何好感是不可能的，但他目前的心思并不在感情上，他只得轻叹一声，道："雪梅，我、我……对不起。"

雪梅抹掉脸上的眼泪，目光变得柔和，道："傻子，你不用说了。不过，有件事我要告诉你，你是第一个在相处之后不令我厌烦的男生。三年可是很长的一段时间，或许等你回来的时候我已经有男朋友了。不过，你傻傻的样子我永远也不会忘记。”

说完，她嫣然一笑，踮起脚尖，在天痕的脸上轻吻一下，同时伸手往他怀里塞了一样东西，然后转身跑向登舰处，喊道：“等你回来就来找我吧！如果那时我还没有男朋友，说不定会便宜你呢！”

天痕看着雪梅留给自己的东西，那是一个小巧的布娃娃，是在中央城买的。雪梅说这是她见过的最漂亮的娃娃，执意要买下来，回招待所后，她一直当宝贝似的带在身边，没想到她竟然把这个娃娃送给了自己。

天痕站在原地，直到雪梅的身影消失，他依旧没有移动，呆呆地看着手中的布娃娃，心中思绪翻涌。良久，天痕珍重地将布娃娃收入怀中，轻叹一声：雪梅，我也永远不会忘记你的。但是，我还有更重要的事情要做，你的感情，我暂时无法接受，对不起。

圣盟总部天平球第二层。

马萨诺正悠闲地坐在椅子上，那天的比赛结束后，他就没什么事要忙了。虽然经常会想起那个叫绿叶的小子，但他调查后发现，圣盟中根本就没有叫绿叶的操纵者，空间系异能者中实力超过三十级的也没有谁是那种身形和外表。说到外表，不论怎么回想，马萨诺都想不起那绿叶到底长什么样子，还好罗丝·菲尔并没有要他继续调查下去，只是说要去找摩尔的麻烦。

“马萨诺掌控者，您好，我能进来吗？”

外面传来一个熟悉的声音，马萨诺愣了一下，道：“进来吧。”

房门打开，身穿笔挺制服的天痕大步走到马萨诺的办公桌前，微微一笑，道：“掌控者，我又来麻烦您了。”

马萨诺疑惑地看着天痕，道：“小子，那天你不是说以后能不来找我就尽量不来吗？怎么这么快就回来了？你要是想进行测验，我多的是挖掘潜能的好办法，这次给你换个二十级的对手怎么样？”

天痕吓了一跳，赶忙连连摆手道：“不用了，我还想多活几年呢！我这次来是想问问您关于魔幻星的事。摩尔老师让我拿魔幻石到地球报到，可我不知道该找谁报到啊！您能不能指点我一下，再过两天就到报到的时间了。”

马萨诺笑道：“原来是为了这个，老摩尔还真是马虎，也不跟你交代清楚。这件事简单，让我告诉你也可以，不过，你也要告诉我你老师摩尔那里，有没有一个拥有掌控者实力的操纵者？”

天痕一愣，道：“当然没有了。您为什么这么问，哪里会有拥有掌控者实力的操纵者？我有些不太明白。啊！我知道了，您是说那天出现在比赛现场的绿叶吗？”

马萨诺点了点头，道：“你真的不知道吗？那天你有没有去空中大竞技场？”

天痕摇了摇头，道：“我没去，我的金卡给了雪梅，她不是正式的操纵者不能进去观赛，所以她就拿着我的卡片进去了，我一直待在招待所休息。至于那个绿叶，我也觉得很奇怪，不过，您和斐济师兄的关系那么好，您应该去问他才对啊！我刚入老师门下不久，对明黄星上的事还不熟悉，斐济师兄应该比我了解得更多。”说完，天痕发现自己的演技越来越精湛了，不论神态还是语气，都没露出一丝破绽。

马萨诺想了想道：“那就算了，反正罗丝·菲尔审判者会亲自去找老摩尔问个明白。其实，去魔幻星报到很简单。你现在直接上天平球第三十六层，也就是顶楼，到那里去找祝融审判者就行，他已经来好几天了，就等着人到齐之后出发呢。”

“祝融审判者？他也来了？！可是，我并没有听同伴说起他到空中大竞技场看比赛啊！”天痕十分惊讶，他没想到祝融竟然亲自来了。

或许，那天看完玛瑞·露的表演后，祝融就没有回过魔幻星吧。有祝融在自己就不怕了，以祝融和摩尔老师的关系，自己自然能够顺利去魔幻星报到。

马萨诺道：“这次比赛完全是罗丝·菲尔审判者一手操办的，祝融审判者懒得去，他每次来中央城最主要的事就是享受这里的美食。”

天痕恭敬地道：“谢谢您告诉我这些，马萨诺掌控者，那我现在就去找祝融审判者了。”

马萨诺点了点头，道：“你赶快去吧，让祝融审判者给你讲讲关于魔幻星的事，提前多了解一些总是好的。”

天平球的第三十六层分成五大区域，最里面的区域属于大长老光明，其余四部分分别属于其他四位审判者。一出电梯，就能够清楚地看到五条颜色不同的甬道，分别是金、红、蓝、青、黄，代表着五位审判者的异能属性。圣盟最高层的五位长老虽然没有常驻这里，但这里绝对是圣盟的最高权力机构。

红色甬道的尽头，一个巨大的房间中，身穿红色制服的祝融正和身着蓝色制服的罗丝·菲尔相对而立，两人互不相让地瞪着对方。

第50章

我也要去魔幻星

“罗丝·菲尔，虽然你是长老之一，但也不能破坏本盟的规矩。我不管蓝蓝是怎么得到的魔幻石，反正有魔幻石在手，她就是这次的人选之一。”

“祝融，你就会跟我作对，肯定是你给她的魔幻石。这丫头最近好不容易收心准备潜心修炼了，要是让她去了魔幻星，她肯定又放松修炼了。我不同意她去！而且，她现在的实力已经达到了掌控者级别，即使她去了魔幻星也没有什么好处，还不如老老实实在我的指点下进行修炼。”

祝融哼了一声，道：“那你怎么不问问你外孙女的意思？我又没有勉强她，更没有给她魔幻石，是她自己来找我的。”

罗丝·菲尔看向一旁噤若寒蝉的蓝蓝，问道：“你到底是从哪里弄来的魔幻石？你要是想去魔幻星，我自然会替你安排。你没事去魔幻星待三年是打算干什么？”

蓝蓝吐了吐舌头，解释道：“外公，这次比赛到最后也没有给我定下丈夫的人选。我听说魔幻星是最好的修炼场所，所以想去那里深造三年。我向您保证，三年内我一定让自己的异能等级超过四十。您就让我去吧。而且，我正好可以在魔幻星慢慢地找一只称心的圣兽啊！”

罗丝·菲尔叹了一口气，道：“你这丫头有什么小心思，以为我不知道吗？就算这次给你挑好了丈夫人选，你十有八九也会逃婚跑去魔幻星。别以为有祝融护着你我就拿你没办法。”虽然嘴上这么说，但他的目光变得柔和了许多，毕竟，蓝蓝答应了他会努力修炼。对于三十六级以上的异能者来说，一年能够提升一级已经是非常不错的成绩了，如果蓝蓝真的能在三年内提升四级那确实是很不错的。

蓝蓝眼中流露出一丝思索的光芒，她上前拉住罗丝·菲尔的胳膊道：“外公，您说得对，一开始我确实是那么想的，但是，现在我已经改变主意了。我去魔幻星只是想在安静的环境中好好修炼，尽快提升自己的实力。其实，那天我的丈夫人选已经选出来了，就是出手打败奈落·比尔的绿叶。您也看到了绿叶有多么强大，我虽然是掌控者，但在实力上绝对比不过他，所以，他就是最后的胜利者，也是我的丈夫人选。您已经找过了，他像不属于这个世界似的完全消失了。他是我的丈夫，我必须找到他，但前提是，我得具备找到他的实力。所以，您尽管放心，我这次去魔幻星是真心实意去修炼的。求求您了，就让我去吧。”

罗丝·菲尔惊讶地看着蓝蓝，道：“你真的看上那个绿叶了？现在我们连他的身份都无法确定，你可不能如此草率。”

蓝蓝抗议道：“外公，难道那天他的表现还不能证明一切吗？我追上他后他跟我说，他之所以出手，是为了维护异能者的尊严啊！”

祝融看了看罗丝·菲尔，又看了看蓝蓝，道：“你们说的这个绿叶真有那么厉害？我也听马萨诺提起过他，没想到我们圣盟还有这么神秘的家伙。看来，某些身为本盟高层的审判者是白当了。”说着，他的目光落在罗丝·菲尔身上，露出幸灾乐祸的表情。

罗丝·菲尔怒道：“你看着我干什么？我早晚会查清楚那小子的身份。过几天我就去明黄星，我就不相信摩尔那老家伙会不知道那个绿叶是谁。

祝融，这次我外孙女跟你去魔幻星，你可要好好照顾她，那些危险的地方你千万别让她接近，要是她有危险，我可跟你没完。”

祝融哼了一声，道：“你少来，我对蓝蓝怎么也比你对她好，我自然知道该怎么照顾她，而且蓝蓝也不是小孩子了，还用你教？！”

蓝蓝眼中流露出惊喜，摇着罗丝·菲尔的手臂，道：“外公，外公您答应了，真是太好了，谢谢外公。”蓝蓝踮起脚尖，在罗丝·菲尔的脸上用力地亲了一口。

罗丝·菲尔再也不能故意板起面孔，他无奈地摇了摇头，道：“我不让你去行吗？你都找祝融当靠山了。你去也可以，不过，一切都要听祝融爷爷的，到了魔幻星上你千万不要乱跑，虽然那里的生活比较清闲，但那里有很多圣兽，你一定要小心行事。”

“是，罗丝·菲尔审判者，小的遵命！等我从魔幻星回来，一定让您看到一个全新的蓝蓝。”蓝蓝嘻嘻一笑，在圣盟中能让她害怕的也只有她的外公了，此时罗丝·菲尔不再反对，她就没有什么可担心的了。

正在这时，呼叫器响起，门外传来一个清朗的声音：“祝融审判者，天痕前来报到。”

蓝蓝听到“天痕”二字不禁一愣，她扭头看向祝融，露出询问的目光。祝融微微一笑，道：“天痕啊，进来吧。”

门开了，穿着笔挺制服的天痕走了进来，他看到蓝蓝和罗丝·菲尔，不禁愣了一下，赶忙上前几步，道：“空间系操纵者天痕见过祝融审判者、罗丝·菲尔审判者。”他一边恭敬地行礼，一边在心中暗想：罗丝·菲尔和蓝蓝怎么会在这里？

罗丝·菲尔眼中射出两道精光，从天痕身上扫过，仿佛要看透他似的：“你就是天痕？我听欧雅说你拜了摩尔为师。”

天痕点了点头，道：“是的，能被摩尔老师收为弟子是我的荣幸。”

祝融笑道：“摩尔不但收了他为徒，而且非常看重他，否则，摩尔也不会让他随我去魔幻星深造了。”

蓝蓝虽然有点尴尬，但仍主动向天痕打招呼：“你好天痕，我想这次我们要同路而行了，我也要去魔幻星深造。”

天痕全身一震，失声道：“什么？你也要去？”听了蓝蓝的话，他心中顿时大乱。对于蓝蓝，他始终有一种莫名的感觉，第一次见面，蓝蓝那双明亮的大眼睛就深深地印入了他的脑海中，虽然他对当初发生的事仍然心存芥蒂，但他已经不再记恨蓝蓝。

蓝蓝不解地看着天痕道：“为何我不能去？难道你不愿意看到我吗？”

天痕一时语塞，摇了摇头，半晌才道：“不，我只是觉得很奇怪而已。我听说魔幻星只适合掌控者以下级别的异能者去修炼，可你的异能不是已经达到三十多级了吗？去了也没有太大的意义吧？”他确实不想看到蓝蓝，每次看到她他都会不自觉地想起当初发生的一切。

蓝蓝哼了一声，道：“谁说没意义，只要领悟力够强，等级再高在魔幻星修炼也是有好处的，而且那里够清静，最适合我修炼。”

天痕刚要说什么，罗丝·菲尔突然一掌拍向他，掌上亮起蓝色的光芒。感受到强烈的杀气，天痕全身一紧，他立刻就想施展移形幻影，但在罗丝·菲尔面前，他那只有十级的异能哪里够用呢？天痕周围的空间瞬间被水属性异能包围，他只能眼睁睁地看着罗丝·菲尔的手掌拍向自己胸前，胸骨在庞大的压力下发出声响，他体内的宇宙气和空间系异能两个旋涡完全爆发，却没有起到任何阻挡的效果。

突然，一切压力消失不见，罗丝·菲尔的手停在天痕胸前一寸的位置，目光灼灼地盯着天痕，道：“你的异能等级真的只有十级？”

天痕已经吓出一身冷汗，就在刚刚压力达到顶峰的时候，他差一点就下意识地用出了天魔变。他脸色发白，颤抖着声音回答道：“罗丝·菲尔审判者，我确实只有十级异能啊！难道还假得了吗？”说着，他伸出自己的右手，露出闪烁着蓝色光芒的生物电脑。

罗丝·菲尔哼了一声，道：“希望你没有说谎，否则，本座自有收拾你的办法。”

蓝蓝疑惑地看着罗丝·菲尔，道：“外公，您不会以为他就是绿叶吧？那不可能。绿叶的能力岂是他能相比的？我刚认识他的时候，他的异能还没有觉醒呢，这才过去短短一年多的时间，他的异能等级能达到十级已经非常不错了。更何况，他的身材也没有绿叶高大啊，气概更是比不上绿叶。”

虽然蓝蓝的话对天痕有利，但他听完不禁心想：看来，这蓝蓝小姐还真是看不起我，我没有绿叶高大吗？确实，用出天魔变之后，我的身体会变得更高大。至于气概，恐怕也是实力的体现吧，没有强大的实力，就会被人看不起。

祝融一掌拍掉罗丝·菲尔停在天痕胸前的手，没好气地道：“你怎么就会吓唬孩子？你要是伤了他，小心摩尔找你拼命。”

罗丝·菲尔眼中闪过一道冷光：“我这么做自然有我的道理。蓝蓝，跟我走吧，过两天祝融出发时你再过来就是了。”

蓝蓝答应一声，没有多看天痕一眼，就随着自己的外公离开了。

看他们走了，祝融拍拍天痕的肩膀，道：“小子，你不会因为几句话就郁闷了吧？蓝蓝那丫头就是这样的性格，这都是她外公惯的，你别在意。罗丝·菲尔虽然有点凶，但他的本性并不坏，至于蓝蓝那丫头，你以后少招惹她就是了。”

天痕勉强笑了笑，道：“没什么可郁闷的，我只不过是一名再普通不过的操纵者，蓝蓝小姐看不起我也很正常。至于蓝蓝小姐，我看见她躲还来不及呢，又怎么会去招惹她？”

祝融凑到天痕身旁，低声问道：“罗丝·菲尔说的那个绿叶到底是不是你？刚才蓝蓝那丫头还说非绿叶不嫁呢。”

天痕听闻，身体一僵，道：“当然不是，蓝蓝小姐刚才的话您也听到了，我的异能才觉醒一年多而已，我怎么会是实力那么强大的绿叶呢？”

祝融微微一笑，道：“谁让你是摩尔的弟子，摩尔那家伙教出什么稀奇古怪的徒弟都有可能。好了，把你的魔幻石给我吧。”

天痕点了点头，打开空间袋，取出魔幻石递了过去。祝融接过魔幻石，惊讶地看着天痕的空间袋，道：“你小子真是进步神速啊！不但这么快就达到了十级，而且都能使用空间袋了。”

“这都是老师的功劳，是老师帮我开启了这项能力。祝融审判者，您还有什么要交代我的吗？”

祝融摇了摇头，道：“没有了，你现在可以到第三十层去，这次前往魔幻星执勤的所有人基本都在那里，当然，蓝蓝除外。你可以先住在那里，等到出发之前，我会过去给你们讲一些关于魔幻星的事。那些小子的实力可都比你强，记住，做人要谦虚。”

天痕点了点头，恭敬地道：“多谢您的教诲，您放心，我不会给摩尔老师和您丢脸的。”说完，他施礼后走出了祝融的房间。

一出门，天痕下意识地深吸一口气，心想：蓝蓝啊蓝蓝，我刚把以前发生的事情忘得差不多了，你就再次闯入我的生活，这又是何苦呢？难道，你是我命中的魔星不成？算了，就算真的是，我不去招惹你，你也不能把我怎么样吧。反正到了魔幻星除了执勤我只有两个任务，一是修炼，二是寻找适合自己的圣兽。我有两种异能，要是能找到两只圣兽就更好了。

这时，天痕气海内的黑色旋涡突然传来一股冰冷的感觉，在天痕发愣时，他脑海处的白色旋涡也传来一股清凉的感觉。“当”的一声轻响，生物电脑那熟悉的声音响起：“异能等级十一，宇宙气二段十级，可提升。”

温暖的感觉从天痕的胸口蔓延到身体每一个角落，三个旋涡都比以前大了一些。经过这段时间的修炼和几次苦战，天痕的异能等级竟然再次提升了一级。异能等级提升的感觉总是这么美妙，天痕的心情顿时好了许多，他欢呼一声，朝电梯的方向走去。第三十层，那里有着什么样的伙伴呢？

天痕带着兴奋的心情，坐电梯直接来到了第三十层。一出电梯门，他就看到了一个指示牌，上面写着“魔幻星执勤者休息处”。按照牌子上箭头所指的方向，他顺利地找到了西侧的一个房间，房门并没有什么出奇的，只不过缺少了呼叫器。他刚走到门口，金属门便自动敞开，房间中的数十道目光向他射来，原本嘈杂的声音立刻消失了，每一个人都有些好奇地看着他。

天痕走进房间，目光一扫，心里已经数出这里不算自己有十七个人。他们穿着不同的衣服，有男有女，围坐在沙发上。其中两个人他是见过的，一个是比赛当天第一个向马萨诺发起挑战的火系异能者洛严，另一个是空间系二十一级的异能者杰瑞。

“你们好，我是空间系异能者天痕。”天痕微笑着向众人点头施礼。

众人纷纷站起，杰瑞一闪身来到天痕身前，拍着他的肩膀，笑道：“终于来了一个和我同系的异能者了，兄弟，你几级？”

天痕微笑着道：“师兄你好，说来惭愧，我只有十一级。”

杰瑞愣了一下，其他的异能者也都愣住了。一名墨绿色长发，看上去二十多岁的女子惊讶地道：“不是说到魔幻星执勤的人异能等级至少要达到二十级吗？你怎么才十一级？”她问出了其他异能者心中的疑惑。

天痕露出尴尬的笑容，道：“我也不太清楚为什么会选我，是摩尔老师让我来的，所以我就来了。”

杰瑞有些不满地道：“落落姐，十一级怎么了？你别忘记了，天痕可是我们空间系的异能者，空间系异能修炼起来很困难，能达到十一级已经很不容易了。你们可不能排挤他。”

另一名金色短发的男子微笑着道：“放心，大家都是同伴，我们怎么会排挤他呢？杰瑞，你这位师弟看上去比你的年纪还要小啊！”

杰瑞嘿嘿一笑，道：“那还不好？我终于不是最小的了。天痕，你多大？”

天痕如实回答道：“我二十二。各位都是我的前辈，以后还请多关照。”

洛严走过来，豪爽地道：“天痕兄弟，大家都是圣盟中人，接下来还要一起生活三年。放心吧，没有人会因为你的异能等级低而歧视你的，我们都是兄弟。”

听了洛严这话，天痕心中生出一丝暖意，对于这些同伴他很满意。

杰瑞给天痕介绍道：“这位是我们之中异能等级最高的二十七级火系操纵者洛严大哥，刚才说话的是二十五级风系操纵者夏雨大哥。”

一个冰冷的声音在角落中响起：“你只有十一级，希望在执行任务的时候不要拖大家的后腿。”

众人向声源方向看去，那是一名蓝色长发、身材修长的男子，英俊而冰冷的脸上没有丝毫表情，他正用一柄小刀修理着指甲。

杰瑞微怒道：“老冰，你别老阴阳怪气的。天痕，你用不着理他，他一向都是这德行，不过，他人还是不错的，他叫冰霜。我们都叫他冰棍。”

冰霜站起身，几步走到天痕身前，冷冷地说道：“魔幻星不是安乐窝，要是你在有危险的时候拖了大家的后腿，我会毫不犹豫地解决你。”

天痕丝毫不惧地与冰霜对视，他淡然道：“我想这种情况不会发生在我身上。”

冰霜看着天痕坚定的目光，点了点头，不再说话，退到一旁。

杰瑞见到了和自己同系的天痕后显得很兴奋，为他一一介绍了房间中的每一名异能者。

天痕计算了一下，在这里包括他在内的十八个人中，除了他和杰瑞以外，其余的十六人属于风、火、水、土四系，而且每系各有四人。除了天痕，其他人的异能等级都在二十级或二十级以上，而且年纪都不大，没有一个超过三十五岁，可以说是圣盟操纵者中的精英。

杰瑞拉着天痕坐在一旁，这个房间很大，还有配套的厕所和洗澡间。由于过两天就要出发了，众人都没有要出去的意思，喜欢修炼的在静修，喜欢聊天的就聚在一起交流异能方面的知识，增强对异能的了解。

杰瑞问天痕："摩尔老师还好吗？我是前年被派到地球上来协助斐济师兄的，我已经有两年没见过他老人家了。"

天痕从杰瑞的语气中能够感受到他对摩尔老师的尊敬，微笑着答道："老师挺好的。杰瑞师兄，你现在有自己的圣兽了吗？"

杰瑞摇了摇头，道："没有，这间房里的人都没有圣兽。去魔幻星执勤的人员挑选是非常严格的。首先，年龄不能超过三十五岁；其次，必须没有去过魔幻星，没有圣兽；最后一条就是异能等级不低于二十级。你应该算是个特例了。"

天痕微笑着道："是啊！我的魔幻石是摩尔老师给的，他老人家说让我去魔幻星锻炼一下，没想到原来去魔幻星还有这么多要求。"

杰瑞道："能去魔幻星绝对是我们的荣幸，在那里修炼三年，对我们的帮助是很大的。我的目标是三年后异能达到二十八级，希望能够实现。这样，我回来以后再修炼一下应该就能拥有掌控者的实力了。对了，昨天你去了空中大竞技场吗？”

天痕摇了摇头，道：“我的异能等级低，去了也没什么意义。不过，我倒是听朋友说了里面发生的事。有个叫绿叶的实力很强，是吗？”

杰瑞点了点头，眼中流露出崇拜的光芒：“不是很强，而是太强了，他现在是我的偶像。你知道吗，他也是咱们空间系的。能力比我可强多了，他用出的空间系异能，我连见都没有见过，我看他至少有四十级。就连斐济师兄都说，绿叶的实力深不可测，尤其是那种将空间系异能化为火焰的技能，简直太厉害了。绿叶把奈落·比尔那傻瓜打得屁滚尿流，现在还躺在医院里呢。可惜啊！要是之前是我获胜就好了，那样，我就能成为大家崇拜的偶像了。”说到这里他一脸惋惜。

天痕微笑着道：“我听说杰瑞师兄也大展神威，用出了咱们空间系的特殊能力千刃斩，如果不是奈落·比尔有护身之物，有可能就是你赢了呢。”

杰瑞苦笑道：“当时的情况我也说不好。我用出千刃斩后，只看到奈落·比尔那浑蛋身前突然多了一道光芒，然后我的攻击就被完全挡了下来，还挨了他一记攻击，到现在还疼得很呢。幸亏我用最后的力量控制着空间转移卸掉了大部分攻击力，否则我的左肩就废了。”

天痕道：“千刃斩似乎是只有掌控者才能使出的能力吧？师兄，你怎么会这一招呢？你不是只有二十级吗？”

杰瑞嘿嘿一笑，压低声音道：“这是咱们空间系异能者的秘密啊，是摩尔老师教我的保命绝招。要是我本身就拥有随意使出千刃斩的能力，奈落·比尔恐怕都接近不了我，可惜的是，使用那一招需要耗费我八成的力量，还需要用特殊的方法增强攻击力，实在太难了，所以我只有一击之力，要是用了之后不能制服敌人，我就只能站着挨打了。等你的异能等级达到二十级，我可以把越级使出千刃斩的方法教给你。”

天痕看着杰瑞真诚的目光，由衷地道：“师兄，谢谢你。”

“谢什么，别忘了，咱们是一家人啊！我都没想到这次还能有咱们空间系的异能者一起去魔幻星。有了你，我就不会寂寞了，以后咱们可以多交流，大家共同进步，争取早日成为圣盟中的核心成员，给摩尔老师争光。”

杰瑞刚说到这里，门开了，两个人走了进来，其中一个是火系审判者祝融，他身旁跟着一个身材矮小、胖乎乎的男子，看上去也就二十多岁，矮胖男子走路的时候，脸上的肥肉随之轻轻颤动。

房间中的众异能者看到祝融来了，都赶忙站起来。天痕觉得很奇怪，心想，这男子是什么人？竟然能让祝融亲自带他过来，从表面上看，他的能力并不像是有多强啊。

洛严一脸笑容地迎了上去，走到祝融身前，道：“审判者，您来了，对了，我昨天跟您说的事怎么样了？”

祝融白眼一翻，道：“你小子想得倒不错，可我一向懒惰，等你什么时候达到掌控者级别再说吧。想当我的徒弟，可没那么容易。”

洛严脸一红，赶忙道：“是，是，祝融审判者，那等我到了掌控者级别，您可不能再拒绝我了。”

祝融没好气地哼了一声，道：“你小子是在威胁我吗？去，站一边去。我给你们介绍一个人，他可是我好不容易才争取过来的。小胖，你自我介绍一下，这房间里的都是以后三年你在魔幻星的伙伴，你们要好好相处。”

那矮胖男子赶忙应了一声，上前一步，咧嘴一笑，道：“你们好，我叫塞里，你们叫我胖子就行，谁让我长了这么多肉呢？”他一边说着，一边做出滑稽的表情，引得众人不禁发笑。

塞里继续道：“我是五级火系异能者。这位一定是洛严老大吧，小弟以后就跟着你混了。”

众人听闻皆愣住了，先前十一级的天痕已经让他们觉得很怪异了，但天痕是空间系的，至少还说得过去。可是，这怎么又来了一个只有五级的火系异能者？等级还这么低，必然会对众人今后的行动有所影响。

冰霜忍不住站了出来，向祝融问道：“祝融审判者，五级的火系异能者去魔幻星恐怕不符合规矩吧？”他一向是天不怕地不怕，即使面对圣盟最高领导者之一的祝融，他也能泰然自若，问出自己心中的疑惑。

祝融微微一笑，一手按着塞里的肩膀，道：“你们可不要小看胖子，虽然他的异能等级不高，但他的本事不在异能上。他对你们今后的提升有非常大的帮助，我不知道费了多少口舌才把他从彼得·松的手里要过来。”

众人都露出惊讶的目光，天痕忍不住低声问身旁的杰瑞：“杰瑞师兄，彼得·松是谁？”

杰瑞低声道：“连彼得·松都不知道，亏你还是圣盟的操纵者。在咱们圣盟中除了摩尔老师以外，就只有彼得·松所长能和几位审判者平起平坐，他可是咱们圣盟研究所的所长，人送外号‘疯子中的疯子’。他虽然只是一名二十三级的风系异能者，却是一个科技狂人。如果不是因为他的异能等级不高，就算他坐上银河联盟科技总长的位置也绝不会有人说闲话。”

圣盟研究所所长？这个位置确实是圣盟的管理职务中的重中之重。一听到“圣盟研究所”这几个字，天痕不禁想起了自己服用过的圣液，那东西就是圣盟研究所研制出来的，虽然刚服用时效果并不明显，但现在效果逐渐显现出来了，在帮助身体恢复方面的效果尤其显著。在十毫升圣液的持续作用下，他的身体能力不断得到提升，坚韧程度和耐力尤为出色，这也是他当初说欠欧雅一个人情的重要原因。既然这个叫塞里的胖子是圣盟研究所的成员，那他身上大概也有圣液，否则为什么祝融会说他对大家今后的提升有很大的帮助呢?

第51章

特级药剂研究员

房间中的异能者看向塞里的目光都发生了变化，一个个的眼睛都亮了起来。塞里尴尬地咳嗽一声，道："各位大哥大姐，你们别这样看着我，会让我以为自己是一只香喷喷的烤乳猪，我可不能吃，我的肉太肥了。嘿嘿。"

祝融微笑着道："虽然塞里今年只有二十三岁，但他是圣盟研究所有史以来最年轻的特级研究员，他擅长研制各种药物。此次到魔幻星后，你们需要配合他寻找各种植物和动物，供他做实验，当然，如果他研制出好的实验成品，你们可以优先使用。研究药物的特级研究员有多珍贵，就不用我说了吧，烤乳猪可比不上他有价值哦。不过，有一点我需要声明，他是彼得·松所长最得意的弟子，你们必须保护好他，如果他出了事，别说你们，就算是我也承担不起这个责任，我可不想被那个疯子中的疯子追杀。"

当祝融说到"特级研究员"这几个字的时候，众人的眼睛都在放光。要知道，在圣盟研究所中研究员分为特级、一级、二级、三级等，特级研究员都是有着特殊才能并且取得过重大研究成果的研究员，也是资历最深，地位仅次于正、副研究所所长的高级研究员。这个不起眼的胖子只有二十三岁就获得了如此殊荣，可见，他必然有过人之处。

祝融微微一笑，继续道："好了，你们自己熟悉一下吧，我先回去了。

明天你们再休整一天，后天中午我们起程前往魔幻星。”

祝融刚刚踏出房门，异能者们就已经将塞里围在中央。除了天痕以外，其他人都把手伸到了塞里面前。

洛严嘿嘿一笑，道：“特级研究员，你是不是该给我们一些见面礼啊？我们也不要求太好的东西，一人发五毫升圣液就行了，你看怎么样？”

塞里看着虎视眈眈的众人，苦笑道：“那你们还不如把我当烤乳猪吃了。你们就是打死我，我也拿不出圣液啊！我们研究所一年也生产不出多少圣液。彼得·松老师可没那么大方，除了几位审判者以外，谁也别想从他那里要到圣液。你们想要的话，直接去研究所试试好了。”

杰瑞道：“去研究所？我们疯了才敢去那里，那里的机关连几位审判者都未必攻得破。胖子，你这个特级研究员不能白叫吧。”

塞里无奈地道：“你们也看到了，我两手空空而来，身上什么东西都没有，你们这些贪婪的家伙，一见面就要东西，我去哪里给你们找？”

冰霜冷声道：“那就算你欠我们一个见面礼，等到了魔幻星再补上。”

先前质疑过天痕的美女落落走到塞里面前，扭头冲众人道：“你们别闹了，要是吓坏了塞里，小心祝融审判者发怒哦。”

然后她扭头冲塞里露出一个迷人的笑容，道：“塞里你好，我叫落落，比你大几岁，你可以叫我落落姐。我听说要成为圣盟研究所的特级研究员必须有一项非常出色的研究成果，你是凭借什么成果坐上这个位置的呢？”

美女的威力果然大，塞里看着落落，眼中光芒大放，低声道：“我告诉你们，你们可不要说出去，这是我们研究所的最高机密。其实，我没什么特别的研究成果，只是不经意间研制出了一种药，而且又不小心给彼得·松老师吃了。”

天痕此时也凑上前，好奇地问道：“是什么药？吃了有什么特殊的效果吗？比起圣液来怎么样？”

塞里嘿嘿一笑，道：“当然不能和圣液相比了，圣液的效力是持续性地改善人的身体机能，而我研制出的那种药只不过是让彼得·松老师的异能等级提升了一级而已。就因为这样，我莫名其妙地成了特级研究员，还被彼得·松老师收为徒弟。”

“什么？”惊呼声险些将整个房顶掀翻，包括天痕在内的十八名异能者都瞪大了眼睛。让异能等级提升一级，这是什么概念？如果真有这种药，吃上几十颗，不是立刻就能成为强大的异能高手吗？他们虽然想到了塞里有出色的研究成果，但没想到他的研究成果竟然这么大，能提升异能等级的药绝对不比圣液逊色，尤其是对于已经达到顶峰的审判者来说。

塞里捂着耳朵，苦笑道：“你们小点声，难道想把我的耳朵震聋吗？”

每个人眼中都流露出一丝希冀的光芒。洛严一把抓住塞里走到沙发前，小心地将他按在沙发上，一脸严肃地道：“塞里，你是我的大哥，以后我就跟你混了。你那药有多少，先给兄弟们发点过过瘾怎么样？我们要求也不高，只要大家都提升到掌控者级别就差不多了。”

塞里没好气地白了他一眼，道：“你以为那是糖豆吗？说有就有。实话告诉你们，到现在为止，那种能提升异能等级的药我只研制出了一颗而已。”

看着众人失望的目光，他继续说道：“你们知道我是怎么研制出那颗药的吗？是我在研究所的药房里将数十种药物融合在一起后无意中研制而成的，仅此一颗。而那些药物有很大一部分都是从魔幻星得来的，最可笑的是，我研制出那颗药之后，完全忘记了自己都用了些什么原料。所以，我这次才会被派往魔幻星，几位审判者希望我能在那里找到那些药物，再次研制出能提升异能等级的药。你们别用这种眼神看我！你们以为我想忘记啊！那是我第一次制药，根本就没想到自己能弄出那种好东西。哎，哎，你们别走啊！”

异能者们纷纷坐回自己的位置，所谓希望越大，失望就越大，按照塞里所说，能提升异能等级的神药，几乎不可能再研制出来了。

天痕是唯一还留在塞里身前的人，他坐到塞里旁边，拍了拍塞里宽厚的肩膀，安慰道：“你好，我是空间系操纵者天痕。塞里研究员，其实大家没有别的意思，只是有些失望而已。”

塞里有些黯然地道：“我没有怪你们的意思，就连彼得·松老师都不相信我能再次研制出那种药。唉，现在都没人相信我了。”

天痕微笑着道：“别想了，只有你自己才能证明自己。我相信你会成功的。”

塞里眼睛一亮，道：“你相信我？”

天痕点了点头，道：“既然成功过，就证明还有机会。我相信，你一定能够成为最好的研究员。”

塞里高兴地道：“终于有人肯相信我了，我也相信自己会成功的。其实，除了那种药，我还有不少研究成果。听说魔幻星上很危险，你会保护我吧？”他一脸殷切地看着天痕，仿佛天痕就是他的救世主。

天痕道：“当然会，大家都会保护你。我们既然要一起在那里生活三年，肯定会互相照顾的，你放心吧。”其实，他也不相信那种无意中研制出来的药还能再次被研制出来，但他也感受过被人无视的滋味，对于塞里他有一种同病相怜的感觉，所以他才会出言安慰。

塞里看了看周围的人，见没有人注意他，便小心地从怀中掏出一个瓶子递给天痕，道：“好兄弟，谢谢你能相信我，这个算是我给你的见面礼吧。”

天痕一愣，赶忙推辞道：“不用了，我们刚认识，我怎么能随便要你的东西呢？”

塞里把瓶子塞入天痕手中，笑道：“我已经得到了你的信任，怎么能不回礼呢？这东西虽然效果一般，但还算实用。它可以在二十分钟内让你的皮肤比合金还要坚硬，除非对手拥有审判者的实力，否则谁也伤不了你。这算是一种强化身体韧性的药物，不过，它的副作用也很明显，使用一次会让你的异能等级下降一级，而且在三天之内你都会处于虚弱状态。这种药我一共才研制出六颗，彼得·松老师说这是垃圾，只要了一颗作为我的科研成果保存，我自己吃了一颗做实验，我还留了一颗，剩余的就都给你吧，危急时刻可以用。其实，我觉得它还是有用的，只不过付出的代价大了一点。”

天痕心中暗暗苦笑，代价何止是大了一点。对于高级异能者来说，这基本是废物，甚至可以用“毒药”来形容，异能等级超过三十级以后，有时候一年甚至几年都无法提升一级。不过，这药物对他倒是有些用处，至少现在他修炼起来还算容易，真到了面临生命危险的时候，或许真的有用，这么一想，他不再客气，直接将药瓶揣入怀中。

塞里见天痕收下了，顿时眉开眼笑：“兄弟，多谢你肯用我的药，以后有好东西我一定先拿给你。唉，其实我的研究成果都还不错，可惜，就是副作用大了一些。咱们聊聊药怎么样？你对药有多少了解？”

天痕道：“可以说一点了解都没有。咱们出去走走吧，我想去给父母打个卫星电话，毕竟我们要离开三年。”

塞里神色黯然，低着头道：“你比我强，还有家人可以想念，我从小就没有父母，听孤儿院的人说，由于我出生时像个球，跟怪物似的，所以父母就把我抛弃了。你知道吗？其实，我的父母很可能是贫民窟的。”

天痕心头一热：“贫民窟怎么了？我就出身于中霆星的贫民窟，现在不也成为圣盟的操纵者了吗？这样吧，你比我大一岁，我就认你当哥哥，以后你不就有我这个亲人了吗？”同病相怜的感觉让他果断地做出了决定，他并不知道，在不久后塞里会给他带来多么大的帮助。

塞里看着天痕，眼睛红了，除了教导他的彼得·松老师以外，天痕是第一个对他这么好的人，他激动地道：“好，好，我就认下你这个弟弟。不过，我们认兄弟的事别让他们知道，你就叫我的名字或者胖子好了，这些家伙竟然敢无视我伟大的研究成果，哼！”

杰瑞从一旁探过头来，疑惑地道：“你们两个低声细语地在说什么？胖子，你眼睛怎么红了？”

塞里没好气地白了他一眼：“我被沙子迷眼了行不行？刚才就你跑得最快，难道我是瘟疫吗？”

杰瑞尴尬地挠了挠头，道：“谁让你给了我们希望，又让我们失望，大家其实都没恶意的。这里有沙子吗？我怎么没感觉到？”

天痕微笑着道：“塞里，这是我的师兄杰瑞。他们确实没有恶意，你就别生气了。”

塞里用胖胖的手拍了拍自己的胸脯，道：“我是那么小心眼的人吗？天痕，你不是要出去吗？咱们走吧。”

杰瑞疑惑地看向天痕，道：“你们要去干什么？”

天痕道：“我想给家里打个电话。师兄，你去吗？”

杰瑞摇了摇头，道：“我家就在明黄星，昨天已经打过电话了。你们去吧，我到静室去修炼一会儿。记着，别走远了。”

天痕答应一声，跟其他人打了个招呼，就和塞里走出了房间。塞里心情极好，眉开眼笑地道：“走，我带你去我们研究所打电话，我们那里的卫星电话很先进，接收信号的能力也非常强。”

天痕一愣，道："这样好吗？我不是你们研究所的人，会不会给你带来麻烦？"

塞里的身高只到天痕的胸口，他挺了挺胸脯道："你哥哥我身为特级研究员，这点特权还是有的，你就放心跟我走吧。"说完，他不容分说地拉着天痕就上了声速电梯。

进了电梯，塞里并没有按楼层号，而是伸出胖手在声速电梯里一个不起眼的地方轻拍了一下，只见他手上闪过一道白色的光芒。

下一刻，柔和的声音响起："指纹识别确认。"原本看上去平整的电梯金属壁上出现了一个金属突起，塞里伸出食指在上面一按，一个小型的金属眼罩顿时罩上他的眼睛，同时在他右侧弹出一个小键盘。塞里在键盘上飞速按着，在几秒的时间内，他至少按了上百下。

天痕只觉得眼前一花，那个小键盘和金属眼罩就已经缩回去了。柔和的声音再次响起："虹膜确认、密码确认。您好，塞里特级研究员，请问，您要去什么地方？"

塞里道："你好，露丝，带我们去研究所第一层。"

"是。"原本处于静态的电梯快速下降，失重的感觉令天痕有些不适应。他惊讶地看向塞里，却见塞里向自己比出一个放心的手势。

经过十秒左右的下降，电梯停了下来，柔和的声音再次响起："欢迎您回来，塞里特级研究员。"

电梯门打开，塞里拉着天痕走了出去。电梯外是一个完全密闭的金属房间，天痕清晰地感觉到，这里的重力至少是外面的一倍。

塞里微笑着道："刚才的露丝是研究所中央电脑，它是由最精密的各种生物细胞构成的，天平球和我们圣盟研究所的系统全部由它来控制，它是彼得·松老师最得意的研究成果之一，它的运转速度甚至超过了银河联盟的超脑天使。你知道自己现在在哪里吗？”

天痕茫然地摇头，塞里嘿嘿一笑，道：“这是地球表面向下五公里处，也就是我们研究所所在的位置。千万不要把这个秘密说出去，否则，会给你带来麻烦的。这里的安保系统非常强大，没有特殊的密码，谁也别想进来。”

天痕疑惑地问道：“为什么要弄得这么严密呢？上面是咱们圣盟的总部，又有罗丝·菲尔审判者坐镇，难道还怕人进来捣乱不成？黑暗势力应该不敢到咱们的总部来吧。”

塞里露出神秘的笑容，道：“我们可不是为了防备黑暗势力的袭击。黑暗势力根本不算什么，我们真正要防备的是银河联盟两议院控制的那些手下。”

天痕心中一动，隐约明白了塞里的意思，他没有多问，只对塞里点了点头。

塞里道：“由于你不是研究所的成员，我只能带你在这一层打电话，否则，被彼得·松老师发现了，肯定不会饶了我的。对了，你是空间系异能者吧，帮我带点东西去魔幻星怎么样？好让我到了那里能更好地进行研究。”

天痕微笑着道：“没问题，不过，我的异能等级不高，能带的东西不多，大哥你尽量少带一些就是了。”

塞里笑道：“这下好了，我还怕有些东西不能带到魔幻星去呢。你放心，我那些都是小东西，不过作用都大得很。走，我先带你去打电话，你打电话的时候我就去拿东西。”他一边说着，一边走到房间的墙壁处轻轻一拍，墙壁上再次出现一个小键盘，这次的小键盘比先前电梯里的那个大一些，塞里飞快地在上面按了足有上千下才停下来。

“没办法，这里的密码就是这么复杂。走吧，我带你进去。”

小键盘隐去，金属墙壁上浮现出一层水状波纹，在天痕惊讶的注视下，面对着电梯门的那面金属墙壁竟然消失了，一条金属甬道出现在两人面前。塞里有些不好意思地道："我们地下研究所的结构非常特殊，这是为了承受更大的压力和冲击力，第一层基本上都是三级研究员的研究室，不过，我就不能带你到处参观了，等以后有机会再说吧。"

"没关系，既然这是研究所的规定，我绝不会给大哥找麻烦，只要打个电话就好了。"虽然心中好奇，但天痕并没有表现出来。他将精神力向外放，试图探察甬道金属墙壁另一侧的情况，但是，他的精神力刚接触到金属墙壁，就发现有一股奇怪的能量在撕扯他的精神力，他不禁打了个冷战，再也不敢继续探察了。

塞里的异能等级较低，并没有发现天痕的变化，他依旧拉着天痕继续前行，拐过几个弯，将天痕拽入一个宽敞的房间之中。五名身穿白色制服的研究员正在各种仪器前忙碌着，听到天痕和塞里的脚步声，竟然没有一个人回头，他们的精神似乎全都集中在研究上，对外界的事物完全不在乎。

塞里低声对天痕道："别理他们，我们研究所以出产疯子闻名，不是疯子进不了我们这里。"说着，他将天痕拉到一套复杂的仪器面前。

塞里上前一通操作，过了一会儿，他回头冲天痕一笑，道："行了，兄弟，你告诉我号码就可以了。"

光芒一闪，一块大屏幕出现在天痕面前，塞里飞快地将天痕说的号码输入仪器，道："我已经连接了银河联盟议会总管的卫星系统，可以用最快的速度接通银河联盟每一个角落的电话。"他刚说完，大屏幕上就出现了天痕的家。天痕一看，十分激动。

现在是上午，没有圣女百合的课程，爸妈应该都在家，所以天痕才会挑这个时间打电话回家。

塞里示意天痕直接说话就可以，天痕激动地叫道："爸、妈，你们在家吗？"

即将前往魔幻星，天痕感觉那是一个与世隔绝的地方，他怕到了那里之后就很难再同父母联系，所以他格外珍惜这次的通话机会。塞里跟天痕打了个招呼，就回去拿自己需要带去魔幻星的东西了。

熟悉的面容出现在大屏幕上，天痕首先看到的是父亲马里，马里看着大屏幕先是愣了一下，这还是他第一次使用卫星电话："哎，天痕。"

"爸，是我啊！妈呢？你们还好吗？"天痕迫不及待地问出了自己最关心的问题。

此时，麦若也凑了过来，和马里一起通过大屏幕看向天痕："儿子，我们还好，就是很想你，你工作还顺利吗？"

看着母亲微笑的脸，天痕心中好受了许多："妈，我挺好的，你和爸就放心吧，我现在在公司呢。接下来公司要派我到一个偏远的星球执行开发任务，估计有很长一段时间我无法跟你们联系了，你们要多保重身体啊！"

马里和麦若殷切地叮嘱着天痕，让他注意身体，并问了他许多生活方面的情况。天痕小心地解释着，唯恐露出一丝破绽。父母是他最亲的人，为了不让他们担心，他耐心安慰他们，总算让他们放心了。天痕顺便询问了百合的情况，马里告诉他百合一切如常，依旧每天给贫民窟的人上课，过着简单而不平凡的生活。

挂断卫星电话之后，天痕心中一阵不舍，他自言自语道："爸、妈，你们多给我几年时间，等我做完自己想做的事，一定回到你们身边侍候你们，让你们享清福。"塞里还没有回来，在这神秘的圣盟研究所中天痕不敢随意走动，只得在原地等待。

正在这时候，门外传来脚步声，天痕下意识地抬头看去，只见一名紫色长发少女走了进来，她身穿白色紧身制服，表情冰冷。她快步走进房间，一眼就看到了天痕，她瞥了天痕一眼，问道："你是什么人？怎么会在这里？"

天痕一愣，道："你好，我是圣盟的空间系操纵者。"

天痕不知道该如何解释，虽然是塞里带他进来的，但他不愿意说出塞里的名字，以免给塞里带来麻烦。

紫发少女冷哼一声，道："空间系操纵者？你不知道研究所是禁地吗？况且，凭你的级别根本进不来这里。"说着，她手上亮起一道青色的光芒，随手一挥，光芒射到墙壁上，原本光滑的墙壁竟然出现了近百根激光炮管，每根炮管射出一道暗红色的雷射光，全都对准了天痕。

天痕心中一紧，在激光炮的锁定下他丝毫不敢乱动，那些沉浸于研究中的研究员此时才回过神来，一个个茫然地看向天痕和紫发少女。

紫发少女冷冷地道："说出你来这里的动机，我建议你不要随便移动，否则，超光速激光炮会立刻让你化为灰烬。"

天痕一边暗呼研究所的防御系统怎么这么强大，一边尽量让自己保持平静，可他的心还是剧烈地跳动着，他故作镇定地道："我到这里来没有什么别的目的，只是借用一下卫星电话而已。大家都是圣盟的人，没必要搞得如此剑拔弩张吧。"

"哼！这里的每一项研究都是本盟的最高机密，彼得·松所长下过命令，宁可错杀一千，不得放过一个。凡是闯入者，没有人能活着出去。"

天痕皱了皱眉，这种由超级电脑控制的防御系统可以将所有激光炮的灵敏度调到最高，即使他使用移形幻影也不一定能全身而退。他本身的防御力虽然可以挡住普通的雷射光，但被紫发少女称为激光炮的东西，恐怕不是那么容易抵挡的。实在不行他只能用出天魔变，估计能勉强挡一下。

就在天痕不知该如何处理的时候，塞里抱着一个大箱子风风火火地跑了进来，他刚踏入房间，顿时有三分之一的激光炮改变了方向，将炮口对准了他。

塞里吓了一跳，他保持着刚踏入房间的姿势不敢动，目光落在紫发少女身上，怒道："紫幻，你疯了吗？没事开启最高防御干什么？"说着，他小心地从怀中取出一个小型仪器，在上面按了几下，房间中的激光炮随之收了回去。

没有了激光炮的威胁，天痕顿时松了一口气，他看着紫发少女冰冷的脸，背脊一阵发冷，心想这圣盟研究所的人果然都是疯子。

紫幻皱眉看向塞里，冷声道："胖子，你不要告诉我这个外人是你带进来的，研究所的规矩你都忘了吗？"

塞里走到天痕身旁，道："紫幻，你那么较真干什么，这是我兄弟，他进来只不过是打一个电话而已，而且他本身也是圣盟成员。我想，这点权利我还是有的吧。别以为彼得·松老师看重你你就可以在我面前嚣张，别忘了我也是特级研究员。"

紫幻不屑地哼了一声，道："就你？你研究出来的那些东西有哪样是真正实用的？今天的事我会如实向彼得·松老师禀告，你小心点吧。"

塞里嘿嘿一笑，道："你随便去告状，反正后天我就要去魔幻星了。魔幻星可是一个美丽的地方，可惜啊，有些人是去不了的。"

第52章

冲击宇宙气第三阶段

紫幻眼中闪过一丝怒意，右手一扬，朝着塞里的方向撒出一把紫色粉末。

塞里似乎早已习惯这样的场面，他不慌不忙地一挥手，撒出一把青色粉末，带起一片绿色的火焰，将那紫色粉末烧了个一干二净。

“紫幻，就你那点小把戏还是别在我面前丢人了。天痕，咱们走，别理这个疯女人，她脑子有毛病。”说着，塞里带着天痕向外走去。

紫幻冷声道：“塞里，你给我等着，总有一天我会让你知道我的厉害！”

塞里假装没听见，拉着天痕离开了房间。当他们上了电梯，天痕才忍不住问道：“大哥，刚才那女人是干什么的？怎么那么凶？”

塞里苦笑道：“她可是我的死对头，没想到她今天会跑到第一层来。她叫紫幻，和我一样也是特级研究员，她研究的对象是人体，主要目标是攻克银河联盟上、下两议院弄出来的改造战士和生物战士，不知道彼得·松老师看上她哪一点了，竟然把她提升成了特级研究员。

“你不知道，那女人身上到处都是机关和毒药，随便一样都可以置人于死地。以前研究所里的一名一级研究员追求过她，你猜结果怎么样？紫幻不知道用什么方法把那家伙吓出了毛病，虽然过去好几年了，但那家伙的心里现在还有阴影，最后只得申请调到别的地方去做研究了。你说她可不可怕？”

天痕感兴趣地追问道：“那你是怎么和她结仇的？为什么说她是你的死对头？难道你们研究的课题有冲突？”

塞里苦笑道：“冲突倒是没有，不过，由于我们都是特级研究员，天天在一个屋檐下做研究，难免有不愉快。有一次，我为了研制一种新药无意中用了她一点东西，结果导致她的实验失败了，从那次以后，她就记恨上我了，什么事都要跟我作对。这样说起来，我好像也有错哦。”

天痕笑道：“你们把这件事说清楚不就得了，这样心存芥蒂总是不好。”

塞里无奈地道：“你以为能说清楚吗？她根本不想听我的解释。特级研究员之间的竞争是非常激烈的，谁要是能研究出好东西，地位立刻就会不一样，甚至有成为副所长的机会。这次，审判者只给了我们研究所一个前往魔幻星的名额，而我和她是最有可能入选的。她的目的是研究圣兽，而我的目的是研究药物，难免会产生冲突。这次所长最后决定派我前往魔幻星，她不知道有多嫉妒呢。”

电梯到达第三十层，塞里没有出电梯，而是让天痕打开空间袋，先将他那一箱子宝贝放了进去。他轻声嘱咐道：“兄弟，这些可都是好东西，你千万别给我弄丢了，我可就指着这些东西吃饭呢。可惜我研究出来的东西副作用都太大，否则，倒是可以帮你不少忙。希望这次去魔幻星我能够研究出提升异能等级的药品，到时候，帮你提升到审判者级别也是有可能的。”

天痕摇了摇头，道：“大哥，其实我觉得你研究出那种能提升异能等级的药未必是好事。你仔细想一下，如果我们的异能等级上去了，却没有好的领悟和应用方法，那也没用啊。说到底，自己领悟的异能要比用药物提升上去的好，那才是实实在在的能力。我觉得你应该改变一下研究方向，研究能开发人体潜能、增强人体对外界的感知力以及对各种复杂环境的适应力的药。那样的话，你研究起来也容易一些。圣液就是这一类药物，你也看到了它有多珍贵。”

塞里先是愣了一下，半晌才反应过来，眼中流露出思索的光芒，喃喃地道：“让我想想，让我先想想。”两人回到房间，塞里一头扎进静室中，显然天痕说的话给他带来了启发。

外面房间中只剩下四个人，其他人都在里面的静室中修炼。天痕隐隐感觉到，前往魔幻星的这些同伴之间似乎存在竞争关系，谁都希望自己成为一群人中最强大的那个人。

在外面的四个人中有三个是女性，唯一的男性是冰霜。冰霜坐在角落里，双眼合拢，似乎在打瞌睡。而那三个女子分别是风系的落落、火系的二十六级操纵者盖雅和土系的二十五级操纵者夜欢。三人仿佛很熟悉的样子，在一起聊得分外开心。三人中，落落无疑是最美的，盖雅容貌普通，气质内敛，夜欢则十分开朗。

落落一看到天痕走进来，不禁笑道：“你和胖子干什么去了？那胖子说话大喘气，害得我们空欢喜一场。”

天痕微微一笑，道：“其实塞里并没有恶意，他也有些不错的研究成果，否则他不可能成为特级研究员。几位姐姐，你们在聊什么？”

落落“扑哧”一笑，道：“你这声姐姐倒是叫得亲切，过来跟我们一起聊聊天吧。你是从明黄星来的吧？看来大家都来自不同的星球，能一起去魔幻星也算是缘分。”说着，她向天痕招了招手。天痕不好拒绝，只得走过去，在三人旁边坐下来。

三人的目光都落在天痕身上，落落的目光是和善的，盖雅似乎想从天痕身上看出些什么，夜欢则是一脸好奇，似乎对天痕很感兴趣。

盖雅眼中闪过一道光芒，用沙哑的声音说道：“你真的只有十一级？我不相信上面会随便破例。”

天痕没想到盖雅说话如此直接，他愣了一下才答道：“我确实是空间系十一级操纵者，而且是不久前刚刚转正的，不信你们可以去问马萨诺掌控者。”

夜欢突然道：“我听老师提起过你，他说你是个非常怪异的人，凭借只有十级的异能就打败了拥有无限攻击能量的十八级火系能量人。”

盖雅和落落听闻，眼中都流露出一丝惊讶之色。落落吃惊地问道：“这是真的吗？那你岂不是打败了等级比自己高很多的对手？”

天痕苦笑道：“或许是因为生命受到了威胁吧，我爆发出全部的潜力才幸运地通过了测试。”他心中暗想：原来夜欢是马萨诺的弟子。

盖雅疑惑地看着天痕道：“爆发潜力就能让自己的力量提升一倍？这我倒没听说过。”

天痕道：“异能的潜力谁也说不准，当时我的脑子都有些迷糊了，不过，摩尔老师对我说过，只有在真正的战斗中才能发挥出异能者真正的实力。那能量人虽然拥有无限攻击能量，但它毕竟是科技模拟出来的，并不是真正的异能者，它所能用出的力量自然也有限。”

落落颔首道：“天痕说得有道理，科技模拟出来的能量人确实无法与我们真人相比，何况，他是空间系异能者，爆发出更强的力量也没什么不可能。”

夜欢嘻嘻一笑，道：“先不说这些了。落落姐，昨天你不是去了空中大竞技场吗？你再给我讲讲那个绿叶的事吧。”

落落笑道："你这丫头，已经让我讲三遍了。你是不是爱上那个绿叶啦？"

一旁的盖雅听闻，也不禁笑了起来。

夜欢俏脸一红："落落姐，你别乱说，人家只是好奇而已。现在绿叶可是咱们异能者公认的英雄，我崇拜英雄有什么不对的？"

天痕心道：看来，自己昨天的表现确实给在场的异能者带来了很大的震撼，以后他倒是可以利用一下绿叶这个身份。他不愿再与三人多说，跟三人告别后，直接进入静室修炼去了。

盖雅看着天痕离去的背影，若有所思。

静室的隔音效果非常好，里面完全是一个密闭的空间，宽阔的房间里摆放着三十个特殊的养生舱，天痕找了一个没人的躺了进去。虽然他昨天消耗的力量已经基本恢复，但修炼是不能荒废的，反正闲着也是闲着，倒不如将时间用在修炼上。

天痕体内的三个旋涡自然转动，他用精神力控制着三种力量小心地吸收着外界的能量分子，这里毕竟还有其他人，为了防止黑暗系异能在无意间释放出来，他时刻保持清醒，一边修炼，一边感受周围的气息。他的异能已经达到十一级，体内的三个旋涡比以前大了一些，自从发现了天魔变的奥妙，他能够清晰地感觉到自己体内的两种异能达成了一种微妙的平衡，在修炼时它们并不像以前那样各自提升，而是共同提升，也就是说，只要黑暗系异能提升一点，空间系异能也会随之提升。

天痕正修炼着，突然想起自己的宇宙气已经达到第二阶段的最高境界，也就是说他现在应该开始冲击第三阶段才对。他刚想到"第三阶段"这几个字，脑海中就有一行行小字不断浮现，仿佛电影字幕一般。

天痕仔细地辨认，发现这正是末世留给他的宇宙气第三阶段的修炼方法：“宇宙气第三阶段修炼总纲。宇宙气是一种与天地无限融合的修炼方法，前两个阶段的修炼主要是改造人体本身，以获得更多对宇宙奥妙的感知。从第三阶段开始，宇宙气的修炼方法改变了，在吸收宇宙中各种能量分子的前提下，它将变得不再柔和。或许，有许多人认为宇宙气只是修身养性的修炼功法，完全错了。既然以‘宇宙’命名这套功法，它自然有它特殊的地方。进入第三阶段后，才算是真正地进入了宇宙气的修炼状态，修炼者修得的宇宙气将拥有越来越强的攻击力，如果能够突破这一阶段的第十级，进入第四阶段，将有可能直接吸收来自所有恒星的能量，然后转化为自身的能量，那样，修炼者就能更好地运用宇宙的能量。修炼宇宙气时，切不可操之过急，需循序渐进，从第三阶段开始，修炼的速度会逐渐减慢，对于修炼者来说，宇宙气不再是一种辅助的工具，它不但可以协助修炼者更好地吸收能量分子，还可以成为修炼者最好的防御技能。”

看完这篇总纲，天痕心里不禁激动起来，人体能够直接吸收来自恒星的能量，那是什么概念？如果真的可以那样做，那他以后就再也不需要通过服用营养液来维持身体机能了。他不禁暗暗发誓，一定要用最短的时间完成宇宙气第三阶段的修炼。

不过，天痕由于激动忘记了一件事：当他的宇宙气达到第三阶段的顶峰时，谁来给他第四阶段的修炼方法呢？对于普通异能者来说，只有达到掌控者以上级别的异能者才能修炼第三阶段的宇宙气。至于第四阶段的宇宙气，则只有几位审判者才有能力修炼，而此时的天痕只不过是一名小小的操纵者。

天痕暂时停止了两种异能对外界能量分子的吸收，专心致志地修炼宇宙气。与异能相比，他对宇宙气的感情要深厚得多，因为宇宙气不止一次救他于水火之中，而且还能帮他平衡两种异能，所以，只有宇宙气变得更强大，他才可以更好地控制两种异能。

末世说过，当天痕的黑暗系异能达到六十四级后，天痕会经历一场危机。天痕清楚地记得末世的话，从那时起他就更加注重对宇宙气的修炼。中正平和的宇宙气才是天痕最喜欢的，何况，第三阶段的总纲明明白白地写着，在进入第三阶段之后，宇宙气也将具有强大的攻击力和防御力。

单独修炼宇宙气时，天痕不再有顾忌，温暖的舒适感让他逐渐入定，身体周围环绕着一层淡淡的青光，时间在修炼中飞逝。冥冥之中，天痕走上了一条最正确的修炼之路，宇宙气为他未来的修炼打下了扎实的基础。

不知道过了多长时间，养生舱内的呼叫器响起，将天痕从修炼中唤醒。他缓缓睁开眼睛，透过养生舱上方的金属玻璃罩，看到了杰瑞和塞里。

天痕打开舱门走出来，问道："塞里、杰瑞师兄，你们有事找我吗？"

杰瑞笑道："你小子可真行，一次静修能待一天多。祝融审判者来了，出去吧。"

天痕心中一动，他没想到自己这次修炼竟然进行了这么长时间。他点了点头，跟着塞里和杰瑞向外走去。

塞里凑到天痕身旁，兴奋地道："好兄弟，多谢你的指点，我想了很久，终于确定了自己以后的研究方向，这样就可以少走很多弯路了，你真是我命中的福星啊！"

天痕微笑道："我只是说出了自己心中的想法而已，要是对你有帮助那真是太好了。"说着，他们来到了外面的大厅。

所有异能者都聚集在这里，祝融双手背在身后站在大厅中央，身穿蓝色长裙的蓝蓝站在他身旁。

蓝蓝看到天痕，对他点了点头。天痕不禁在心中感叹，蓝蓝确实很美，她一来顿时将其他几名女性异能者都比下去了，即使是长相最出色的落落，相形之下也逊色许多。

祝融见人到齐了，微笑道："你们都坐下吧，我先给你们介绍一下，这位是水系掌控者蓝蓝，拥有超越三十六级的水系能力，她的身份相信你们也都知道，这次她将与你们一起前往魔幻星。虽然蓝蓝的实力在你们之中是最强的，但她毕竟经历较少，所以，你们这二十人的小队，今后将以洛严为首，他是小队队长，以后在魔幻星上执行任务时，由他对你们进行统一调配，蓝蓝为副队长，负责协助洛严。"

众人的目光都落在蓝蓝身上，虽然大家都没有说什么，但每个人都不禁露出惊讶之色，谁也想不到居然有掌控者加入这次的魔幻星之行。天痕和塞里坐在角落里，看着蓝蓝大方地向众人道："大家好，我是蓝蓝，很高兴能同你们一起前往魔幻星。"

蓝蓝走到几名水系异能者身旁坐了下来，正好挨着冰霜。冰霜看着蓝蓝，目光中流露出一丝异样，但很快就恢复了正常。

祝融道："待会儿我们就要出发了，你们当中的大部分人都已经加入本盟多年，不用我说，你们也应该明白魔幻星对咱们圣盟来说意味着什么，那里的一切都是本盟的最高机密。我再次强调，在魔幻星的三年内，不论你们见到什么，都不能透露给外人，谁要是泄露了其中的秘密，将受到本盟的制裁。"众人闻言，都严肃地点了点头。

祝融继续道："在魔幻星上执勤的任务其实很简单，就是协助几位审判者时刻留意魔幻星的变化。一旦有外敌入侵，需要你们用自己的能力乃至生命来捍卫魔幻星，因为那里是我们异能者最后的乐土。魔幻星是一颗神奇的星球，它是魔幻星系中魔幻太阳的唯一一颗行星。直到现在我们也没有完全弄清楚魔幻星上的奥秘，所以，你们不单有执勤的任务，同时也需要探寻魔幻星的奥秘，一旦有所发现，必须立刻向上面汇报。有特殊贡献者，将获得本盟审判者亲自颁发的奖励。等到了魔幻星之后，我会将那里的几个禁地告诉你们，在探寻魔幻星奥秘的过程中，你们绝不可以进入禁地，否则将面临生命危险。

“你们都还没有自己的圣兽。关于圣兽，我希望你们不要随便去收服，因为每个人只能拥有一只圣兽，一旦收服就不能改变，圣兽对你们今后的修炼有着极大的帮助，你们收服的圣兽越强大，可以令你们以后的实力变得越强大。每年本盟都会派遣一批人去魔幻星收服圣兽，你们必须协助他们。以前有人在收服圣兽的过程中闹过一个笑话，一名女性火系操纵者因为心存怜悯而收服了一只类似于兔子的圣兽，那种没有攻击力的圣兽不但无法协助主人修炼以增强主人的实力，反而会成为主人的拖累。我不希望在你们身上看到这种情况，毕竟，你们都是本盟挑选出来的精英。至于收服圣兽的方法，其实很简单，你们只需要在圣兽极为虚弱的情况下，将自己的鲜血滴在圣兽的额头上，如果它没有反抗，就意味着你们成功收服了它。”

说到这里，祝融脸上露出一丝笑容：“说起来，我算是比较幸运的，在一次机缘巧合之下，我遇到了一只幼年的火鸟，并成功收服了它。它类似于远古传说中的凤凰，我就以火凤凰为它命名。所以，在收服圣兽的时候，你们千万不要贪心，能收服一只好的圣兽就已经非常不错了。告诉你们一个最好的办法，那就是趁着圣兽睡觉的时候，悄悄地将自己的鲜血滴在它的额头上，这样至少有七成的机会能成功。不过你们也要记住，越强大的圣兽，警惕性就越高，可不要偷鸡不成蚀把米，把自己赔进去了。我现在只能告诉你们这么多，稍后你们将搭乘我的祝融号出发。你们还有其他问题吗？”

塞里站了起来，问道：“审判者，我有个问题。为什么一个人不能收服两只圣兽呢？用同样的方法不行吗？”

祝融道：“当然不行。一旦你收服了一只圣兽，你们的血液融合后将散发出一种只有圣兽才能嗅到的气息。如果你再用同样的方法去收服另一只圣兽，那只圣兽在闻到那种气息后就不会再臣服于你，即使自杀也不会被你收服。塞里，就你古怪的念头多，你可要格外小心，以你的实力想收服一只强大的圣兽有点困难，必须有同伴的帮忙。”

塞里想了想，又问道：“祝融审判者，那如果我在收服第一只圣兽前先抽出一点儿自己的鲜血留到收服下一只圣兽时使用，那第二只圣兽不就不会受到气息的影响了？”

祝融愣了一下后，笑骂道：“你倒是想得美，我们的鲜血在离体一秒后，就将失去收服圣兽的能力，况且，只要有了圣兽，就算你还有原本的鲜血，气息还是会影响到你收服另一只圣兽。投机在魔幻星是行不通的。收服圣兽后，你们可以将其收入异空间，你们和圣兽之间会有一种玄妙的联系，当你需要时，可以直接将圣兽从异空间中召唤出来。将圣兽收入异空间的方法，我想你们的老师应该都教过你们，如果还有谁不会，可以向同伴请教。好了，我就先说到这里，你们收拾好自己的行李，不要带过多的东西，半个小时后我们出发。”说完，祝融转身走出房间。

半个小时后，二十名队员带着简单的行李走出了圣盟总部天平球。一辆暗红色的翔车平稳地停在天平球前面的停车坪上，与一般的翔车相比，这辆翔车要大得多，足有五十米长，它犹如一只蓄势待发的猎豹一般匍匐在地，整个车身呈流线型，显得极为坚实，前端尖锐，尾部的设计十分奇特。

天痕是中霆综合学院的高才生，他一眼就发现这辆翔车的尾部竟然安装了核能喷射口，一排十二个，一共四排，共四十八个核能喷射口。要知道，普通大型运输舰一般只有十六个核能喷射口。虽然这辆翔车的核能喷射口看上去有点小，但天痕觉得这些核能喷射口喷出的能量绝不会比任何一辆运输舰逊色。

杰瑞赞叹道："真棒啊！我还是第一次见到这么漂亮的翔车，不知道需要多少钱。等以后我有钱了，也要买一辆。"

塞里不屑地哼了一声，道："你也买一辆？你在做梦吧？这是有钱就能买到的？还翔车呢，真是孤陋寡闻。"

杰瑞不服气地道："为什么买不到？难道这是用钱买不到的东西？这分明就是一辆翔车，你一个制药的胖子不要在我面前卖弄。"

塞里道："你不懂就少说话，不要装懂。这东西是我们研究所研制出来的，一共也只有五艘，在外面当然买不到。实话告诉你，这东西根本就不是翔车，而是一艘军舰，对，就是军舰。在银河联盟中，恐怕只有神级巨舰的性能略比它强一些。"

杰瑞张大了嘴："天啊！胖子，你不是在吹牛吧？就这小东西能和神级巨舰媲美？打死我也不信。"

塞里嘿嘿一笑，道："那不打死你你就信了吧。我告诉你，只有审判者才能驾驭这种军舰，这艘叫'祝融号'，是属于祝融审判者的。在我们研究所内部，称这种军舰为审判者三号，性能之优良，绝对是你想象不到的。不要看它个头不大，它真正发起威来，就算是神级巨舰也拿它毫无办法。它的防御和攻击系统都是与操作者的能力相连的，只有审判者才能发挥出它全部的性能。看到它尾部的核能喷射口没有？它的一个核能喷射口能喷吐出一艘大型运输舰所有核能喷射口加起来喷吐出的能量。四十八个这样的核能喷射口一起喷射，可以让祝融号在短短三秒内加速到超光速，直接进入异空间。单是这一点，就是神级巨舰无法相比的，要是让彼得·松老师听到你刚才说的话，他恐怕要气得骂人了。"

众异能者听了塞里的话都不禁大惊，三秒达到超光速，那是什么概念？

正在这时，身穿红色制服的祝融突然出现在众人面前，没好气地瞪了塞里一眼，道："胖子，你要是再随便泄露研究所的秘密，小心我让彼得·松把你当成小白鼠做实验。"

塞里吐了吐舌头，指着杰瑞道："是他非要和我抬杠，他说您的祝融号是翔车。面对他这么无知的人，我当然要解释一下。"

祝融沉声道："行了，都随我上祝融号吧。"说完，他手一挥，祝融号上立即释放出一道红色的光芒。在祝融的指引下，众人纷纷走入红色光芒之中。奇异的事情发生了，那红光竟然产生了强大的吸力，直接将众人吸入了舱中。

一进入祝融号，众人都惊讶地看向周围，祝融号内的空间比他们想象中要小，还不如小一号的翔车大，舰内只有三十个座位。祝融直接走到最前面，坐在一个火红色的座位上，座位周围升起一套暗红色的铠甲，连带头盔，一起罩在他身上。

第53章

异空间的好运

一个柔和动听的女声响起："欢迎光临祝融号，祝融审判者，请您发布指令。"

听到这个声音，天痕觉得有些熟悉，仔细一想，惊讶地发现这祝融号主控电脑中的声音竟然同玛瑞·露的声音一样。他不禁暗笑，祝融对玛瑞·露还真是着迷啊！他正想着，祝融的声音响起："都给我坐好了，否则，加速的离心力会让你们难以承受。"

塞里拉着天痕坐在中间的位置上，低声道："兄弟，看到祝融审判者身上的那套铠甲没有？那并不是防御用的，而是和祝融号主控电脑连接的设备。通过这样的连接，祝融审判者可以如臂使指地控制整艘祝融号，尤其是那思感头盔，可以让他直接看到外面的一切。这艘祝融号是根据祝融的火系能力设计的，加速度相当大，是五艘审判者号中的佼佼者。攻击力、防御力也都是根据祝融审判者的能力设计的，我们研究所研制的特殊晶石给主控电脑提供增幅后，祝融号的攻击力和防御力都极大地增强了。你想想，审判者那接近可以毁灭小型星球的能力经过增幅之后有多么可怕。"

座位上的安全带自动伸出，将众人固定在座椅上，同时，一个玻璃罩子罩在座椅上方，将众人完全罩住。他们在这个罩子里，一点也不觉得气闷，还可以呼吸到清新的空气。

塞里隔着罩子向天痕使了个眼色，似乎是要他好好感受祝融号的奇妙之处。天痕心中充满了震撼，他从来没有想过，号称开发人体潜能、以异能修炼为先的圣盟竟然拥有如此高科技的军舰。

祝融的声音在每个人的耳边响起：“你们的身体已经被固定，不要试图移动，也不要使用自己的异能，从这里到魔幻星绝大部分时间将在异空间中航行。在这个过程中，你们的意识是清醒的，不论外界发生什么变化，你们都务必保持平稳的心态。这是你们第一次乘坐祝融号，希望你们会喜欢它。主控电脑启动，进入航行模式。”

随着祝融指令的下达，他身上那暗红色的铠甲散发出一层红色的光芒，他头顶上方出现一个圆洞，红色光芒骤然大亮，一颗巨大的红色宝石从洞中飘出，停在祝融胸口前半米处，红色的宝石散发出红光，仿佛一团火焰在燃烧。那光芒虽然强，但并不刺眼，众人只觉得全身一震，神秘的祝融号终于起航了。

祝融身上散发的红色光芒将那颗巨大的红色宝石笼罩在内，柔和动听的声音再次响起：“进入光速状态，三秒后跳入异空间。”

由于身上有玻璃罩，众人感受不到外界的变化，但三秒过后，他们再看外面，发现一切都已经变得有些扭曲。除了熟悉祝融号性能的塞里以外，其他人心中都不禁有些疑惑，他们真的已经跳入异空间了吗？这也太快了吧？

事实证明，这是真的。祝融号舰尾的四十八个核能喷射口在祝融强大的火系异能的作用下爆发出强劲的推力，舰身发出耀眼的红光，下一刻，祝融号就冲出地球大气层，进入了异空间。祝融号在奇异火焰的包裹中飞速前进，众人都是第一次经历这样的旅行，难免有些紧张。

天痕是空间系异能者，对空间的感知力比其他系的异能者要敏锐得多。

他清晰地发现，祝融号内部的空间扭曲程度比他以前乘坐的运输舰要大得多，也就是说，祝融号现在在异空间的前进速度比普通运输舰的前进速度要快得多。

天痕的目光落在祝融身上，他看见红光将祝融的身体和那颗硕大的红色宝石完全笼罩在内，这恐怕才是祝融号最主要的动力来源。圣盟竟然有如此强大的科技力量，天痕不禁想，我要是也能拥有这样一艘军舰该多好，那样我就可以在宇宙中随意航行了。

祝融的声音再次响起："我们正以百倍光速前进，祝融号已经进入正确的轨道，现在我可以告诉你们魔幻星大概的位置。其实，魔幻星并不在银河系之中，准确地说，它存在于异空间，是异空间中的异类，这也是圣兽能够在异空间生存的原因。在魔幻星和魔幻太阳构成的魔幻星系处，它们形成的循环以外完全是异空间。魔幻星距离银河系非常遥远，即使以我们现在的速度，也需要经过一个月左右的飞行才能到达。至于具体线路，你们不需要知道。

"关于魔幻星是怎么被发现的，说起来很有传奇色彩。当年，在一次战斗中，光明大长老与黑暗势力的首脑末世从正常空间跳入了异空间之中，他们凭借强大的实力，在异空间中生存了一段时间。后来，他们遇到了可怕的异空间风暴，双双被卷入其中，经过一段很长的时间，当他们的力量几乎消耗殆尽之时，他们恰巧被甩到了魔幻星。最后，他们想尽办法才从魔幻星走出来，又经过数年的探索，才重新回到了银河联盟。所以，只有圣盟和黑暗势力知道魔幻星的存在。虽然我们双方是对立的，但毕竟同属于异能者，因此，我们之间有一个不成文的约定，那就是谁也不能将魔幻星的存在透露给银河联盟议会。魔幻星也因此得名，被我们称为异能者的乐园。我再次强调，你们在魔幻星上所见到的一切，绝不可随便泄露出去。"

听了祝融的话，天痕心中十分震惊。魔幻星竟然是异空间之中的奇异存在，怪不得银河联盟的地图上没有标注它的位置。即使对他们这些圣盟的精英，祝融也没有说出魔幻星的具体方位，银河联盟议会当然不可能找到它。除非有人能像光明和末世那样，在机缘巧合的情况下从异空间风暴中死里逃生，又恰巧到了魔幻星。不过那几乎是不可能的，毕竟，以普通人的身体，别说遇到异空间风暴，就是进入异空间也会被轻易撕碎。从圣盟对魔幻星的保密程度来看，圣盟与银河联盟之间的关系确实存在一些问题，否则圣盟也不会将魔幻星作为进可攻、退可守的秘密基地了。

祝融的声音再次响起："所以，你们在进入魔幻星之后，绝不可以随便使用飞行术飞出魔幻星的大气层，一旦被卷入异空间，就算是我们也救不了你们。没有审判者的实力，是不可能在异空间中生存的。我要准备加速了，你们可以修炼宇宙气，因为在这种速度下，任何异能都无法吸收能量分子。接下来的一个月虽然枯燥了一些，但可以让你们静下心来修炼。"

听完祝融的话，最不满的就是蓝蓝了，让她枯坐一个月，以她的性格怎么受得了呢？但现在她的身体完全被束缚住了，她没有别的办法，只好焦躁地看向四周，好巧不巧她的目光落在了天痕身上。

此时，天痕已经闭上了眼睛，身上散发出淡淡的青光，似乎已经开始了修炼。因为有青光的笼罩，天痕的容貌变得有些模糊。蓝蓝心中一动，这一刻她仿佛看到了绿叶的影子。她心情一阵激荡，暗想：我去魔幻星就是为了修炼。为了早日拥有绿叶那样的实力，我必须忍受修炼过程中的寂寞，既然连天痕都能静下心来修炼，我为什么不能呢？她一咬牙，尽量让自己平静下来，终于，她也不再焦躁，开始了修炼。

确实，听完祝融的话以后，天痕不愿意浪费一点时间，他直接开始了宇宙气的修炼。他的宇宙气等级依旧是第二阶段第十级，还没有进入第三阶段。现在，他非常想看看，进入第三阶段的宇宙气到底会给自己带来什么样的惊喜。所以，他直接将空间系异能释放出来覆在体表，以应对特殊变化，然后直接开始修炼宇宙气。

其实，有一点祝融没有说清楚，在异空间旅行的过程中，并不是任何异能都无法吸收外界的能量分子，有一种异能是例外，那就是空间系异能。异空间中的空间系能量分子是最为活跃的，活跃到可以用“狂暴”来形容，所以，想吸收它们来修炼显然不是一件容易的事。首先，需要高度集中精神；其次，要想办法将狂暴的空间系能量分子变成平和状态，以便吸入体内，这就需要修炼者本身拥有强大的能力。而在此次参加异空间旅行的成员中，空间系异能者只有天痕和杰瑞，在祝融看来他们显然还不具备这样的能力，所以祝融才没有说明这一点。

但是，祝融并不了解天痕的真实情况，天痕不但拥有空间系异能，还拥有黑暗系异能，最可贵的是，天痕的宇宙气已经达到了掌控者级别。

此时，天痕的心态很平和，控制着宇宙气平稳地运转，而覆盖于体表的空间系异能在温和的宇宙气的支持下，不知不觉地探出了保护他身体的玻璃罩。外界的异空间虽然扭曲得很剧烈，但对空间系异能并不排斥。天痕此时已经进入入定状态，并没有用精神力去控制这些散发在外的空间系异能，这反倒成全了他。那些空间系异能同外界的异空间接触，从中缓慢地吸收了一些属于异空间的能量分子，补给自身。

如果此时的天痕是清醒的，用精神力去控制自己的空间系异能，他的精神力必然会被扭曲的异空间绞得粉碎，不但不会有好结果，反而会伤害到自身。但此时的情况是奇异的，完全沉浸在宇宙气修炼中的天痕根本不知道外面发生的一切，他在入定前覆盖于体表的空间系异能不断地增加，虽然增加的速度并不快，但因为异空间中的空间系能量分子极为活跃，所以，天痕的空间系异能得到了极大的增幅。

在祝融的全力操控下，祝融号的速度不断加快。在异空间之中，时间似乎停滞了，所有的异能者都投入到了宇宙气的修炼当中。每隔一段时间，祝融号就会给异能者们注入一次高级营养液，以维持他们的身体机能。在此期间，除了天痕进入深度入定状态以外，其他异能者都有清醒的时候，但闲着也无聊，他们很快就又进入了宇宙气的修炼状态之中，谁也没有注意到天痕的变化。

经过银河联盟历二十七天的飞行后，祝融号前进的速度开始逐渐减慢。一直用自己的异能控制着祝融号的祝融，因为消耗了太多的异能，已将祝融号交由主控电脑控制，他也开始修炼宇宙气，以恢复精神力和能力。

就在这时，一直处于修炼状态的天痕清醒了。

青色的光芒在他体内环绕一周后重新回到胸口处，急速旋转的旋涡突然停了下来，原本已经充盈整个胸膛的青色光芒竟然在快速地压缩收拢。随着意识的逐渐恢复，天痕惊讶地发现，自己的宇宙气完全变了，原本的青色旋涡此时已经缩小到原先的几十分之一，只有一个手指头大小，青色也变成了碧绿色。突然，天痕看到了一块小小的碧绿色的六边形晶体，就像无极徽章上的宝石一般静静地停在自己的胸口处。

虽然表面看上去这颗碧绿色的晶体不如原本的青色旋涡，但天痕能清楚地感觉到，这颗完全由宇宙气凝结而成的晶体中包含着深厚的宇宙能量，那种充实感是原本的青色旋涡所没有的。

天痕心中大喜，他知道，自己的宇宙气一定已经突破瓶颈进入了第三阶段。他将精神力向外散发，想看看外面有没有什么变化。正在这时候，天痕感觉到了自己在入定前覆盖于体表的空间系异能，他没有太在意，直接用精神力驱动这些异能回归自己体内，它们的防护使命已经结束了。空间系异能按照天痕的命令向他体内聚集，就在这时，天痕意识到了不对劲。

空间系异能刚开始向他体内聚集时，速度还不是很快，但随着时间的推移，这些空间系异能竟然像无穷无尽一般不断加速，飞快地融入天痕脑部的白色旋涡之中。白色旋涡运转的速度越来越快，随着空间系异能越来越多，天痕惊恐地发现，它们已经脱离了自己的控制。他心头一惊，心想，难道两种异能在这时产生了排斥吗？他来不及过细地思索，赶忙调动自己刚刚进入第三阶段的宇宙气，开始调节空间系异能涌入体内的速度。

碧绿色的光芒笼罩住天痕的大脑，温暖的气流不断冲击着空间系异能，减缓空间系异能的涌入速度。达到第三阶段的宇宙气很强大，空间系异能所带来的恐怖冲击力顿时减弱了许多。天痕一边控制着自己的空间系异能，一边留意黑暗系异能的变化。黑暗系异能显得很平静，依旧按照原本的速度不断地旋转着，并没有要向上冲与空间系异能作对的意思。

天痕开始认真思索，问题出在哪里？异能增加了当然是好事，但这些力量到底是从何而来的呢？很快，天痕就想到了外面扭曲的异空间，难道这些都是扭曲的异空间带给我的吗？如果真是那样，我又是怎么吸收异空间的能量分子的？

宇宙气虽然减缓了空间系异能的涌入速度，但并不能阻止它们涌入。天痕依旧有些恐惧，心想，难道这些空间系异能是无限的吗？那岂不是要把我撑死？他刚意识到这个问题，那不断涌入的空间系异能竟没有任何预兆地消失了，这也平复了他心中有些纷乱的情绪。

他的大脑被一片白蒙蒙的光芒所笼罩，白色的旋涡不断地旋转着，但由于体积骤然增大，旋转速度慢了许多。天痕发现，同黑暗系异能相比，空间系异能的体积增大了接近一倍。这种奇异的现象令他大为吃惊，他暗想：异空间的能量分子到底是如何被我吸收的呢？竟然能够让我的空间系异能在短时间内有这么大的提升。但是，这并不一定就是好事，两种异能不平衡，很有可能造成它们在我体内再次发生紊乱。现在该如何处理这种情况，天痕一时间也拿不定主意。为了更好地了解现在自己所拥有的空间系异能，他将精神力留在脑海之中继续探察。

其实，天痕之所以能将这么多空间系异能收为已用，不仅是因为他运气好，更重要的是因为他当初服用的圣液发挥了应有的作用。圣液对人体的改造是一个漫长的过程，当初欧雅一次给天痕服用了十毫升圣液，经过一年多的时间，在天痕不断修炼的过程中，圣液不断滋润着他全身的经脉。虽然天痕并没有太大的感觉，但在圣液的滋润下，他的经脉已经变得比普通人的柔韧十倍，而且，他的身体变得更加宽厚，能够容纳比一般人多得多的异能。如果不是这样，换一个人突然拥有像天魔变那种强度的能力，恐怕还没来得及施展，身体就已经被庞大的能量撑爆了。

正是由于经脉和身体得到了改造，所以天痕这一个月以来从异空间吸收的空间系能量分子才能够完全被他吸收，而且没有任何不适的感觉。

在第三阶段宇宙气的帮助下，天痕先后几次试探了自己的空间系异能，并没有发现任何异常，这些被他吸收的异能已经完全可以为他所用。这一发现令他欣喜若狂，虽然他还不知道自己的空间系异能达到了什么等级，但想来一定提升了许多。

天痕突然想起自己在电梯口被奈落·比尔侮辱后想融合天魔变时的情况，他暗想：我的三种能力是可以相互转化的啊，尤其是空间与黑暗两种异能，在宇宙气的平衡下它们可以相互转化。既然我的空间系异能已经大幅度地提升了，何不让它与黑暗系异能维持平衡，共同进步呢?

想到这里，天痕立刻行动起来，他先将部分精神力收入宇宙气形成的碧绿色晶体中，然后用精神力同时切断了自己与三种力量之间的联系。同样的情况再一次出现了，白色与黑色两个大小不同的旋涡缓缓地向胸口处移动。

天痕全身剧震，他清晰地感觉到，自己胸口处像有一团火似的，脑海中不断出现黑、白、绿三种不同的颜色。这三种颜色似乎在不断地倾轧、融合，庞大的气息不稳定地波动着。如果说现在天痕没有一丝害怕，那是不可能的。毕竟，他体内的能力都是他辛苦修炼而来的，如果出现不良反应，他很有可能会失去自己的能力，严重的话还可能会威胁到自己的生命。但是，事情已经到了这个地步，开弓没有回头箭，他只能继续下去，凭借自己坚定的意志，一次又一次从三种力量融合所带来的痛苦中挣扎出来，始终保持着大脑清醒。

时间一分一秒地过去，天痕身体上不断出现黑、白、绿三色电光。绿色的电光最为强烈，当黑、白两色光芒相互倾轧时，它会立刻起到中和作用。幸亏这个时候所有人都处于修炼状态，祝融也进入了沉睡状态，否则，必然会有人发现天痕身具黑暗系异能。

天痕也不知道过了多长时间，他的身体已经完全被汗水浸透了。在三种力量融合的过程中，他体内的杂质完全被清除了。这次融合并不像上次那么简单。上次是完全属于天痕本身的力量，而这一次，空间系异能大幅度地增强了，想将它转化为黑暗系异能，谈何容易？

外界的异空间在不断地扭曲，天痕体内的异能剧烈地波动，他的身体不断地颤抖着，大颗大颗的汗珠顺着额头向下滴落，在玻璃罩中升起一股淡淡的水雾。在长时间对抗痛苦的过程中，天痕的神志终于开始有些模糊了。他很清楚，这时候自己绝不能有丝毫放松，否则，必将前功尽弃。他坚持着，抵抗着，为了得到更加强大的力量，他再次进入了疯狂的状态，意念前所未有地坚定，他相信，自己一定会成功的。

“轰——”

天痕体内如同有核弹爆炸了一般，大脑陷入了一片空白。这一刻，所有的声音完全被隔绝了，天痕的六感几乎同时消失，陷入一片黑暗之中，保护他的玻璃罩也随着力量的爆发剧烈地一颤，如果不是因为它是用特殊科技合成的，恐怕早已被震碎。

紧绷的精神终于得以放松，天痕的身体在一阵僵硬之后渐渐变得柔软，身体表面的三色光芒缓缓消失，融入了他体内。失去了六感的他不可能继续修炼，进入了沉睡状态。疲倦的身体需要休息，过度消耗的精神同样需要恢复，此时，天痕的外表变化最大的就是皮肤，他的皮肤变得如同透明的一般，晶莹的光芒若隐若现。在特殊条件下，他的身上再次出现了奇迹。

“所有人员请注意，所有人员请注意，请结束你们的修炼。十分钟后，祝融号将进入魔幻星大气层，即将到达目的地魔幻星。”柔和动听的女声将众人唤醒。

这段时间，最无聊的要数塞里了。他的宇宙气本就不强，他的志向又不在修炼上，这一个月的枯燥修炼让他大感不适。他原本的宇宙气只达到了第一阶段第四级，经过这一个月的修炼，竟然提升到了第一阶段第六级。

祝融号剧烈地一震，舰舱内的空间渐渐恢复正常，所有灯光重新恢复了照明。

异能者们纷纷开启身上的玻璃罩。塞里深吸一口气，高呼道：“憋死我了，这么长时间的异空间旅行，真不是人能承受的。”虽然安全带依然紧扣在他身上，但他的手脚已经可以活动了，他顿时觉得舒服了许多。

离他不远的杰瑞没好气地瞪了他一眼，道：“你的意思是说，我们大家都不是人？你以为我们好受啊！”

塞里嘿嘿一笑，道：“不管怎么说，终于过去了。可惜这祝融号上没有能观察外面的玻璃窗，否则我们现在应该可以看到魔幻星了。”

杰瑞眼中流露出期待的光芒：“是啊！魔幻星，真想赶快看看它长什么样子。为了今天，我可是期待良久啊！真希望能早点看到！”

塞里的目光一转，看向身边的天痕。他惊讶地发现，天痕竟然还在沉睡，脸色有些苍白，胸口随着呼吸微微地起伏，头上的黑发一缕一缕的粘在了一起，看上去很狼狈。

塞里心中一惊，难道天痕修炼过度，导致损伤了身体？想到这里，他赶忙推了天痕一把，叫道：“天痕，醒醒，我们就要到地方了。喂，你快醒醒啊！”

对塞里的呼唤，天痕没有一点反应，他似乎睡得很熟，呼吸非常均匀。塞里的声音惊动了其他异能者，大家的目光都落在了熟睡的天痕身上。

杰瑞皱眉道：“天痕这小子，都睡了一个月还没睡够吗？怎么到现在还不醒？塞里，你有没有办法打开我身上的金属安全带，我过去看看。”他看到天痕的样子，心头一阵发紧，斐济告诉过他天痕的情况，并交给他一个任务，就是在魔幻星的这三年中保护天痕。

塞里无奈地道：“我要是有办法就先把自己的打开了。这金属安全带是由祝融号的主控电脑控制的，在着陆之前是不可能打开的。估计用不了多久就会着陆，我们等等再说吧。我怕天痕因为修炼过度导致身体损伤，不过问题应该不大。有祝融审判者在，就算他的身体出了问题，应该也来得及救治。”

虽然嘴上这么说，但他心中的担忧并不比杰瑞少。他飞快地在脑海中回想自己研制的各种药品有哪一样是适合天痕的，可是，很快他就意识到，自己带来的东西都在天痕的空间袋中，不禁无奈地摇了摇头。

这时，被暗红色铠甲包裹的祝融伸了个懒腰：“终于到了，累死我老人家了。丫头、小子们，这一个月感觉不错吧？平时你们哪里会这么集中精神地修炼，哈哈哈哈。”成功抵达了魔幻星，他的心情很不错。

“解除所有安全防护，进入自动降落模式。”

祝融下达了指令后，他身上的暗红色铠甲缓缓地缩回他身后的金属墙壁中。经过这么长时间的航行，他看上去有几分疲倦，虽然休息了几天，但他的力量还没有完全恢复。

第54章

初抵魔幻星

异能者们身上的安全带也都缩回椅子中。塞里第一个跳起来，一只手探向天痕的额头，感受他的身体变化。

祝融看到塞里的举动，问道：“胖子，你在干什么？”

塞里脸色凝重地道：“审判者，天痕不知道为什么还没有清醒过来，我觉得有点不对劲。”

祝融愣了一下，站起身，来到天痕身旁。塞里赶忙让到一边。

祝融伸手按向天痕的额头。以他审判者的实力，如果他在这时候探察毫无防备的天痕，必然能察觉到天痕体内的黑暗系异能。或许是冥冥中自有天意，就在祝融的手即将摸到天痕的额头时，天痕睁开了眼睛，他看到一只大手按向自己的额头，下意识地就用出了移形幻影，身体一闪，躲到了祝融背后。

所有人的目光都集中在天痕身上，而他此时还有些迷糊，呆滞地看着身旁众人，一时间竟然忘记了自己身在何处。

祝融随手在胖子头上敲了一下：“这小子哪儿有问题，滑溜得跟条鱼似的，你成心戏弄我是不是？”

塞里尴尬地道：“可是、可是刚才他一直都处于睡梦中，怎么叫也叫不醒，谁知道您一过来他就清醒了。我看啊，一定是您身上有王者之气，他被您的气息一刺激，立马就醒过来了。”

祝融闻言愣住了，随后脸上露出一丝笑容：“你这胖子真会说话，比彼得·松那疯子强多了。”可他哪里知道，胖子口中的王者之气指的是人身之臭气——屁。

塞里嘿嘿一笑，几步走到天痕身旁，一掌拍在天痕肩膀上：“天痕，你怎么回事？刚才怎么叫你你都不醒。”

天痕挠了挠头，道：“我也不知道是怎么回事，修炼过后有些疲倦，我就睡了一觉。不好意思，让你们担心了，我们已经到魔幻星了吗？”此时，他已经清醒，看着塞里和祝融的样子，顿时明白刚才发生了什么，心中暗呼好险，幸亏自己醒得及时，否则就麻烦了。

祝融转身看向天痕，眼中光芒大亮：“天痕，你小子是不是有了什么突破？看你的样子，应该是宇宙气达到了新阶段。”

其他异能者此时也发现了天痕的不同。同以前相比，他更加高大了，肩宽背阔，略有些长的黑发垂到肩膀上，身上散发着一股若隐若现的气势，尤其是他的眼睛，虽然流露出迷惘之色，但黑色的眼珠如同黑宝石一般闪闪发光。

蓝蓝是在场的人中除了祝融以外能力最强的，祝融是审判者，不会太在意天痕修为的提升，蓝蓝的感受却很深。她吃惊地发现，天痕的气质竟然同以前完全不一样了，他的眼睛仿佛有魔力一般，配上这挺拔的身姿，给她一种说不出的诱惑力。

天痕手上的生物电脑传给他一条他期待的信息：“异能等级十六，宇宙气三段二级。”十六级，竟然十六级了！短短一个月的时间，他的异能等级竟然从刚升入十一级直接跳跃到了十六级。宇宙气的能量并没有转化为两种异能，而空间系和黑暗系异能所形成的旋涡又呈现出平衡状态，但两种异能都提升到了十六级。如此快的提升速度，是天痕想都不敢想的。

他不禁在心中暗想：如果异能等级的提升这么容易，我多进行几次异空间旅行，岂不是能提升得更快？很快他就否定了这个推断。虽然吸收扭曲的异空间的能量分子能使修炼速度变快，但危险性也比平时修炼要大得多，而且，从宇宙平衡的角度来看，异空间中的空间系能量分子肯定是有一定规律的，当他的能力达到一定程度后，修炼的速度或许就不会这么快了。不管怎样，此时他仍很兴奋，毕竟，一下提升到了十六级，这对他在魔幻星的三年必然有着巨大的帮助。

“天痕，你小子发什么呆，我问你话你没有听到吗？”祝融皱着眉看着一脸喜色的天痕，不禁追问道。

“啊！”天痕从欢喜中回过神来，赶忙道，“对不起，祝融审判者，我刚刚走神了。我的能力确实提升了，宇宙气终于进入了第三阶段。”

一旁的杰瑞嘟囔道：“原来是宇宙气进步了，我还以为你能吸收异空间的能量分子呢。”异能者们一向都不太重视宇宙气的修炼，能进入第二阶段的人已经很少了，他们中大多数人都觉得宇宙气并没有太多的用处，与其耗费时间修炼它来支持自己的异能，还不如直接修炼异能来得快。

异能者们并不太在意这一点，祝融心中却十分惊骇。他几步走到天痕面前，将声音控制在只有天痕能够听到的范围内：“小子，你没说错吧？你的宇宙气进入了第三阶段？好个摩尔，怪不得肯让异能只有十级的你随我来魔幻星，原来是这样。”

天痕点了点头，道：“祝融审判者，我的宇宙气是到了第三阶段，我也没想到能提升得这么快。”

祝融微笑着看着天痕：“好小子，宇宙气能进入第三阶段的异能者，即使在掌控者中也屈指可数。宇宙气修炼起来比异能更加困难，尤其是从第二阶段提升到第三阶段的过程，需要有强大的意志力和长久的刻苦修炼做保证。虽然宇宙气与异能不是一个概念，但都是好东西，继续走你的路吧。如果你能将宇宙气提升到第四阶段或以上，你就相当于比普通异能者多了一种异能。摩尔的眼光真是不错。”

天痕心中非常兴奋，还有什么比能力的飞跃更让他高兴的呢?

“审判者您放心，我一定会继续努力修炼的。如果我有什么不明白的，一定多向您请教。审判者，我心中一直有个疑问，宇宙气到底总共有几个阶段?第四阶段后面还有更高的境界吗?”

祝融微笑着道：“本来这些并不是你应该知道的，不过你既然是摩尔的得意弟子，这些东西他早晚都会告诉你，不如我现在就送你个人情。就目前来看，宇宙气一共有五个阶段。我现在处于第四阶段第八级，据我所知，突破到第五阶段的，在圣盟中也只有光明大长老。光明说过，宇宙气就像宇宙一般，是一个无边的海洋，恐怕目前已经发现和研究出的第五阶段并不是最终阶段，加强对它的修炼对异能者自身来说有着巨大的好处。不过，宇宙气越到后面越难修炼，所以，大多数人都选择修炼异能，毕竟，异能等级的提升更容易体现在实力上。所以，我们也没有提倡修炼宇宙气。看你的样子，应该是从小主修宇宙气吧，你既然选择了这条路，就继续走下去吧。”

天痕点了点头，他本来还想再提问，却听祝融道：“走吧，准备下舰了，我们已经到达魔幻星，以后你在修炼过程中遇到任何问题都可以随时来找我。”

天痕微微一愣，这才意识到祝融号已经着陆了。

祝融转向众异能者：“大家随我下舰，你们与上一批人进行交接后，上一批人就该离开了。”说着，他向主控电脑下达了开启舱门的指令。厚重的舱门缓缓打开，众人终于来到了魔幻星。

异能者们在红色光芒的笼罩中离开了祝融号。当他们站在地面上时，顿时被眼前的一切吸引了。

魔幻星的天空并不是澄澈的蓝色，而是闪烁着淡淡的金光，远处天边挂着一道道彩虹，因为有金红色的魔幻太阳照耀着魔幻星，这里的温度适宜，给人非常舒适的感觉。

祝融号停靠在一片空地上，旁边还有一艘外观与祝融号几乎一样，只是颜色是淡黄色的运输舰，同祝融号相比，这艘运输舰显得更厚实一些。

周围都是高大的树木，却没有一种是人类已知的行政星上存在的树木。树的颜色并不是单纯的绿色，而是五颜六色，那绚丽的色彩令众人目眩神摇，再加上空气中不时传来的淡淡清香，这个地方就像世外桃源一般令人陶醉。

祝融微微一笑，道："很惊讶是吗？这里确实是个世外桃源，虽然我们圣盟发现这个地方已经有很长时间了，但我们每次来都尽量不破坏这里原本的环境。你们看到的这块地方，是我们在这里开发的唯一一个区域，方圆三十公里是我们的安全区。在这里没有任何科技设施，一切都将回归原始状态。今后你们的生活也是这样，希望你们能够尽快适应。好了，你们先卸货吧。我从地球上带来了不少日用品，你们先把东西搬到我们在魔幻星的基地，算是你们此行的第一个任务。"他的话音刚落，祝融号尾部便出现一个方形的缺口，紧接着，一个个大箱子顺着履带滑落在地。

祝融向众人挥了挥手，道："一共二十个箱子，一人一个，目的地是我们基地的仓库。"

众人都是圣盟的精英，自然不会惧怕搬这些箱子。只有异能等级最低的塞里一脸苦相，自言自语道："这么大的箱子，得有多沉啊！"

祝融扫了塞里一眼，道：“没多沉，都是日用品而已，一个箱子也就一百千克吧。”

看着脸色大变的塞里，天痕凑到他身旁，低声道：“大哥放心，有兄弟我呢。你的那个箱子我包了。”他的力量刚刚提升了，自然不在乎多扛一个箱子。

塞里看向天痕，脸上顿时露出一丝喜色，搓了搓手，笑道：“好，真是我的好兄弟。”

祝融脸上露出一丝诡异的笑容，刹那间，他身上射出红色的光芒，将在场的每一个人都笼罩在内，即使是拥有掌控者实力的蓝蓝也被红色的光芒定住了，丝毫动弹不得。

祝融嘿嘿笑道：“你们以为那么容易吗？到了魔幻星，怎么也要让你们更好地认识一下这里。以火的名义，审判·禁锢。”

红色的光芒中出现数个光环，分别套在每一个人身上。众人虽然很吃惊，但他们知道祝融不会伤害自己，他们也正好想看看祝融究竟要做什么。只有一个人例外，那就是天痕。

祝融刚释放出红色光芒的时候，天痕就猜到祝融恐怕是要限制众人的能力，让他们单纯依靠体力来搬运这些箱子，他的脸色瞬间变得惨白。因为，一般的能力禁锢很简单，就是切断异能者与本身异能之间的联系，可是，如果自己的精神力失去与异能之间的联系，那天魔变不是要出现了吗？就算现在自己的实力增强了一些，自己也不可能同祝融这样的强者相抗衡啊！更何况，魔幻星虽然美丽，却是绝地啊，连逃都不可能逃。就算能逃，自己跑得过审判者吗？

虽然心中骇然，但此时天痕也没有任何办法，只能任由那红色光环套住自己的身体。正在他已经绝望之时，却发现了奇异的现象：红色光环向他体内传输了一股热流，将他的三种力量向内压缩，并没有切断他的精神力与异能之间的联系，身上的束缚解除了，他依旧能清晰地感觉到异能的存在，只是似乎无法将异能释放出体外而已。

天痕并不知道，对于一般的异能者来说，切断精神力与异能之间的联系会产生非常大的伤害。祝融只是要锻炼他们，又怎么会伤害他们呢？也只有天痕这样的“怪胎”在异能与精神力之间的联系被切断时才会产生变异。

祝融满意地看着众人，道：“我用火系异能将你们的能力都压缩在体内，现在你们不能运用异能，只能依靠身体的力量来搬运了。我要看看，你们这些小子和丫头的身体强度如何。我想，教导你们的老师都告诉过你们，只有身体够结实，修炼异能时才更容易提升。我们的身体就像一个容器，如果容器小，而盛放的东西过多，必然会出现问题。今天给你们上这第一课，就是要让你们感觉到自己身体强度的不足。好了，搬东西吧。”

塞里笑了，祝融的这种做法对他来说可以算是没有影响。就算不限制异能，他也没多少力气。而对于其他异能强悍的异能者来说，这限制就太大了，虽然他们的身体强度都不错，但不能运用自己熟悉的异能，本身的力量自然会大打折扣。包括蓝蓝在内，每个人都一脸苦相，无奈地向箱子走去。他们都在暗暗祈祷那些箱子不要太重才好。

天痕逃过一劫，兴高采烈地第一个向箱子跑去。虽然比异能他比不上这些同伴，但要论身体强度，他对自己有绝对的信心。不论是早些时候在菲尔古堡中的训练，还是后来在明黄星那一年的苦修，都让他的身体强度提升到了比普通人强数倍的程度。再加上圣液的改造和常年修炼宇宙气对提升身体强度的帮助，一百千克算什么？

天痕跑到众多箱子前，双手抓住一个箱子的边缘，大喝一声：“起！”箱子被他轻松地搬了起来。他用手感觉了一下，就和当初在欧雅那里穿的铠甲重量差不多，确实是一百千克。对于现在的他来说，一百千克是小意思，他轻松地把箱子举在手中，向塞里道："还行，不算重。"

其他的异能者见天痕如此轻松地搬起一个箱子，脸上的凝重之色顿时舒缓了一些，纷纷走到箱子前，向他们的目标开始发力。

"我起！"塞里学着天痕的样子大喝一声，但箱子纹丝不动。

"我再起！"他不信邪地又一次用力，箱子还是没动。

"啊，我拼命起！"他将自己的全部力量都用在手臂上，箱子终于缓缓地脱离地面，但也仅仅是抬高了几厘米，就重新落在了地上，发出"砰"的一声响。

"天痕，你小子耍我？这么重你居然告诉我不算重，这不是要了我的小命吗？"塞里一边向天痕抱怨，一边不断发力，但那箱子的重量确实不是他所能承受的。

天痕一只手托着自己的箱子，微微一笑，道："大哥，你是搞研究的，这力气活小弟替你来吧。"说着，他走到塞里身旁，用另一只手轻抬塞里的箱子。木箱的一边顿时翘起，天痕将右脚伸进下面的缝隙里，以腰带腿发力，以腿带脚发力，再次大喝一声，竟然直接用脚将箱子挑了起来。

箱子在空中翻滚，足足飞到三米高。天痕看准其下落之势，那只托着自己箱子的手向前伸，接住塞里的箱子。两个箱子严丝合缝地堆放在一起，虽然重量增加到了二百千克，但他依旧脸不红气不喘，单手托着，一副很轻松的样子。对他来说，这点重量还不算什么。

天痕看着眉开眼笑的塞里，微笑着道："你兄弟我没别的长处，就是有把子力气。"

异能者们看到天痕一个人轻松地托着两个箱子，都难以置信。这次的二十个人中，包括蓝蓝在内有四名女性，她们正看着自己的箱子发愁，而其他的男性异能者都久经锻炼，虽然没有天痕那样变态的力量，但扛起一个箱子，问题还不是很大。

洛严的力气不小，见天痕帮塞里搬了箱子，他扭头向身边的落落道："你的我来拿吧，你们这些小姐身体娇贵，恐怕够呛。"他并没有学天痕，而是把自己的箱子放在落落的箱子上，然后双手托住下面的箱子，全身用力，这才将两个箱子搬了起来。他的样子自然没有天痕那么从容，他有些喘息地道："兄弟们，你们谁力量大，帮咱们这几位姑娘多拿一个，大家齐心协力完成这第一个任务。"

其他人面面相觑，他们扛着自己的箱子都已经非常费力了，除了天痕和洛严，谁也没有多余的力量帮助别人。一时间，蓝蓝、盖雅和夜欢一脸无奈地看着众人。

蓝蓝虽然高傲，但此时看着面前这个大木箱子，她一点儿办法都没有。说来可笑，她的异能虽然已经达到了掌控者级别，但她的宇宙气还停留在第一阶段，身体强度同天痕比起来简直是一个地下一个天上。别说一百千克，在没有异能的情况下，就算是二十千克的东西，她也拿不动。但她一向没有求人的习惯，只得低头看着自己的箱子，一时间不知道该如何是好。

夜欢性格活泼，早已同其他男性异能者打成一片。此时她看着自己的大箱子，向身旁的几名异能者求助，杰瑞就是她求助的对象之一。

杰瑞看着夜欢那双会说话的大眼睛，苦笑道："夜欢大姐，不是小弟不想帮你，我实在是心有余而力不足啊！我扛着这一个还不知道能不能走到基地呢，要是扛两个，恐怕直接就趴下了。"

夜欢不满地道："你看看人家洛严大哥和天痕，都能拿两个。你们这些家伙，一个比一个没用。"她刚说到这里，就看见手托两个箱子的天痕向自己走了过来。

天痕走到杰瑞身旁，笑道："师兄，你别为难，夜欢姐的箱子也让我来拿吧。"在夜欢惊喜的目光的注视下，天痕右脚用力一跺，在地面上跺出一个脚印。他顺着脚印前踢，勾住夜欢箱子的下沿，直接将箱子挑了起来。最神奇的是，在他挑起箱子的同时，他左手上的两个箱子竟然纹丝不动，并没有受到他这一系列动作的影响。"砰"的一声轻响，天痕的左手上已经有了三个箱子。

三百千克，已经是不轻的重量了，天痕却没有停止，继续走向一旁的盖雅。盖雅的性格同蓝蓝有些像，只不过更为内敛，她知道自己的容貌并不能吸引人，这些男性异能者本就自顾不暇，恐怕根本不会有人来帮助自己。正在她打算用自己的力量试一试箱子的重量时，天痕已经来到了她面前，脸上露出诚恳的笑容："盖雅姐，我知道你自己就有足够的力量搬起箱子，但你是女孩子，别伤着身体，让我来吧。"

说着，天痕右手抓住盖雅的箱子，大喝一声，竟然直接将它举了起来。此时，他依旧没有露出吃力的样子。

盖雅呆住了，其他的异能者也都呆住了，他们谁也没有想到，在他们之中，竟然还有像天痕这么强悍的人。当然，他强悍的地方并不是他的异能，而是他的身体力量。现在，众人再也不会因为天痕的异能等级低而小看他，一个个瞪大了眼睛，脸上都露出钦佩之色。

天痕双手托着四个箱子，向蓝蓝看去。这时，冰霜托着自己的箱子走到蓝蓝面前，向蓝蓝点了点头，道："蓝蓝小姐，我来吧。"

蓝蓝眼中流露出一丝喜色，她并不想让天痕帮自己，尤其是看到天痕先帮了其他两个女孩子，她心中不禁升起一丝莫名的怒意。看到冰霜主动过来要帮自己，她心中顿时觉得舒服了许多，向他点了点头，道："那就麻烦你了。"

冰霜淡然一笑，学着洛严的样子将自己的箱子放在蓝蓝的箱子上，双手抓住下面的箱子，全身用力。箱子慢慢地离开地面，向上抬起。他的样子比起洛严来更加吃力，原本冰冷白皙的面孔此时已经涨得通红，显然这二百千克对他来说也是不小的负荷。当他终于直起腰的时候，脚下不禁一阵发软，踉跄着退后了几步，眼看就要摔倒在地。危急之时，他背后突然多了一面“墙”，靠着这“墙”他才稳住身体。

冰霜勉强回头看去，只见天痕用左手的箱子挡在他身后。

天痕向冰霜点了点头，道：“冰大哥，还是我来吧。”说着，他微微侧身，右膝在冰霜手中的箱子下面一顶，上面的那个箱子顿时被震得向外飞出。天痕右手向上，稳稳地将箱子接住。现在，他双手中一共有五个箱子，重量达到了一千斤。

蓝蓝几步走到天痕面前，冷冷地看着他，道：“我用不着你装好人帮忙。”

天痕眉头微皱，淡淡地道：“我是在帮冰大哥，不是帮你，我拿的也是他的箱子。”说着，他转过身，头也不回地向祝融所在的方向走去。虽然拿着五百千克的重物，但他依旧健步如飞，第一个走到了祝融身旁。

祝融用怪异的目光看着天痕：“老摩尔怎么教出你这样一个变态小子，如果我没猜错，你一定服用过圣液，否则，身体不可能如此强韧。既然你要逞能，那我就帮你把重量平衡一下。”说着，他飘身而起，落在天痕右手的两个箱子上，往箱子上一坐，悠然自得地道，“前进。”

后面的异能者们看着天痕高大的身影，骇然失色，他们都不得不佩服这个伙伴，他的肉身力量之强，确实不是他们可以相比的。

天痕在心中一阵苦笑，自己本是想帮助大家，却成了逞能。箱子的重量加上祝融的重量，已经超过了一千斤，虽然他身体强悍，但时间一长也有些吃不消。不过，事已至此，他也只能坚持下去，希望基地不会距离这里太远吧。他一边想着，一边按照祝融指引的方向大步前行。

很快，众人就进入了树林之中，一进树林，天痕顿时暗暗叫苦，此时，他可没有心情欣赏周围这些奇异的植物，由于林中的各种植物很茂密，所以经常会有植物触碰到箱子，产生不小的阻力，而且林中的地面十分松软，他托着那么重的东西，真可以说是一步一个脚印，前行起来异常困难。

祝融坐在箱子上，心中不禁暗赞天痕力量惊人，暗想：我倒要看看，你拿着这么多东西能走多远。

塞里、夜欢和盖雅都跑到天痕身旁，夜欢不知道从哪里掏出一块手帕，为天痕擦拭着脸上的汗渍，她可不像蓝蓝那样不知好歹，她心中对天痕充满了感激。她一边走着，一边不满地向坐在箱子上面的祝融道："祝融审判者，您怎么能这样呢？天痕拿了这么多东西，要不，您解除对他的束缚吧？"

祝融从箱子上向下看："小丫头，就你话多。这是他自己愿意的，我又没让他多拿。既然他愿意帮别人，那我老人家帮他一把有什么不好？放心吧，他还能坚持。"他不理夜欢的不满，继续坐在箱子上眺望前方，还故意道，"嗯，坐得高看得就是远，不错，不错。"

天痕一边小心地前行着，一边向夜欢道："夜欢姐，没事的，你放心，我还坚持得住。"虽然嘴上这么说，但他的双臂已经开始有些酸软了。

盖雅不像夜欢那么多话，她从自己怀中摸出一个红色的瓶子，打开瓶盖递到天痕嘴边，向他点了点头，道："喝了吧，对你有用。"

天痕也不客气，仰头灌了下去，一股热流顺着喉咙直冲丹田，刹那间，天痕感觉全身充满了力量，双臂也轻松了许多。

第55章
来自凤凰的考验

热流顺着全身经脉而行，顿时令天痕通体舒泰。他不禁惊讶地看着盖雅，问道："盖雅姐，这是什么东西？效果真明显啊！"

塞里看着盖雅手中的瓶子不禁眼前一亮，一把将瓶子抢到手中，惊呼道："这是火之髓。盖雅，你疯了吧，这东西给天痕喝简直是浪费。"

祝融将头从箱子上探出来，失声道："什么？你竟然把火之髓给这小子喝了？雅雅，你师父是怎么教你的？早知道你有这好东西，我帮你搬箱子都成。唉，可惜啊可惜，真是浪费啊浪费。可怜的火之髓啊，竟然进了空间系异能者的肚子。"

天痕疑惑地看向塞里，塞里向他解释道："天痕，这火之髓虽然比不上圣液，但也绝对是好东西，这是用从岩浆中提取出来的火之精华与多种药物中和研制而成的。要是火系异能者喝了，对修炼有莫大的好处。给你喝，只能让你的力量增强一些，身体力量恢复得快一些而已。"

塞里是特级研究员，能让他吃惊的药物自然非同一般。天痕将目光转向盖雅，她看上去好像什么事都没发生过似的，他问道："盖雅姐，你这是何必呢？"

盖雅难得地露出一丝笑容，道："你帮我，我也应该帮你。不然，凭你自己的力量拿这么多东西坚持不了多久的。”

天痕当然知道自己费的这些力气远远比不上火之髓珍贵，心中暗暗记着，自己已经欠了盖雅一个人情。他点了点头，没有再多说什么。

路途比众人想象的还要远。身为小队队长的洛严是最惨的一个，他的身体虽然强壮，但韧性比不上天痕，走了二十几分钟，他就有些坚持不住了，脚步踉跄，有几次都险些摔倒。落落没什么力气，虽然有心帮他，但也只能在一旁扶着点他而已。

其他人的情况也不好，他们从来没有像这样扛着如此重的东西前进，森林中的各种植物也对他们有着很大的影响。现在，他们已经同天痕一样，头发都被汗水浸湿，喘息声清晰可闻，脚步声也越来越沉重了。

祝融的声音传入每个人耳中：“你们这些小子，就是平日里太好吃懒做，现在弱点都体现出来了吧。虽然现在天痕的异能等级只有十级出头，但是，由于他的身体强度比你们要好得多，经过三年的时间，说不定他的异能等级能超过你们大多数人。以你们现在的情况，身体根本无法达到掌控者的强度。等到了基地之后，每个人都给我进行三个月的基础训练，达不到要求的，一律不许修炼异能。你们应该都已经感觉到了，魔幻星是一颗生机勃勃的星球，各种能量分子都非常活跃，在这里修炼异能可获得事半功倍的效果，所以，想更好地提升自己的异能，就先把身体素质给我提高，都听到没有？”

“听到了。”众人的声音有气无力，他们甚至已经没有多余的力气去理解祝融所说的一切，只盼望着能够快些到达目的地。

继续前进了十分钟之后，洛严终于承受不住了，看了一眼坐在天痕右手箱子顶上的祝融，他大声道：“所有人听我命令，原地休息。”

话音一落，他一把将两个箱子放在地上，跌坐在一旁，急促地喘息着。

虽然命令不是祝融发布的，但这些异能者都如获大赦般将箱子扔在地上，一个个瘫倒在箱子旁，这时候，他们最希望的就是能睡上一觉。祝融用在他们身上的禁锢之法比当初廖恩禁锢天痕时用的方法要高明得多，虽然同样可以让他们的身体因为过度劳累而透支，但由于本身的精神力与异能之间依旧有着紧密的联系，所以并不会伤及元气。

祝融笑道："洛严这个笨小子，现在才想起自己是队长吗？小子，你记住，当你的队友遇到危险或者出现任何异样的时候，你必须尽到一个队长应尽的责任，否则，你就不配在这个位置上待下去。休息二十分钟后继续前进，恭喜你们，已经走了十分之一的路。"

蓝蓝抗议道："祝融爷爷，这才走了十分之一，您还让不让人活啊？我们都已经知道了身体的重要性，一次也不能锻炼太久吧。透支得太厉害了，对以后的修炼恐怕会有影响。"

祝融嘿嘿一笑，道："放心，我现在就解开对你们的束缚，这样总可以了吧。不过，我要提醒你们，前面的路可并不那么平坦，你们只要顺着我前进的方向一直向前就能找到我们的基地。我先走一步，你们自己小心吧。洛严、蓝蓝，别忘记履行你们的职责。"

红色光芒再次亮起，众人只觉得身体一轻，异能终于重新流遍全身。光芒闪烁中，刚才还一脸疲倦的异能者们纷纷从地上跳了起来，一个个伸拳踢腿的，说不出的畅快。经历了异能失而复得这个过程后，他们更加真切地感受到了异能的可贵。

洛严全身冒起一层火光，大声道："大家先原地休息，尽快调整一下身体状况，十分钟后我们再出发。"

夜欢看着天痕身前的箱子，笑道："这回不用你帮忙了。刚才真是多谢你了，要不然，我都不知道该怎么弄这个重家伙。"

天痕笑道："有什么可谢的，我们大家都是伙伴，互相帮助是应该的。现在大家的力量都恢复了，我就是最弱的了。以后行动时，说不定还要麻烦夜欢姐你保护我呢。"

塞里道："不，不，你怎么能算是最弱的，最弱的是我才对。好兄弟，待会儿我这箱子还要麻烦你哦，嘿嘿。"

十分钟后，洛严运转体内的火系异能，轻巧地将箱子托了起来。他履行着自己队长的职责，道："风系异能者在前面探路，土系异能者殿后，水、火、空间三系异能者居中，大家小心前行，一有危险，立刻相互支援，出发。"

有了异能，一百千克的东西再也无法难住这些异能者，天痕手上的箱子也从五个变成了两个，一行二十人快速地在森林中前进。

在异能和宇宙气的作用下，众人前进的速度至少是先前的十倍，气氛也变得轻松起来，一边前行一边不断地交谈。天痕和塞里走在一起，两人由于能力最弱，所以被洛严分在了队伍最中央的地方，前后都有其他异能者。

正在他们以为很快就能到达基地之时，这魔幻星的大森林却不再平静，各种动物渐渐出现在他们眼前。这些动物一个个奇形怪状，虽然有一些同行政星上的动物相似，但更多的是他们从未见过的。异能者们谨记祝融的话，没有谁冒失地接近这些动物，更不会去收服它们。

继续前行了一段时间后，洛严似乎发现了什么，高声道："大家先停一下，向我这里聚拢，我觉得有些不对劲。"众人听闻，纷纷聚拢到洛严身旁，将箱子整齐地放在一起。

蓝蓝飘身到洛严面前，道："队长，怎么了？我没感觉到有什么不妥啊！"

洛严摇了摇头，道："不，你们发现没有，先前那段路上，我们遇到了许多动物，可是，穿过刚才那片暗红色的灌木林之后，动物的数量突然变得稀少了，到了这里，甚至连一条小虫都看不到了。这里的树木都非常高大，隐含着一股肃杀之气。如果我没猜错，恐怕是因为周围有比较强大的圣兽。我们先暂时休息一下，还是小心一些为好。天痕。”

“队长，我在这里。”天痕向洛严点了点头。

洛严道：“塞里的实力弱，力量也不足。待会儿我们继续前进时，一旦遇到危险，你唯一的任务就是保护好他，其他的就交给我们。”

天痕颔首道：“我明白。队长，我觉得继续前进时应该让土系异能者在前面，他们的防御力最强，遇到危险时也能先挡一下，以便我们其他人做出反应。如果依旧是风系异能者在前面，遇到危险时容易乱了阵脚。”

洛严赞许地点头道：“你说得很对。就按天痕所说，待会儿土系异能者随我在前面探路。蓝蓝，就麻烦你在后面收队了。”

蓝蓝有些不以为然地道：“真的会遇到什么危险吗？要是那样，我们还不如飞上天，用飞行术继续前进。”

洛严摇了摇头，道：“不行，我们带的东西太多了，一旦飞起来消耗会太大。我听说过，在魔幻星上会飞行的圣兽数量也不少。而天痕和塞里的能力较弱，如果遇到危险将更难对付，还不如从地面走。小心驶得万年船。蓝蓝，我们是第一次来到魔幻星，对这里的一切都还不够了解，只局限于祝融审判者口头上的介绍而已。在这颗拥有各种强大圣兽的星球上，我们绝不能有丝毫大意。作为队长，我必须对你们每一个人负责，当到达基地之时，我们这些人，一个也不能少。”

听了洛严的话，大家无不为之动容，圣盟这些年轻的精英本来对他并不怎么服气，毕竟大家的实力相差不大，为什么祝融会让他担任队长呢？但此时众人已经明白了，洛严所具有的全局观和责任感确实是他们无法相比的。

天痕看着面前的洛严，心中暗暗佩服，如果换作是他，危险来临时他肯定会先保护自己，而洛严想的要更深远，在危险来临前洛严已经有了一定的预判，这是他需要学习的地方。

听了洛严的话，蓝蓝也不好再说什么，向他点了下头，径直走向了队伍的最后面。

休息过后，众人再次起程。除了天痕也暗暗感觉到前面的这片树林有些不对劲以外，其他异能者并没有将洛严的话放在心上，毕竟，他们都有着不俗的实力，在银河联盟中是异能者中的佼佼者，谁会在意普通的圣兽呢？

穿过一片灌木林后，众人都不禁呆住了。眼前的景象变了，不再是绿色的大森林，而是一片红色的海洋。一棵棵高大的树木上生长着如同鸭掌般的巨大叶子，叶子红得如同火焰一般，就连地面上的各种灌木和小草也都是红色的。

其他异能者只是感觉有些奇怪，火系的异能者却发现了异常，这里的温度明显比先前经过的地方要高一些，而且，火属性能量分子极为浓烈，简直就是火系异能者们修炼的天堂。

洛严看向众人，正色道："谁能告诉我这是什么树，为什么长得如此高大，而且颜色这么奇怪？"

旁边的一名火系异能者笑道："队长，这有什么奇怪的？祝融审判者不是说过吗，在魔幻星上到处都是奇花异草，我们不认识也很正常，这些应该是只生长于魔幻星上的大树吧。我估计这东西应该叫火树，你也感觉到了，这里真是舒服啊！"

"不，不对，我认识这种树。"天痕若有所思地道。

洛严惊讶地看向他，道："你知道？"

天痕点了点头，道："以前我见过这种树。在中霆星的中霆综合学院学习时，我经常在图书馆看书，那里有些比较古老的书，在其中一本记载植物的书上，我见过这种植物，虽然不完全一样，但至少有八分像，我想，这应该就是那种树了。”

杰瑞在天痕身旁捅了他一下：“别卖关子了，快说，到底是什么树？”

天痕微微一笑，眼中闪过一道光芒：“应该是梧桐树，至少是与梧桐树类似的树。”

“梧桐树……”众人眼中都流露出思索之色。

洛严全身一震，道：“梧桐树不是凤凰所栖之木吗？这么说，祝融审判者的超级圣兽火凤凰很有可能就是在这里抓到的。”

一听到“火凤凰”三个字，众人顿时都来了精神，尤其是火系的异能者，如果能有一只火凤凰当自己的圣兽，先不说实力能大大增强，单是那气势，就足以令他们陷入深度幻想了。但是，包括洛严在内，他们都忘记了一件事，火凤凰既然是超级圣兽，又岂是那么好对付的？

众人灼热的目光不禁投向茂密的梧桐树林中，眼神中的渴望难以掩饰。

“你们在找我吗？”一个清越的声音响起。

异能者们一愣。就在这时，一股热浪从正前方滚滚而来，带着淡红色的光芒，令空气如同水波般扭动，铺天盖地地笼罩了众人所有可以闪躲的空间。

前排的四名土系异能者反应很快，身上同时散发出黄色光芒，其中两人双脚跺地，顿时，一面土墙从地下升起，形成一道坚实的防御。另外两人伸出双手，按在土墙之上，使那土墙更加稳固。

洛严大喝道：“快，集中在一起，有敌人！”

热浪直接撞击在土墙上，并没有冲击力出现，仿佛土墙已经将那灼热的气浪完全挡住。就在众人刚有所放松之时，四名土系异能者如同触电一般向后飞退，他们用出的土系异能竟然变成了红色。

热浪撞击过后，土墙变成了火墙，上面出现了一道道蜘蛛网般的裂痕，眼看这坚实的防御就要冰消瓦解了。

光芒一闪而逝，一个曼妙的蓝色身影从队伍后面飞出。蓝色身影所过之处，出现了冰凉的气流，骤然上升的温度顿时下降。蓝色身影飘浮在半空之中，一圈蓝色光芒以她为中心，不断地向前面发起冲击，抵御着热浪。

这曼妙的蓝色身影正是蓝蓝，她凭借一个人的力量，暂时阻挡住了那不知名敌人的攻击。

四名异能超过二十五级的土系异能者得到了喘息的机会，立刻重新凝聚异能，全力施威，围绕着其他异能者筑起了一道坚实的土墙防御。以冰霜为首的其他水系异能者也都飞了起来，学着蓝蓝的样子，直接将自己的水系异能释放出来，共同抵御着来自梧桐树林中的攻击。

令众人感到奇怪的是，那些火红色的梧桐树在这打斗的洗礼下竟然分毫无损，超过巴掌大的叶子反而变得更红了。

天痕将塞里挡在身后，隐隐感觉到来自正前方的强大威胁令自己心中的压力越来越大，那是无法喘息的感觉。

在水、土两系异能者的联手抵御之下，热浪终于逐渐消散。就在这时，梧桐树林中亮起一片刺眼的火红色光芒，清亮的鸣叫声传入每个人耳中。听到这个声音，每个人的大脑都清醒了，目光集中在那片光芒亮起的地方。五系异能者身上同时亮起了不同颜色的光芒，先前的热浪已经令他们高度警惕，他们将光芒收缩在土墙后，随时准备应变。

塞里凑到天痕背后，用只有天痕能听到的声音说道："兄弟，小心点，我怎么觉得那么恐怖？如果不行的话，别忘记我给你的药，虽然副作用大了点，但至少能保住性命。祝融审判者还说这边是安全区，我真是一点都没感觉到安全。”

天痕点了点头，他倒并不急。小队虽然只有二十人，但无一不是精英，何况还有实力达到掌控者级别的蓝蓝，即使面对危险也应该足以应对了。

巨大的身影从梧桐树林中腾空而起，“火雨”落下，是的，那是火焰之雨。无数火光骤然大放，从天而降，像一颗颗绚丽的小流星一般带着长长的尾焰向众人袭来。异能者们并没有太在意这些火焰，让他们心生恐惧的是那腾空而起的巨大身影。

凤凰，真的是凤凰！那是体长超过百米的凤凰啊，它全身被暗红色的火焰包裹着，巨大的双翼向两旁张开，那些飘落的火焰只是它双翅一抖而掉落的。

原本防御在四周的土墙因为攻击从空中而来已经失去了作用，土系异能者们想让土墙护住头顶上方绝不是一件容易的事，而且时间也来不及了。

面对火焰的攻击，水自然是最好的抵御手段。以蓝蓝为首的五名水系异能者联手布下一层蓝色的光幕，迎上了飘落的火焰。在“哧哧”声中，水蒸气四散开来，使那绚丽的火凤凰显得有些朦胧。

蓝蓝充分展现出了掌控者的实力，那蓝色光幕有极大部分是依靠她的力量支持的。火焰的密集攻击令她的俏脸一阵发白，但她依然坚持飘在半空中，其他几名水系异能者，除了冰霜还能飞在蓝蓝身边，其余的都已经飘落在地，有些力不从心了。

蓝蓝大喝一声，双手在空中一挥，一颗晶莹的蓝色菱形宝石出现在她身前，她眼中闪过一道寒光。作为水系掌控者，她可不会对火系凤凰手下留情，在双手的指引下，无数长达一米的巨大冰锥出现，直接向火凤凰的胸腹射去。

洛严大喊道：“大家跟我上，协助蓝蓝副队长！”说着，他首先冲天而起，但是，他并没有攻击。因为，作为火系异能者，他的攻击只会让火凤凰的攻击更加猖狂，所以，现在已经改为了火系异能者与土系异能者联合防守，风系异能者协助水系异能者攻击。

以落落为首的风系异能者纷纷射出大片风刃，跟随着蓝蓝的冰锥，直接向那巨大的火凤凰袭去。

“太弱了。凤栖梧桐，你们擅自闯入我的领域，就应该付出代价。去吧，凤凰流星。”低沉的声音响起，火凤凰轻挥双翼，两团巨大的火焰出现在它身前。风刃还能勉强在切入火焰后才消失，而蓝蓝发出的那些巨大冰锥，竟然在距离火焰尚有数十米时就已经升华为水蒸气。那两团直径超过五米的巨大火焰看上去是如此恐怖，鸣叫声响彻整个梧桐树林，两团火焰在异能者们眼中逐渐放大，他们已经感觉到了恐惧的气息。

包括蓝蓝在内，所有异能者都已经落在了地面上。洛严目瞪口呆，道：“这到底是从哪里来的凤凰？难道是祝融老师那只凤凰的同伴吗？因为祝融老师抓了它的同伴当圣兽，所以它前来报复吗？咱们也太倒霉了。”见识了火凤凰的强大后，现在可没人敢抓它当圣兽伙伴了。

蓝蓝喘息着，娇叱道：“别废话了，大家全力抵御吧。跑是跑不了的。”她说得很对，现在他们根本没有跑的机会。火焰如同一个巨大的光罩，将周围所有路线完全封锁，温度直线上升。火焰距离他们还有数百米之遥，但此时他们似乎闻到了烤肉的气味。

水、火、土、风四系异能者联合布下了四层防御，虽然他们的防御在火焰面前显得那么脆弱，但此时他们也只能尽人事听天命了。火凤凰在他们心中留下了深深的烙印，尤其是那近乎无法抵御的强大压迫力。

塞里此时已经蹲在地上，双手抱头，将身体隐藏在两个大木箱后，样子非常滑稽。其他人的注意力都在那从天而降的火焰之上，并没有人注意到，在队伍中央同塞里一起躲藏在大木箱后的天痕，伸出右手在自己脸上一抹，黑暗面具顿时遮盖住他全身的气息。

虽然天痕对这火凤凰的出现感到很好奇，但是，此刻为了保住性命，他没有时间细想。他用精神力切断了自己与三种力量之间的联系，他清晰地感觉到，黑、白两个光团瞬间向自己胸口处的碧绿色宝石上聚拢。刹那间，他脑海中仿佛有什么东西破碎了。天痕吃惊地发现，自己隐藏在黑暗面具下的身体上竟然长出了一层紫色的鳞片，鳞片非常细密，如果不仔细看，甚至无法分辨出来，但是，天痕依旧能感觉到它的存在。鳞片的出现，令火焰再也不能对他产生任何威胁。他胸口处涌出一股庞大的力量，比起上一次使用天魔变时的力量，这次的力量只能用“恐怖”来形容，他的身体剧烈地颤抖着，充满三种力量压缩变异后形成的天魔变的力量。

天痕明白，自己的天魔变恐怕已经进入了一个新的领域，既然天魔变是自己创造的，那这一变就称它为第二重天魔变吧。他一边想着，一边利用周围的木箱子作掩护，将身体隐藏起来，趁着众人的目光都集中在火凤凰和那两团火焰上的时机，双掌向空中一按。一直以来，他在施展天魔变之时，使用的都是黑暗系力量，但这一次他选择了空间系力量。

上次对付奈落·比尔时，一斩切开空间的记忆仍然深深留在天痕心中，此时，他有一个极为大胆的想法。他双掌在空中一按，形成了一股无形的力量，在精神力的控制下，这股无形的力量缓缓地移动到四层防御附近。

滔天火焰终于降临，那如同灭世降临一般的力量中并没有冲击力。下一瞬，土壁破，水墙灭，龙卷风失，火盾融。十八名异能者联手的力量竟然只是将那火焰的攻击力削弱了一些，挡住了短短三秒而已。

在这一刻，杰瑞冲了出去，双手前伸，空间系特殊异能千刃斩再次出现，一道道白色的光芒向火焰劈去，他的目的很简单，就是要将这恐怖的火焰引向一旁，这样至少可以保住大家的性命。

在先前的碰撞中，大部分异能者都因为与火焰正面对抗而失去了抵御的能力。但是，那个蓝色的身影依旧挺立着，在杰瑞冲出去的同时，她也飞了出去。只见她的身体在空中快速地旋转，无数蓝色光芒从她体内发出，冰凉的气息令异能者们好受了许多。

蓝蓝一咬牙，双手一搓，万分不舍地将自己胸前那颗蓝色的菱形宝石搓得粉碎，大片蓝色光芒从她胸前亮起："水波动·暗涌龙涛！"

在蓝色光芒的包裹中，一条巨大的蓝色水龙从蓝蓝胸前涌出，形态就像当初奈落·比尔释放的金色巨龙，虽然体形要小许多，但龙的形态极为清晰。在嘹亮的龙吟声中，那蓝色的光芒直接迎上了刚被杰瑞阻挡了一下的巨大火焰。

"哧——"刺耳的声音仿佛是蓝色水龙发出的哀鸣，虽然两团巨大的火焰被削弱了近乎一半，但此时蓝蓝已经瘫软在地，再也没法阻止它们了。

大多数异能者的心中充满了绝望。正在这时，一个奇异的现象出现了，在那两团火焰前进的道路上，空间没有任何预兆地发出巨大的摩擦声，刺耳的声音令每一个人不禁热血沸腾。

半空中出现了一道巨大的黑色裂痕，那是只有达到光速才能破开的异空间啊！它就那么真实地出现在众人面前。

第56章
异空间·大次元斩

黑色的裂痕犹如一张巨大的嘴巴，那两团火焰眨眼间冲到裂痕之前，却被那裂痕吞噬了。红光一闪而逝，火焰消失了，灼热感消失了，裂痕也随之消失了。

“天啊！这是异空间·大次元斩！一定是摩尔老师来了！”杰瑞惊喜地大声呼叫着，兴奋地看看四周，寻找着摩尔的身影。他并没有注意到，就在他身旁不远处，天痕正扶着木箱子微微地喘息着。

虽然消耗了大量的能量，但此时天痕的心情是愉悦的。他成功了，虽然他并不知道这种空间系异能叫什么，但是他很清楚，继天魔变之后，自己又拥有了一项强大的攻击技能。异空间·大次元斩吗？这个名字确实名副其实。

这时，空中的火凤凰看着下面这些渺小的人类，身上的火焰减弱了几分。异空间·大次元斩的出现，令异能者们精神大振，虽然他们此时都没有多少力量了，但他们已经不像先前那么恐惧。摩尔，这个名字是他们都熟知的。如果真的是摩尔掌控者来了，就算是火凤凰，他应该也能顶上一阵子吧。

清亮的鸣叫声中，火凤凰消失了，只留下一片绚丽的火光。异能者们放松下来，听着彼此的喘息和心跳声，相互看着。先前冲在前面的异能者此时一个比一个狼狈，全身沾满了尘土不说，就连头发、眉毛都已经被烫得卷曲了。最狼狈的是几名土系异能者，他们身上都冒着淡淡的青烟。夜欢那原本秀丽的长发，此时已经变成了大波浪卷，脸色苍白，没有一丝血色，连站起来的力量都没有了。

塞里从箱子后探出头来，四下看了看，试探着问道："一切都结束了吗？"

天痕此时已经收起了黑暗面具，他扶起塞里："大哥，那火凤凰已经走了。"

塞里长出一口气，从地上跳起来，看看众人，忍不住笑出声来："看你们一个个那熊样，原来精英就是这个样子的。"

洛严坐在地上，没好气地道："那可是火凤凰，我估计它是因为同伴被祝融老师收去了，心生愤怒，才会袭击我们的。"

天痕摇了摇头，苦笑道："不，那只火凤凰恐怕就是祝融审判者的。他这是在考验我们，否则，只要火凤凰再来一次攻击，恐怕我们都要变成焦炭了。"

听了他的话，众人不禁面面相觑，从之前的情况看，很有可能正是如此。

杰瑞收回目光，自言自语道："难道摩尔老师不想让我们看到他吗？怎么没出现？"

塞里是唯一一个毫发无损的，他在怀中一摸，掏出一个小瓶子，打开瓶盖，从里面倒出一颗绿色药丸，塞给天痕："吃了。"

对兄弟的信任使天痕毫不犹豫地将绿色药丸吞入腹中，一股清凉感顷刻间遍布全身，虽然并没有弥补先前消耗的能量，但身体状况好一些了，因为消耗过多能量而产生的虚弱感在药力的作用下逐渐消失。

塞里将瓶子中的药丸分发给众人："吃吧，暂时补充体力，足够支撑你们走到基地。"

在塞里给的药物的作用下，异能者们的精神顿时好了许多，一个个舒展着身体站了起来。洛严沉声道："既然有火凤凰出现，不论这是否是对我们的测试，我们还是赶快到基地为好。大家出发吧。"

塞里突然道："哦，忘记告诉你们了，我研制出来的药大多数都有副作用，刚才这种也不例外。虽然暂时帮你们补充了体力，但明天这个时候，你们会拉肚子。不多，估计也就拉二十回吧，这个数据是我经过科学分析推断出来的。在你们身上做实验，应该比拿小白鼠做实验强些。毕竟，还是人体实验最为真实。明天看看具体情况，我再想办法改善。嘿嘿。"

一道道犀利的目光落在塞里身上，令他感觉到了危险的气息，他赶忙用求助的目光看向天痕，天痕朝他做出一个无奈的手势："众怒难犯呐！"

众异能者将塞里团团围住，下一刻，塞里的惨叫声响起："不——要——啊——"

火影飘落："主人，任务完成了。您的手下们比我想象中要强大得多，我用出了凤凰流星也没有伤到他们。"

天痕的判断是正确的，他们在安全区中遇到的袭击，正是祝融的火凤凰所为，只不过，现在它的身体已经变小了。它站在祝融身旁，那红宝石般的双目中流露出淡淡的笑意。

祝融全身一震："什么？他们竟然挡下了相当于六十级攻击力的凤凰流星？我不是让你尽量给他们出难题吗？你是不是手下留情了？"

火凤凰道："不，虽然我没发挥出凤凰流星的全部威力，但我也没有手下留情。本来我是打算在他们无法承受时收力的，但就在我准备收力的时候，空间被撕开了一道裂痕，我发出的凤凰流星这一记攻击在被其他异能者削弱后，直接被那异空间裂痕吞噬了。我听一名异能者说那是摩尔老师的异空间·大次元斩。”

祝融眉头微皱：“异空间·大次元斩？这个我知道，这是空间系异能者达到四十五级以后才有可能领悟的技能。由于它能破开空间，所以它有着相当于五十五级左右的普通异能者的攻击力，是空间系异能中很强的一种技能。难道在那些小子、丫头中有人能用出这种技能？不可能啊！他们之中只有两个空间系异能者，一个是二十级，一个是十一级，就算他们用某些方法瞬间激发了自己的潜力，也不可能用出四十五级以上的异能者才有可能掌握的技能。这是怎么回事？难道当时有空间系的强大圣兽在旁边？”

火凤凰轻拍双翼：“这我就不知道了。不过，在魔幻星上，空间系圣兽的数量是非常稀少的，能轻易达到那种攻击强度的只有两只，一只是空间速度之王，有‘空速’之称的白凤，另一只就是白凤的死对头，空间凝固之王，有‘空凝’之称的烈龙。不过，它们都在三号禁地那边，而且它们除了跟对方战斗之外很少出现，况且，它们两个和我的关系都不错，应该不会与我作对，它们也没理由来到这里帮助人类。”

祝融眼中流露出一丝向往的光芒：“白凤、烈龙，那两个家伙难缠得很。当初老摩尔来过好几次，就想驯服它们，现在想起老摩尔那狼狈的样子我还想笑。别说两个，就是一个也够他受的，就算摩尔有风系异能辅助，速度比起那白凤来都要慢许多。”

火凤凰笑道：“是啊！在魔幻星上，像我和它们这个级别的圣兽，是其他圣兽都不敢招惹的。它们两个又在一个地方。虽然它们是死对头，但面对外来的威胁时，它们还是会联合起来。想收服它们，恐怕不是你们人类能做到的。当初，你还不是趁我第三次蜕变的时候才得手的。”

看着火凤凰有些埋怨的眼神，祝融尴尬地嘿嘿一笑，道：“我也没怎么限制你的自由啊！当初的事就不要再提了吧。”

火凤凰摇晃了一下身体，收起全身的火焰光芒，道：“其他的我不管了，你自己处理吧。你那些手下也快过来了。”

祝融点了点头，开启异空间送走了火凤凰，流露出思索之色，心想，是谁用出了异空间·大次元斩呢？难道在这次来的孩子中还隐藏着一个高手？不，应该不会，我知道这些人的根底，空间系的就那两个。

祝融带着疑惑的心情，向身前不远处的树林看去。

正在这时，一个个大木箱子出现在祝融的视线中，二十名异能者排列成整齐的阵形，艰难地走出树林，向他的方向而来。

天痕等人和火凤凰交手的地方其实与基地仅相隔这一片宽广的梧桐树林而已，但是，由于消耗了大量的异能，最后这段路他们都需要依靠体力走完。天痕凭借不错的身体底子，再次扛上了五百千克重物。

穿过树林，他们终于看到了希望的曙光。

呈现在他们眼前的是一片低矮的房子，全都是用木头搭建而成的，没有他们想象中的高科技基地，倒像是远古时的一个小村子，数十个房间被两米高的稀疏的树桩围着，一切都是那么原始，虽然如此，却带给众人一种新奇的感觉。

蓝蓝没有了箱子带来的负担，几步跑到祝融身前：“祝融爷爷，先前那只火凤凰是不是您的？”

祝融微微一笑，道：“这个问题需要问我吗？你们的表现还不错，比上一拨人强许多。”说到这里，他朗声向后面的众人道，“扛着你们的箱子跟我过来。咦，这是塞里吗？你怎么变成猪头了？”看着头部肿大了一圈的塞里，祝融忍不住笑着问道。

塞里哼哼唧唧地走到祝融身前，恶狠狠地瞪了一眼后面的众人：“别太猖狂，以后会有人和你们算账的。”

蓝蓝没好气地瞪了他一眼：“谁让你耍我们的？活该！要不是天痕拦着，哼！”

祝融无奈地摇了摇头，领着这群新到的异能者来到中央的一间大木屋中，将木箱子放了进去。

放好木箱子后，异能者们一个个都瘫倒在木屋之中，说什么也不肯起来了。

塞里哼了一声：“累死你们活该。”

祝融凑到塞里身旁，低声问道：“你是不是给这些小子、丫头吃过什么？”

塞里嘿嘿一笑，道：“明天您就知道了。”

天痕此时仍然有余力，但其他的异能者都倒在地上休息，他又怎么能表现得与众不同呢？那异空间·大次元斩确实耗费了他极大的力量，空间和黑暗系两种异能旋涡都缩小了不少，宇宙气的碧绿色光芒也暗淡了许多。

他倒在地上微微喘息，但他此时的心情是愉悦的，不仅是因为拥有了异空间·大次元斩这项技能，更重要的是，他终于来到了这有着奇幻色彩的魔幻星，在见识了火凤凰的实力后，他极其渴望自己也能拥有一只强大的圣兽。

在魔幻星的第一晚，除了依旧精力充沛的塞里以外，其他异能者都是在仓库中度过的。第二天，等待他们的将是什么呢？

清晨，当太阳高高升起之时，他们就相继醒过来，一个个从地上爬起来，有些人还有些迷糊，甚至忘记自己已经来到了魔幻星。

天痕其实一直都没有入睡，而是整晚都在修炼，此时，他的异能已经完全恢复，看着众人起身，他也不禁伸展着自己的身体。

正如摩尔所说，在这魔幻星上，各种能量分子极为充足。天痕在修炼的过程中，仿佛能清晰地看到那些能量分子被体内的异能旋涡吸入。

天痕明白，自己有两种异能，只有付出比别人更多的努力，才能提升到和别人一样的等级。

洛严看了看周围的众人："大家都起来了。走，咱们出去看看，饿了一天，我们也该吃点东西了。"

他们打开门走出去，沐浴着暖洋洋的阳光，呼吸着清新的空气。

杰瑞轻咦一声，问道："天痕，塞里那家伙呢？怎么没看见他？"

天痕笑道："昨天他被你们打怕了，我们在这里睡，他就跟祝融审判者走了，估计是去给咱们安排的驻地休息了吧。"

杰瑞攥了攥拳头，道："那死胖子，竟然把咱们当成了试药的小白鼠。要是今天我们真有不良反应，看我怎么收拾他。"

天痕摇了摇头，劝道："其实塞里大哥也是好意，要不是有他的药，恐怕我们昨天都到不了基地，我看这事就算了吧。如果真有不良反应，就当清理肠胃好了。"

这时，数道光芒从"村子"中闪出，在"村子"外的空地上整齐地站成两排。在他们面前，站着三名身穿布衣的人，其中一人就是火系审判者祝融。另外两人并没有释放出强大的力量，但天痕等人知道，他们就是风系和土系的审判者。

在洛严的带领下，众人赶忙飞身而起落在空地的另一侧，不过，他们还没有完全从疲惫中缓过来，同对面那二十个人相比，他们显得分外狼狈。

三位审判者连看都没看他们一眼，对面排列整齐的二十名异能者眼中甚至流露出若隐若现的笑意。

祝融身旁的两人非常高大，比天痕还要高一些，左边的那人较瘦，但身板挺得笔直，穿着淡青色的布袍，面颊略长，一双小眼睛中闪烁着光芒，看上去四十多岁的样子。

祝融右边之人看上去同样是四十多岁，身材极为健壮，身上那一块块结实的肌肉似乎要把衣服撑破，国字脸，浓眉大眼，双手如同蒲扇一般，古铜色的皮肤在阳光的照射下闪烁着光芒，脸上没有一丝表情，站在那里就像一块坚实的花岗岩一般。

那瘦高之人向排列整齐的二十名异能者微笑着道："三年过去了。这三年，你们的表现还算令我满意，二十个人的异能等级全都提升到三十级以上，还有四个拥有了掌控者的实力。你们都是本盟的精英，稍后，你们将跟随我和飓风号返回地球，并由圣盟总部分配星球和相应的任务。

"我想你们应该也知道，到这里来执行任务，其实是对你们的变相培训和考验，能经受住这里的考验，才能成为本盟真正的核心成员。回去以后，谁也不许将魔幻星上发生的一切向外泄露。好了，下面，一对一完成你们最后的测试。合格者直接登上飓风号，失败者给我倒立用手走过去。"

"是！"二十名异能者齐声答道，目光都集中在天痕等十九人身上。

杰瑞问一旁的落落："落落姐，他们这最后的测试是什么？不会与我们有关吧？"

没等落落回答，对面的二十名异能者已经同时走向天痕等人，一直来到他们面前三十米处才停下。其中一名身穿黄色制服的异能者走出来，有些尴尬地对众人道："各位兄弟姐妹，实在是不好意思，我们最后的测试就是要在三分钟之内将你们全部打败。规则是一对一，你们可以自己挑选对手。我是小队队长，土系的黄荣，由于你们少一个人，我就不参加这次测试了。

各位别生气，这是历来的规矩，也是为了让你们能更快地适应魔幻星上的生活。”

天痕心想，三分钟？这可能吗？对方的异能等级都在三十级以上，但己方大多数人都是二十五到二十七级，只有蓝蓝一个三十六级的，更别提异能等级更低的自己和杰瑞了。而且，经过昨天那一番折腾，己方的实力至少削弱了大半，应付起来还真有些困难。

小队队长黄荣接着道：“还有一点我要声明，测试中我们都会使用圣兽协助进攻，请你们一定要多加小心。说来惭愧，上一届的前辈离开时，我们小队被打得足足休息了半个月才恢复元气。为了不倒立着离开这里，我们只能得罪各位了。”

洛严同众人面面相觑，一时不知该如何应对。作为队长的洛严一咬牙，首先走出队伍，对黄荣道：“既然这是规矩，那我们也只能遵守了。我是小队队长，火系的洛严，我想挑战贵小队的副队长。”

洛严这话一出，顿时引来队友的一阵欢呼。洛严身为队长，他这么做的目的很简单，就是要鼓舞大家的士气，就算是败，也要败得漂亮一点。

一名女子从黄荣背后走出来，黑色的长发披在身后，她微笑道：“你好，我是副队长天梦，水系三十六级，请出手吧。”

天梦的容貌极美，她嫣然一笑，洛严看得呆了。

洛严听到对方是水系异能者，心中不禁暗暗叫苦，在力量有差距的情况下，属性又被克制，自己明显吃亏。他一咬牙，全身散发出一层红色的光芒，开始凝聚自己的火焰之力。

天梦看着洛严严肃的面容，微微一笑，她的右手轻划，光芒一闪，只见她身前顿时多了一只圣兽。令众人大跌眼镜的是，那竟然是一头牛，一头硕大的水牛。

天梦看到洛严和他身后同伴的怪异目光，不禁俏脸一红，赶忙解释道：“你们可不要小看我的牛牛，它很强大的。牛牛，上吧！波——涛——冲——击——”

那头健壮的水牛发出“哞”的一声叫唤，然后低下头，直接向洛严冲了过来。

洛严心想不过是一头牛，我飞起来不就躲过去了吗？宇宙气随身体而动，他用闪电般的速度向空中飞去。

天梦眼中流露出一丝淡淡的笑意，并没有追击。

洛严刚刚腾空而起，就发现身前突然亮起一大片蓝色的光芒，发出巨大的冲击力，硬生生地将他从空中撞了下来。没等他反应过来，巨大的牛角已经出现在他面前。

洛严怒吼一声，全身火力迸发，凭借自己的火系能力，他双手握拳直接轰向了水牛的头。

水牛身上亮起蓝色光芒，光芒一闪，冰冷的水流如同海浪般冲击着洛严的身体。洛严向后飞去，他迸发出的火力竟然没有起到丝毫作用。飞在半空中的他看到了天梦的微笑，接着，一只纤细的小手按上了他的胸膛，失重的感觉传来。他下意识地凝聚力量，但是，火属性力量完全被水属性力量克制了。轰然巨响中，洛严失去了意识。

看着全身陷入地面的洛严，天痕一方谁也说不出话来。

水牛消失了，天梦轻飘飘地飞到那名瘦高男子身前，微微施礼，问道：“沃马审判者，我的测试通过了吧？”

沃马满意地点了点头，道：“六秒。不错，天梦丫头，我看你可以顺利进入菲尔的蓝鲸小队了。在你们这一批人中，你的领悟力是最强的。”

天梦微微一笑，没有说什么，站到了一旁。黄荣安慰天痕等人道：“放心，你们的队长不会有事的，他只是暂时昏厥了而已。下一个。”

蓝蓝从队伍中走出来，看了黄荣一眼，目光无比坚定，她上前几步，来到洛严身旁，蓝色的光芒亮起，托起洛严，将他送回队友们的身旁。

蓝蓝看着黄荣，冷然道：“我是副队长蓝蓝，我要向你挑战。”

黄荣一愣，不敢相信地道：“小妹妹，我是三十八级土系掌控者，你确定要向我挑战吗？”看到面前这个女孩，他有些犹豫。

蓝蓝淡然道：“怎么，你不敢吗？我就是要向你挑战。”她虽然傲慢了一些，但是，洛严是她的队友，为了这支刚成立不久的小队的尊严，她决定向对方的最强者发起挑战。

在蓝色光芒的笼罩下，蓝蓝如同天使一般缓缓地飘离地面。

黄荣无奈地道：“那好吧。虽然你是女孩子，但为了荣誉，我是不会手下留情的。”说着，他右脚向前踏出一步，重重地在地面上一踩。

“噗——”

地面骤然开裂，裂缝迅速延伸，直奔蓝蓝的方向而去，一支支尖锐、巨大的地矛从裂缝中涌出，飞速向蓝蓝刺去。同时，一个黄色光罩从空中落下，直奔蓝蓝而去。

蓝蓝冷哼一声，并没有慌张，她迅速在身体周围一米处凝结出一层冰晶。然后，她在空中曼妙轻舞，毫不理会空中缓缓下落的光罩，直接朝地矛冲去，蓝色水波不断出现在她身体周围。作为一个女孩子，她竟然选择了最强横的方法与对方对抗，那就是硬拼。

那些看似轻柔的水波重重地击在地矛之上，发出轰然巨响，掀起大片尘土。

蓝蓝的双眸在全力催动异能的情况下变成了水蓝色，她如同水中公主一般，飘然向前冲，一支支地矛被她的水波轰碎，她的目光始终不离黄荣。

黄荣心中暗惊，这是什么力量？似乎并不比我的力量弱啊！他虽然十分惊讶，但他的反应还是很快：“大地之蛇，舞动！”

地面剧烈地震动起来，就在蓝蓝轰碎了所有地矛，而空中的光罩还没有落下之时，一颗巨大的头颅突然从地底下钻出来，挡在她的面前。黄沙飞扬，直接喷向蓝蓝。

蓝蓝心中一惊，知道对方用出了圣兽。蓝色水波将她的身体完全包裹在内，她整个身体向前倾，与地面平行，厚实的冰晶凝结在她身体外围，她整个人已经变成一根巨大的冰锥，以超声速迎着黄沙冲了过去。这一击完全发挥出了冰的冲击力，面对土系异能，以点破面绝对是最好的选择。

蓝蓝的选择是正确的，大地之蛇喷出的黄沙不但有攻击作用，还可以束缚敌人，但蓝蓝的速度实在太快了，配合强大的冲击力，她竟然成功从黄沙中穿过，重重地撞击在大地之蛇身上。

漫天冰碴儿飞溅，蓝蓝向斜上方飘去。大地之蛇那如同水桶般粗的身体有着强大的防御力，它成功将蓝蓝的冲击挡了下来，只是身上留下了一道伤口。

黄荣愤怒了，圣兽可以说是他的第二条生命。

大地之蛇那长达十余米的身体完全从地底下钻了出来，扭曲着释放出一片片黄色的光芒，向空中的蓝蓝袭去。

黄荣则双拳击地，大喝一声：“喷涌！”

地面骤然开裂，一道直径超过一米的黄色光柱从地下升起，向空中的蓝蓝冲去。大地之蛇释放的黄色光芒则配合先前从天而降的黄色光罩限制着蓝蓝的行动。

一时间，蓝蓝陷入了危机之中。

掌控者毕竟不同于操纵者，这一刻，蓝蓝展现出了强大的实力。

只见蓝蓝的身体在半空中快速旋转起来，化为一个旋涡，将袭向自己的黄色光芒纷纷甩开。

“冰之壁垒！”旋涡下出现了一面巨大的冰墙，将喷涌之力完全挡住，但是，那喷涌之力实在太强了，冰墙托着旋涡直接向空中冲去。

此时，蓝蓝所化的旋涡显现出了强大的冲击力，竟然将那从空中徐徐下落的黄色光罩顶了起来。蓝蓝借助冰墙和旋涡的冲击力，在冰墙碎裂的瞬间从黄色光罩中冲出，飞速蹿入半空。

黄荣呆了一下，此时他已经有些茫然了，在自己如此强力的攻击下，对方竟然还能逃脱，这是他没有预料到的，这个美女的实力显然比先前那个队长要强大得多。

第57章

勇者天痕出战

“冰——刃——斩——”

升入半空的蓝蓝，手里多了一柄由蓝色冰晶组成的巨剑。

她双手用力向下挥，半空中出现无数清晰可见的蓝色光芒，光芒一圈圈向她手中的冰剑汇聚。随着蓝蓝的双手全力向下挥，一道半月形的蓝色光刃直奔大地之蛇斩去，光刃的目标正是大地之蛇身上先前被撞出的伤口。

黄荣大惊失色，大地之蛇的防御力虽然惊人，但只要一离开土，它的敏捷性会变得很差。凭它自身根本没有能力躲开蓝蓝那闪电般的攻击。

正在他想去营救自己的圣兽时，先前还在蓝蓝手中的冰剑已经刺到了他面前。攻敌所必救，蓝蓝的实战经验是菲尔审判者亲自传授的。

“轰！”

冰剑的攻击力很强，可黄荣的实力更强，冰剑被他那用黄色光芒包裹的拳头轰得粉碎。但是同时，蓝蓝挥出的光刃也重重地斩在了大地之蛇身上。

怒吼声中，大地之蛇巨大的身体颤抖着跃起，再重重地摔落在地，结实的身体竟然被蓝蓝斩出了一道一米长的伤口，鲜血直流，显然已经受到了重创。

空中的蓝蓝喷出一口鲜血，全力控制下才勉强让自己不至于从空中掉落。在这激烈的战斗中，她超水平发挥出了自己的能力，此时的消耗已经超过了身体的负荷。毕竟，突破比自己等级高的土系异能者的攻击，并不是一件容易的事，更何况，她还要对付对方的圣兽。

黄荣看到自己的大地之蛇受到重创，眼睛都红了，右手一挥，将大地之蛇送回了异空间，同时腾身而起，直奔蓝蓝冲去。以蓝蓝现在的情况，无论如何也无法再应付他的攻击了，虽然两人的等级仅有两级的差距，但那是绝对的实力差距。

正在这时，半空中出现了一只由青色光芒凝聚成的大手，直接抓住黄荣的身体，完全无视他因为愤怒而爆发出的力量，硬生生将其扯回了地面。

“够了，三分钟已到。黄荣，待会儿你给我倒立着登上飓风号。你的战斗力还有点欠缺。”沃马审判者不知道什么时候来到了黄荣身旁，阻止他继续发动攻击。

蓝色身影缓缓飘落。当脚踏在地面上时，蓝蓝不禁一个趔趄，险些摔倒在地。她有生以来最艰难的一战终于结束了。

“沃马爷爷，这算是我赢了吧？”蓝蓝连理都不理眼中喷火的黄荣，淡淡地向风系审判者沃马问道。

沃马微微一笑，道：“好，不愧是老菲尔的外孙女，怪不得他经常在我面前夸你，说自己的外孙女天赋异禀，确实不错。”

黄荣怒道：“我不管你是谁，你为什么重伤我的大地之蛇？它脖子上的一条经脉被你割断了，至少需要休息三个月。”

蓝蓝瞥了他一眼，道：“你太天真了吧？亏你还是掌控者。在战斗中，难道对手还会注意不伤害你的圣兽吗？你连自己的圣兽都保护不了，只能证明你不配拥有它。我不伤你的圣兽，你就会放过我吗？战斗是公平的，既然你们小队的人能够将我们队长打成重伤，那我为什么不能伤害你们？就你这心理素质也配当队长？”

“你——”听到蓝蓝犀利的言语，黄荣顿时气得说不出话来，脸色一阵发青。

沃马淡然一笑，道：“够了。测试继续吧。蓝蓝，下面你们当中的谁出场？”

蓝蓝摇了摇头，道：“我代表我的小队抵制这次测试。这测试根本就不公平，他们都是三十级以上，还拥有圣兽，这样比下去，最后的结果只能是我的队友一个个受重伤。或许你们进行这项测试是为了让我们对力量有更好的认识，更渴望增强力量，但是，这对我们是不公平的。所以，我拒绝继续进行这次测试。”

说着，她头也不回地走向自己的小队之中。她的话顿时赢得了队友们的一阵喝彩，就连天痕都忍不住发出欢呼，心中对蓝蓝的厌恶感大大减少。他发现，有些时候，这脾气刁蛮的女孩还真有其可爱之处。

沃马愣了一下，而后皱眉道：“蓝蓝，这是我们的规定。你作为本盟的掌控者，并没有反对的权利。”

天痕走到蓝蓝身旁，道：“您好，沃马审判者，那这样好了，如果我们这边有人能再坚持三分钟，就请结束这次的测试，如何？”

沃马不知如何回应天痕的请求。这时，祝融已经走到了沃马身旁，他若有所思地点了点头，道：“好，就如你所说，不过，我有个条件，这次出场的必须是你。”

天痕颔首道：“好，我就代表我们小队出战。”说着，他在身后队友们惊讶的目光中大步走到两位审判者身前。

沃马疑惑地看向祝融，祝融微笑着道：“他叫天痕，是摩尔那老家伙最重视的弟子，虽然他的力量并不算强大，但说不定会带给我们一些惊喜。”

天痕虽然表面看上去很平静，但其实心中一点把握都没有。与超过三十级的异能者对抗，而且对方还有圣兽，他能用的只有宇宙气和十六级空间系异能而已，自己能够坚持三分钟吗？他没有一点把握。当着三位审判者的面，他绝对不能使用天魔变。但是，他又不愿意输。

杰瑞用力地跺了下脚："天痕这小子也太冲动了，他才十一级，怎么能代表大家出战呢？要是他伤得过重就麻烦了。"不光他这么想，其他小队成员也没有一个看好天痕的，毕竟，在他们眼中，天痕的异能等级实在是太低了。可是，除了已经出过手的蓝蓝以外，他们中谁又有把握能坚持三分钟呢？

虚弱的蓝蓝被夜欢搀扶着，她瞪了杰瑞一眼："那你刚才怎么不去？虽然他莽撞、冲动，但他至少比你有勇气。"就在天痕走出去的那一刻，她心中生出一丝熟悉的感觉，仿佛又看到了那天大战奈落·比尔的绿叶一般，他们都是那么霸气逼人。

杰瑞苦笑着摇了摇头，但他并没有辩解，昨天他使用了空间系特殊异能千刃斩，到现在他的力量还没有完全恢复，怎么出手？先前洛严败得那么快，也是因为力量不足。他有些奇怪，为什么蓝蓝今天就能有这么好的状态。

他当然不知道，作为菲尔审判者的外孙女，蓝蓝身上的好东西又怎么会少呢？

沃马向天痕点了点头，道："既然你坚持，那就开始吧。不过，如果你输了，不但你的队友们仍然要接受测试，你也将受到我们的惩罚，就罚你返回地球，剥夺你此次在魔幻星执行任务的资格。"

祝融眉头微皱，道："沃马，这惩罚也太重了吧？恐怕老摩尔那里不好交代。"

沃马瞪了他一眼，道："祝融，你别忘记，我们才是圣盟的最高统治者，违背我们的命令，就必须受到严厉的惩罚，否则，何以服众？我自会向摩尔解释。”

在圣盟中，最具权威的自然是大长老光明系审判者光明，其次是水系审判者罗丝·菲尔，再下来，就是异能等级达到了七十四级的风系审判者沃马。

祝融无奈地摇了摇头，向天痕道：“小子，你有把握吗？现在反悔还来得及。”

天痕暗暗苦笑，自己确实冲动了些，但此时当着队友们的面又怎么能反悔呢？他坚定地点了点头，道：“祝融审判者，请让我试试。只要我还能站起来，我就不会轻易投降。只要我的意识还清醒，我就能努力坚持三分钟。”

祝融没再说什么，向黄荣那方的小队挥了下手。

这时，一个火红色的身影面无表情地来到黄荣身旁，淡然道：“火系三十六级掌控者连肃请教。”

天痕心中一凛，道：“空间系十六级操纵者天痕请教。”

祝融一脸惊讶，心想：十六级？我没听错吧？天痕来这里之前不是才十一级吗？难道这小子的修炼速度像自己的祝融号一样快？他虽然心中疑惑，但也明白此时不是询问的时候。

沃马向祝融使了个眼色，两人同黄荣一起飞到一旁观战。

火焰瞬间出现在连肃身旁，他身体一闪，操纵火焰轰向天痕。

天痕一惊，他很清楚自己根本无法同掌控者级别的异能者抗衡，三分钟的时间，他只能凭借身法尽力闪躲了。

他骤然后退，当火焰即将近身之时，他用出了移形幻影，一个闪身，来到了连肃背后。

连肃根本没有回头去看，双掌托天，大喝一声：“火海连环！”无数火焰从他身上升起，瞬间转化为深蓝色，正是深蓝之焰。

深蓝色的火焰瞬间向周围蔓延，高温令天痕根本无法靠近，他身上的衣服已经散发出烧焦的气味。他穿的并不是昨天那身制服，而是自己的衣服，昨天留在制服上的汗渍和汗臭味实在令他无法忍受。

正在这时，他胸口处的碧绿色晶体散发出一股清凉的气流，瞬间传遍全身，将灼热的火焰阻挡在体外，第三阶段的宇宙气终于显示出了它的威力。

天痕刚刚腾空而起，半空中骤然出现了一只身长两米的火鸟，嘹亮的鸣叫声响起。虽然不是火凤凰，但速度同样极快，在天痕刚刚看到它的时候它就已经冲到了天痕身前，两只巨大的爪子带着深蓝色的火焰直接向天痕胸口处抓来。

天痕骇然失色，对方的圣兽居然会飞？这下自己的麻烦可大了。他瞬间用出移形幻影，在火鸟的爪子临身的刹那逃脱。幸亏他在身前布下了扭曲的空间盾，否则，单是那深蓝色的火焰就足以在瞬间重创他。

火鸟在半空中翱翔，再次冲来的同时，地面上的连肃也飞了起来，他一脸肃然之色，双手在胸前一挥，一个接一个的深蓝色火圈向四周飞去。虽然火圈并没有发动攻击，但强大的压迫力限制了天痕的行动。

天痕清晰地感觉到连肃的精神力已经锁定自己，移形幻影的效果顿时大大减弱，他每一次在几十米范围内转换位置都会遭受攻击。

当天痕再次出现时，火鸟已经来到他近前。眼看火鸟飞来，在已经来不及用出移形幻影的情况下，无奈的天痕只得将双手在身前一合，骤然向前劈出，扭曲的空间斩迎上了火鸟的冲击。

“噗”的一声，火鸟的身体停滞了一下，天痕却全身剧震，如果不是身体足够强韧，这一下就足以将他震伤了。

正在这时，令天痕震惊的景象出现了，先前连肃挥出的那些火圈竟然爆炸了，在空中形成一个巨大的空心火球，而天痕和火鸟就处在这空心火球内部，天痕与外面空间的联系完全被切断了。空间系异能者最大的优势是能利用空间，此时他已经失去了这个优势。

连肃冷笑一声，双手前推，两个火球如同流星一般向天痕轰来，而火鸟也追上了天痕。他之所以没有在开始时发动最强大的攻击，就是要先制造一个让天痕绝对无法逃脱的火焰空间。

火球中的空间十分狭小，天痕如果闪躲，必将冲入周围的火海之中，那深蓝色的火焰可不是好对付的。突然，他脑海中灵光一闪，想起了当初在明黄星时向飞鸟学习的弧线飞行法，他身体一偏，优雅地画出一条圆弧，竟然躲开了连肃同火鸟势在必得的合击。

火球内的温度直线上升，仿佛整个空间都已经被点燃了一般。天痕将体内的宇宙气完全散发到体外，在身体周围形成一圈淡淡的青光。怎么办？现在最多只过去了一分钟，在这火球里，自己如何能再坚持两分钟呢？

连肃不会像黄荣开始时那么托大，一次攻击不成，他立刻控制着巨大的火球向中间收缩，只要将空间减小到一定程度，空间系异能哪里还有用武之地呢？而他的火鸟也没有闲着，直接向天痕追去。

凭借着弧线飞行法，天痕躲开了火鸟接二连三的攻击，同时不断向周围发出空间斩，试图将火球撑大一些。他的空间系异能虽然不够强大，但优势是能不断使用，而且，他的黑暗系异能还可以转化为空间系异能。

天痕想过突然发动天魔变，使出全力一击，击败连肃。但是，他不能那么做，先不说发动天魔变很有可能被下面的三位审判者察觉，就是他自己心里也过不去。连肃毕竟是圣盟的人，自己怎么能在测试的情况下击杀他呢？败了大不了回地球。

火球的体积不断缩小，天痕的活动空间越来越小了。火鸟再一次冲到他身前，这次，火鸟用出了新的技能，双翼展开，形成两面火墙，直接对中央的天痕发起夹击。

此时，天痕背后是连肃，面前是强大的火鸟，其他方位则全被火焰包围，他该如何是好？

危急关头，天痕脑子一热，闪过一个字：拼。现在只有拼着从这火球中冲出去，他才有希望继续坚持下去。面前的火鸟所在的方位显然不是冲出去的最好方向，后面连肃所在的方位也不行，只有上、下两个方位的火焰威力稍微薄弱一些，但是，自己能够承受住这些火焰的灼烧吗？

“啊！撕裂吧，火焰中的空间！”天痕黑色的头发根根竖立，精神力前所未有地集中，双目变成了令人恐惧的白色。在火鸟形成火墙发起夹击前的一刹那，他如同炮弹一般向上方撞去。

天痕体内的宇宙气爆发了，青色的气流席卷而出，围绕着他的身体。在空间系异能的作用下，这青色的气流骤然冲到三米之外，天痕顶着深蓝色的火焰直接向外冲去。

连肃全身一震，一脸惊讶，心想，这小子的宇宙气达到了什么等级，竟然能够这么用？难道他是练体术的？不，就算是体术，宇宙气也绝不可能如此精纯啊！哼，想冲出去吗？没那么容易！

在连肃的控制下，火球继续收缩，同时，他腾出一只手，向前按出。火鸟从下方追向天痕，而天痕上空的深蓝色火焰也在连肃的全力控制下多出一倍。

虽然有宇宙气的保护，但深蓝色火焰的高温还是影响了天痕。他的头发、眉毛以及身上的衣服都被烧着了，但是，他依旧挣扎着爆发出了自己全部的力量。宇宙气达到第三阶段后是可以施展攻击的，他拼的就是这一点。

青、白两色光芒骤然收缩，似乎完全被火焰压迫了，火鸟从下方冲上来，距离天痕只有一米了。

青色的宇宙气突然变成了碧绿色，柔和的绿色光芒大亮，两道光刃分别向上、下斩出，火鸟发出一声悲鸣，由于没有任何准备，它身上的火焰长羽顿时被斩断了数根，行动也因此而停滞。

而上空，天痕期待的情形终于出现了，他喊道：“撕——裂——吧——”

地面上，以蓝蓝为首的异能者们都在焦急地等待着，看到空中那深蓝色火球形成时，他们的心就已经沉入谷底。空间被限制，作为空间系操纵者的天痕还怎么同以攻击力著称的火系掌控者抗衡呢？绝对的实力差距摆在那里，最后的结果……

祝融和沃马也在等待着，与平静的沃马不同，祝融心中暗暗着急，他同摩尔的关系一向很好，要是摩尔这心爱的弟子被送回地球，他真不知道该怎么向摩尔交代。虽然天痕的异能等级达到了让他惊讶的十六级，但是，天痕能在三十六级的掌控者手下坚持三分钟吗？

黄荣眼中闪烁着怨恨的光芒，蓝蓝重创了他心爱的圣兽，他极其愤怒，暗想：一定要让蓝蓝这一小队的异能者都受重伤，不然我不能善罢甘休。他对连肃有着绝对的信心，论攻击力，在自己这一小队中，当数连肃最强。连肃的深蓝之焰，即使是他防御起来都有些吃力。

众人各怀心事，这时，异变发生了。那巨大的深蓝色火球上方突然爆发出大片火雨，一个身影敏捷地从火球中冲了出来，依稀可辨，正是天痕。

正在大家目瞪口呆，不知道他是怎么冲出来的时候，那巨大的火鸟带着深蓝色火焰重重地撞击在天痕背部。

碧绿色的光芒一闪而逝，天痕如同流星一般向地面坠落。

"轰——"一眨眼的工夫，天痕重重地砸在了地面上，砸出一个直径三米、深一米的大坑。阵阵青烟从坑中冒出，全身变得焦黑的天痕不知是死是活。

空中的深蓝色火球消失了，连肃同他的火鸟一起落回地面，他看也不看天痕一眼，向沃马道："沃马审判者，我想我赢了。"

沃马微微一笑，道："不错，连肃，你的战斗方法很正确。不过现在距离三分钟还有四十秒。"

祝融怒道："连肃，你这小浑蛋，出手怎么那么重？要是天痕死了，看我怎么收拾你！"他一边说着，一边就要朝天痕那边走。

连肃愣了一下，心头一紧。是啊！自己怎么忘了，这并不是生死之搏，可刚才自己丝毫没有手下留情。都是因为队长的圣兽被伤，自己才这么冲动，这下恐怕要闯祸了。他怀着忐忑的心情向天痕的方向看去。

"慢着，祝融审判者，您别过来，测试还没有结束。"天痕竟然缓缓地从坑中爬了出来。

是的，天痕没有死，他在宇宙气爆发时将自己的黑暗系异能完全转化成了空间系异能，所以，他虽然受了重创，但小命还是保住了，而且他的意志还很坚定。

他将目光转向一脸震惊的连肃："我刚刚在坑里耽误的时间不算，还有四十秒，来吧。"

"天痕！"蓝蓝、盖雅、夜欢、落落、杰瑞，以及偷偷出现在那名身材健壮的审判者身旁的塞里，都不禁惊呼出声。

天痕勉强一笑，却牵动了身上的伤口，不禁疼得全身一阵痉挛，但他用沙哑而坚定的声音道："我能行，相信我。连肃掌控者，来吧。"

连肃向天痕伸出了大拇指："好，你是条汉子。不论输赢，我连肃佩服你的勇气。”

天痕冷淡地看着他：“还有四十秒，开始吧。”他紧握着双拳，两只手中各有一样东西，在实力不济的情况下，他也只能利用这些东西了。

连肃意念一动，与他心神相连的火鸟顿时向天痕扑了过去，为了自己的荣誉，就算他佩服天痕，依旧不会手下留情。他的目的只有一个，就是让天痕倒下，但是，他真的能够做到吗？

就在火鸟即将扑到天痕身上之时，异变出现了，原本站在原地的天痕竟突然变成了两个。

“轰——”

一个天痕被吞噬了，而另一个天痕则用手捂向自己的嘴。

连肃和他的火鸟都不禁一愣，这是什么？一变二？空间系异能吗？

沃马审判者的声音响起：“还有三十秒。”他的话惊醒了连肃。

数个巨大的火球直接砸向天痕，同时，连肃的火鸟也冲向天痕。三十秒的时间并不算短，连肃深信，在这三十秒内自己足够完成想做的一切。

“轰轰轰——”

天痕瞬间被火焰吞噬。

所有人看见这一幕都惊呆了，就连连肃自己也没想到会变成这样，他以为天痕一定会闪躲，但是，天痕没有动。他竟然没有动，这让所有人都无法理解。

火焰剧烈地燃烧，即使是钢铁，也会在这火焰之中化为铁水。

祝融愤怒了，一掌将连肃拍飞，就连沃马也露出了后悔的神色，两人飞快地向天痕扑去。

天痕小队的队员们都惊呆了，每个人脑海中最后的画面都是被深蓝色火焰包裹的焦黑身影，天痕是死了吗？

祝融大手一挥，将所有火焰悉数轰走，他脑海中似乎已经响起了摩尔的怒吼，他真的很后悔，为什么刚才自己没有尽力阻止这场不公平的测试。

火焰消失了，出现在众人面前的一幕令他们永生难忘，那焦黑的身影依旧站在那里，并没有化为灰烬。天痕居然还活着！

“用火洗澡还真是舒服，嘿嘿。”天痕的声音响起。

众人听闻，目瞪口呆，天痕没死？他竟然没死！而且，听他的声音似乎他还轻松得很。

天痕勉强挥了挥手：“你们干什么都这么看着我？我没死，我好得很啊！”话音刚落，他身上焦黑的皮肤突然一块块往下掉，他用力地抖了抖身体，露出一身白嫩的、宛如新生的肌肤。除了没有毛发以外，完好无损的天痕出现在众人面前，他仿佛重生了一般。

“啊——”

尖叫声响起，以蓝蓝为首的所有女性都别过头去，脸羞得通红。

天痕这时才意识到不妥，尴尬得想找条地缝钻进去。他迅速打开空间袋，拿出一身普通的衣服穿在身上。

祝融和沃马上前一步，一个捏天痕的脸，另一个则捏了捏他的胳膊。

“哎哟，两位审判者，你们干什么？”天痕呆呆地看着二人，并没有一丝疼痛的感觉。

祝融双目圆睁，道：“你小子真的没死？难道你是铁打的吗？”

天痕苦笑着摇了摇头，低头查看生物电脑传来的信息：“异能等级十五，宇宙气三段一级。”他的两种异能都下降了一级。

当天痕被火鸟从空中轰落之时，他看到了站在土系审判者旁边的塞里，他顿时想起了塞里送自己的东西以及塞里说过的话。

“这东西的效果虽然一般，但十分实用，它可以让你的皮肤在二十分钟内比合金还坚硬，除非对手拥有审判者的实力，否则谁也伤不了你。这算是一种强化身体韧性的药物，不过，它的副作用也很明显，每使用一次，会让你的异能等级下降一级，而且在三天之内你都会处于虚弱状态。所以，我建议你在面临生命危险时才使用。”

巨大的冲击力被宇宙气抵消了大半，天痕觉得全身就像散架了一般，但他还是支撑着站了起来。为了最后的胜利，他只有一个选择：先用拟态珠躲过火鸟的攻击，然后立刻服用塞里送给他的药。

正如塞里所说，天痕服药之后，身体变得比合金还坚硬，不但成功抵御了火焰的灼烧，更为奇特的是，他的身体竟然因此发生了重生般的变化。

天痕并没有忘记土系掌控者马萨诺送给他的无极徽章，但那毕竟是土系的东西，而且他也来不及从制服上取下无极徽章。更何况，他不确定无极徽章的防御力有多强，倒不如直接服用塞里给的药。

虽然用药之后异能等级降了一级，但在这魔幻星上，天痕相信自己一定能很快修炼回来。短短的三分钟，天痕感觉自己去火焰地狱走了一遭。此刻，终于呼吸到新鲜的空气，他感觉一切都是那么美好。

“祝融审判者，您很希望我死吗？我的命硬，可没那么容易死。”天痕挑衅地道。

祝融看着面前的光头天痕，不禁露出了笑容。

一旁的沃马忍不住道：“好小子，祝融说得对，你确实给我们带来了惊喜。今天的测试就到这里。黄荣，带着你们小队的成员，跟我上飓风号，返回地球。天梦除外，其余的人一律倒立前行。”

说完，他又扭头对祝融道：“看来，这次你带过来的新人都很不错，这里就先交给你了，过几个月我就回来。”

第58章
魔幻星的第一个任务

黄荣等人一脸痛苦地看着沃马，但他们都知道，审判者的命令绝对不能违抗。

此时，他们中已经没有人再记恨天痕，天痕的坚韧不屈在他们心中留下了深刻的印象。他们一个个倒立而起，缓缓向树林中而去。对于他们这些三十几级的异能者来说，倒立行走并不难，只是面子上不好看而已。

祝融向沃马微笑着道：“你赶快去吧，早去早回，回总部时告诉老菲尔，他外孙女好得很。”

沃马点了下头，没再说什么，缓步前行，他看似只是迈出了简单的一步，却已经追上了最前面的黄荣小队的队员。有他监督，谁敢偷懒呢？

“万——岁——”洛严小队的队员们飞也似的向天痕冲了过来，一个个都十分兴奋。

天痕刚加入小队之时，大家都认为他没有能力加入这个小队，但是，此时他们的看法都已经改变了。天痕确实有着他特殊的能力，每一名队友都已经将他当成了值得信任的亲密伙伴。

天痕被队友们一把抬起，抛入空中，每个人都叫着他的名字，包括先前因为参加了测试而有些虚弱的蓝蓝。

这一刻，大家的心是连在一起的，共同的荣誉感使他们更加亲近，逐渐变得像一个整体。

祝融露出会心的微笑，同时他在思索刚才天痕是用什么办法抵挡住那火球的攻击的。但不论怎么想，他都没想出答案。毕竟，在火球爆发的时候，天痕连一点气息都没有释放，否则祝融也不会以为他已经死了。

此时，塞里和那名身材健壮的土系审判者走了过来。塞里看着欢呼的众人，几步来到祝融身旁，嘿嘿一笑，低声道："祝融审判者，您是不是很想知道天痕为什么能抵挡住最后的攻击？"

祝融一愣，问道："难道你知道？"

塞里搓了搓手，得意地道："我当然知道。告诉您也可以，不过，您可不能逼我去练体力，毕竟我可是高科技研究人员。"

祝融没好气地哼了一声："真没出息，要是圣盟的每个异能者都像你这样不思进取，圣盟干脆解散算了。说吧，我答应你。"

塞里不满地道："我怎么是不思进取呢？我只是努力的方向与大家不一样。天痕之所以能扛下最后的攻击，是因为吃了我给他的一种药，在短时间内极大地增强了身体强度，不然，您以为天痕身上怎么会出现奇迹呢？"

祝融惊讶地看着塞里，不敢相信地问道："还有这种药？怪不得你小子能当上圣盟研究所的特级研究员。你有这种好东西，赶快拿一点出来孝敬我。嘿嘿。"

塞里同样嘿嘿一笑，道："那您可别后悔哦。这药是有副作用的，副作用之一就是每吃一次，您的异能等级就会下降一级。嗯，其实下降一级也没什么，我多给您几颗吧。"

祝融如遇鬼魅般飞速后退几米，一脸骇然地看着塞里："你这胖子研制出来的到底是灵药还是毒药，你是想害死我啊！我现在提升一级有多困难，你知道吗？”

塞里无奈地道：“有的时候灵药就是毒药，毒药也可以变成灵药。”

一直在旁边没有吭声的土系审判者微笑道：“祝融，胖子研究出来的东西你还是不要为好，否则，本来没事，吃了他的药也变有事了。”

祝融哈哈一笑，道：“怪不得研究所所长要把塞里扔给我，估计他也是被塞里的药吓到了。好了，丫头、小子们，别闹了，该干正经事了。”

听到祝融发话，正在疯狂庆祝胜利的异能者们纷纷停下来，天痕终于回到地面上。虽然他们一个个衣着狼狈，但都神采奕奕，先前的胜利对他们来说太重要了。

祝融看着众人，微笑道：“看你们那狼狈样，先去洗洗，然后我再安排你们下面要干的事。”

突然，杰瑞的脸色变得怪异起来，他用双手捂着自己的肚子：“哇，祝融审判者，我想先去方便一下。”话音刚落，他就用最快的速度向梧桐树林那边跑去。

杰瑞刚跑开，异能者们的神情一个个都变得怪异起来，尤其是以蓝蓝为首的那几个女孩子，她们恶狠狠地瞪了塞里一眼，然后连招呼都顾不上打，就和杰瑞一样向梧桐树林跑去。别的异能者也陆续捂着肚子跑向树林。他们刚来这里，根本不知道厕所在何处，树林是他们最好的选择。

天痕呆呆地愣在原地，他是唯一一个没有不良反应的，他的目光落在塞里身上：“大哥，难道是你的药物产生了副作用？似乎提前了一点吧？”

塞里嘿嘿一笑：“或许是因为昨天大家的消耗太大，所以副作用提前发生了。让他们打我，嘿嘿，排除毒素，一身轻松，今天一定拉得他们站不起来。咦，天痕，你怎么没事？我给你吃的药同他们的一样啊！”

天痕一愣，而后喃喃道：“我还以为你特意照顾我，给我的药是没有副作用的呢。”

塞里挠了挠头，有些尴尬地道：“我当然想给你没有副作用的药，可是，我研制出来的药都有副作用，实在不明白是怎么回事。啊！对了。”他眼睛一亮，像看宝贝似的看向天痕，“我明白了，一定是给你的那个增强防御力的药和昨天吃的补充体力的药发生了一定的中和作用，所以，你今天才没有拉肚子。哈哈，我真是个天才，这值得好好研究研究，说不定我能研制出第一种没有副作用的药呢。哦，对了，你的异能等级下降了没有？”

天痕苦笑着点了点头，道：“大哥，你的药效果确实不错，不过，这副作用也真厉害，我从十六级掉到十五级了。”

这时，祝融看向天痕：“我还没问你，你的异能等级怎么会一下提升了这么多？如果不是你已经到了十六级，恐怕你今天也坚持不到最后。”

天痕微微一笑，道：“说实话，连我自己都不明白为什么我的异能等级会提升这么多。或许是我在您的祝融号上修炼宇宙气的时候无意中吸收了异空间的空间系能量分子，所以异能才一下提升了这么多，如果让我再重来一回，恐怕无法做到。这也许是我在祝融号上昏睡不醒的原因。”

祝融若有所思地看着天痕：“我真怀疑，老摩尔之所以那么看重你，是因为看中了你的运气。你说得对，如果再来一回，你确实未必能有那么好的运气，即使是摩尔，也不敢说在异空间中一定能吸收其中扭曲的空间系能量分子。不过，你要记住一点，好运气不会经常眷顾你，只有努力踏实地修炼才是最可靠的提升方法。这样吧，塞里要开始在附近寻找各种植物研制药物了，你就先陪着他吧，你的身体用不着再强化训练。尽快修炼你的异能，三个月后，等我将其他人训练完，再给你们分配任务。”

天痕愣了一下，然后问道：“我不用参加体能训练吗？”

祝融微笑着点头，道：“你用不着。体能达到你这种程度，就算异能提升到五十级也足以承受，而且，随着你不断修炼宇宙气，你身体的强韧程度还会继续提升。你再训练体能，也只是浪费时间。塞里，你带着天痕去吧。你们两个不许随便离开基地的范围，如果需要外出采药，必须先向我汇报。”

塞里兴奋地道：“您放心，就算您现在让我出去我也不去，我要先研究一下天痕先后服用的那两种药中和的状况。天痕，跟我走。”说着，他拉起天痕向基地走去。

祝融看着塞里的背影，道：“胖子，其他人要拉多久你那药物的副作用才会消失？”

塞里头也不回地道：“怎么也要拉上一天吧。估计您三天之内不能训练他们了。”

土系审判者奥恺微微一笑，道：“祝融，这回你还真是弄了一群活宝过来，他们的事就由你全权负责吧，我先去修炼了。”

祝融气结：“奥恺，怎么说你也是审判者之一，你好意思把这群丫头、小子都扔给我一个人吗？”

奥恺贴近祝融，低声道：“不是我要把他们扔给你，你也知道我的脾气一向不太好，万一他们犯了错，我怕我会伤害他们。嗯，就这样吧，你忙，我先回去了。”黄色光芒一闪，只留下愤愤不平的祝融。

塞里拉着天痕回到了基地，此时天痕才有精力仔细地看看这个并不算很大的“村子”。“村子”里大约有三十间房屋，看上去很简易，排列整齐，大小都差不多，仓库在最中央。

天痕心想，这儿有这么多房间，应该可以一人住一间吧。

塞里兴冲冲地拉着天痕向里走，边走边对天痕说道：“兄弟，你这回可是帮了我的大忙啊！没想到，我终于有机会解决药物副作用的问题了。”

“塞里大哥，在咱们这个基地除了几位审判者以外，就只有咱们这些新来的人吗？难道整个魔幻星就靠咱们这点人来守卫？要是来了黑暗势力的人，我们恐怕很难应付啊！”除了已经离开的黄荣小队，天痕并没有看到其他人，自然会产生疑惑。

塞里扫了天痕一眼，笑道：“你现在还不明白吗？其实，这魔幻星根本用不着我们守卫，黑暗势力敢到这里来？那是不可能的。先不说这里至少有两位审判者坐镇，就是魔幻星上的圣兽也是极为排外的，除了我们这片安全区以外，魔幻星可以说是危机四伏。况且，黑暗势力中知道魔幻星准确位置的只有消失的黑暗之主末世，除了他以外，其他人即使来过魔幻星，也不可能记住它的方位。我们对外宣称来这里是执行任务的，其实，能来这里的都是圣盟的精英，来这里的异能者只有一个任务，就是变得更加强大。”

天痕眼中闪过一道深邃的光芒：“这个我明白，但是，既然有魔幻星这么好的地方，圣盟为什么不一次多派点人来呢？长时间待在这里修炼，不是能更好地提升实力吗？”

塞里向四周看了看，低声对天痕道：“当然不能多来人。我不是跟你说过吗？其实，咱们圣盟在整个银河联盟中的处境并不好。当初，银河联盟议会为了消灭黑暗势力才不得不与我们合作，但现在咱们圣盟已经壮大，甚至威胁到了银河联盟议会的权威，这当然是他们不想看到的，所以他们才研制出了生物战士和改造战士。因此，我们必须留大量的人手在各个星球上，一旦出现危机，也好及时做出反应。而我们来魔幻星秘密特训的事自然极为保密，所以，一次抽调的人数不能过多。”

塞里一边说着，一边拉着天痕走进基地最里面的一个房间，房间内只有两张简单的木床和一张桌子。塞里将门关好，微笑道：“咱们俩就住一起吧。”

天痕听了塞里的话，心中不断思索，看来圣盟果然不是表面上看起来那么平静，看上去一派太平的银河联盟中也有着相互制衡的各方势力。要想在这种复杂的环境中生存，提升实力自然是最好的选择。

天痕问："大哥，我看外面有不少房间，为什么要两个人住一间呢？"

塞里微笑着道："傻小子，你忘记了还有其他本盟达到十级的操纵者会到魔幻星来收服圣兽吗？他们也要有住的地方啊。这次沃马审判者回去，应该会带二十个人回来。"

天痕恍然大悟，道："原来如此。大哥，刚才你说到生物战士和改造战士，我也听说过。你对他们了解多少？这些后天改造出来的人，能同我们本身就拥有异能的异能者相比吗？"

塞里眉头微皱，道："这个很难说，不论是生物战士还是改造战士，都需要经过非常复杂的程序才能制造出来。你想想，把'制造'这个词用在人身上是多么不人道。据说，上、下两议院为了制造这两种强大的战士，残害了不少无辜的生命。不过，他们都是从军队中挑人，到目前为止，外界还不知道有这两种战士的存在。这两种改造出来的强者也根据改造程序的不同产生了不同的能力，能力越高，改造时失败的概率就越大。至少到目前为止，上、下两议院还不足以与我们圣盟抗衡，但未来就很难说了，毕竟议会控制着整个银河联盟的财富，那是咱们圣盟无法与之相比的。我们研究所的使命就是研究这两种战士的弱点，以及能快速增强咱们异能者异能的方法。"

天痕心想，圣盟、银河联盟两方各有各的优势，由于圣盟曾经挽救了整个人类，所以，它的地位绝不是可以轻易动摇的，更何况还有五大审判者这样的强者存在，就算调动神级舰艇编队也未必能把他们怎么样。而银河联盟强在资源丰富，或许真的用不了多长时间，他们就可以研制出能与异能者抗衡的战士。至于处在暗处的黑暗势力，正是因为圣盟和银河联盟的暗中对抗，他们才得以休养生息。可惜黑暗势力的人都过于短视又自私，否则，如果他们联合起来，未必不能与圣盟和银河联盟这两者抗衡。

想到这里，天痕浑身一震，自己为什么会有这样的想法？难道体内的黑暗系异能真的在逐渐影响自己的心性吗？不，不会的。自己的宇宙气已经达到第三阶段，黑暗系异能根本不可能对自己的思想产生影响。

“天痕，你发什么呆？快把当初我要你帮我带的东西拿出来，我现在要做实验了。”塞里既兴奋又有些焦急，对于他这样疯狂的研究员来说，没有什么比研究获得新突破更具有吸引力。

天痕从思绪中回过神来，赶忙打开空间袋，将塞里交给他保管的东西拿出来递给塞里。

塞里一把抢过，向天痕道：“兄弟，你也累了，你自己修炼吧。我要开始研究了，没事就别打扰我，反正你有三个月的自由活动时间。”

“大哥，那咱们吃饭怎么办？”天痕想到了这个很重要的问题。

塞里愣了一下，然后道：“我带了些高级营养液，够自己吃一段时间，在实验过程中，我是不能被打扰的。你要是想吃东西，就自己出去找吧。我听祝融审判者说，在魔幻星上不论做什么都要靠自己的力量，其中就包括吃。在那片梧桐树林中应该有不少可以果腹的果实，不过，你最好问问祝融审判者再吃，万一吃了有毒的可就不好了。”

说完，他不再理会天痕，双手以不符合他能力的速度飞快地将那箱子中的东西掏了出来。一些天痕从来没见过的小仪器，以及各种瓶瓶罐罐顿时摆了一桌子，塞里直接投入了实验之中。

天痕看着塞里一脸认真的样子，无奈地摇了摇头，心想：不愧是特级研究员，一涉及研究，立刻就能将一切都抛在脑后。我真的要去找吃的吗？还是算了吧。

塞里那颗药的副作用已经开始生效，天痕感到一阵阵眩晕，一步都懒得再走，体内的异能早已经在先前的战斗中几乎耗尽，等级也降了一级。他心想，还是先修炼再说，或许我运气好，三个月的时间就能把失去的能力修炼回来呢！

想到这里，天痕再次打开空间袋，从里面取出一管剩余不多的高级营养液灌入腹中，然后盘膝坐在床上，开始聚精会神地修炼起来。

异能等级降低令天痕心中极为焦急，本来他到魔幻星是来增强实力的，可没想到实力不仅没增强，反而降了一级。幸好魔幻星上有充足的各种能量分子，在精神高度集中的情况下，他很快就进入了修炼状态，敞开自身，尽情吸收从外界传来的能量分子。

从这一天开始，天痕进入了近乎闭关的修炼状态，每一次修炼都要持续十天以上，醒了就灌下一管高级营养液，再继续修炼。每次当他清醒过来的时候，总能看到塞里忙碌的身影。三个月内，天痕除了上厕所之外，几乎没有离开过这间木屋。

而塞里却经常会出去，到附近寻找一些植物然后回来做实验，通过他那些古怪的仪器来检验那些植物的作用。

通过修炼，天痕发现了一个问题，在这魔幻星上竟然没有黑暗系能量分子。他吸收了很多空间系能量分子，宇宙气也有一定的增幅，唯独黑暗系异能维持着原来的状态。虽然可以通过转化将空间系异能转变成黑暗系异能，但在转化的过程中，必然会流失一定的能量，而且，转化得来的黑暗系异能显然没有直接吸收的黑暗系能量分子那么纯正。

三个月过去了，结束修炼之时，天痕无奈地发现，自己的异能不过回到了第十六级而已，距离突破第十七级还有一定的差距，主要原因就是黑暗系异能拖了后腿。

怪不得当初廖恩说，过了第十五级以后，异能每提升一级都是非常困难的。天痕的异能觉醒得比其他人晚，而且他需要同时修炼两种异能，想提升并不是件容易的事，只有一步一步慢慢来了。

塞里依旧在忙碌着，三个月过去，他除了脸色有些苍白之外，竟然看不出任何异样，他操作仪器的速度依旧很快，那些瓶瓶罐罐中也依旧会传出一些奇怪的味道。

天痕心想，既然已经过了三个月，那我应该去找祝融审判者问问。老在这里修炼，他确实觉得有些闷了。

天痕一边想着，一边爬起来，走出木屋，利用飞行术飘身而起，先在基地外不远处那条清澈的小河中洗漱一番，然后才穿上自己之前洗干净的制服。经历了修炼前的那次测试，他可不敢再把无极徽章收起来了，毕竟那徽章相当于另外一条生命啊！至于塞里的药，能不用还是不用为好。

外面的空气是清新的，尤其是那混合着植物和泥土的气息，让天痕心旷神怡。

三个月过去，他的头发和眉毛重新长出来了，虽然头发只有三寸长，但至少比光头强多了。他不知道小队的其他队友怎么样了，祝融审判者给他们的体能训练恐怕不会太轻松吧。

天痕一边想着，一边准备返回基地，却听到了一阵密集的脚步声。

他惊讶地循声看去，看到了搞笑的一幕：十八名异能者每人背着一个当初他们搬来的大木箱，正奋力向基地跑去，即使是女生们也没能幸免。三个月不见，这些队友的变化都不小，几乎都瘦了一圈，皮肤也变黑了一些。虽然他们都背着重物，但看他们的样子，跑起来并不算太困难。

天痕运转宇宙气，飘身而起，几个箭步冲到了众人身前。

大家也看到了他，跑在最前面的洛严笑道：“天痕，你小子命真好啊！

这三个月过得很滋润吧？”

天痕跟在他身旁向基地跑去，笑道：“闷都快闷死了，修炼了三个月，才勉强将那天掉的一级给修炼回来。塞里大哥的药效果虽然好，但副作用确实可怕。队长，你的身体没问题了？那天看你可伤得不轻。”

洛严道：“其实，那天我伤得并不重，那副队长天梦小姐还是手下留情了，只是将我震晕了而已。我还没谢你呢，要不是你和蓝蓝出手，恐怕咱们整个小队都免不了被狠揍一顿。别提塞里那小子，那天我们拉得几乎虚脱，就是昏迷的我也没能逃脱厄运。一提起这事，我就气不打一处来，以后我要是再吃他的药，我就跟他姓，叫塞严。”

天痕微笑着道：“谢什么，我也是小队的一员。其实，塞里大哥的药在一定情况下还是很好用的。那天要不是他的药，恐怕我也坚持不到最后。”

说着，他们已经回到了基地，一进基地，就看到祝融正站在空地上等着他们。异能者们似乎已经习惯了这样的训练，排成整齐的队伍向仓库方向走去。

天痕来到祝融身前：“祝融审判者，已经过去三个月了，您有什么任务安排给我吗？”

祝融看到天痕，不禁面露笑容：“小子，怎么样，失去的等级修炼回来没有？我看你三个月都没怎么出门，修炼效果应该不错吧？”

天痕苦笑道：“已经修炼回来了，现在是十六级，距离第十七级还有一定的差距。”

祝融愣了一下，笑道：“原来你也是正常的异能者，我还以为你又能给我带来什么惊喜呢！你有现在的成绩已经很不错了，继续努力吧。”

异能者们将箱子放回仓库，然后跑了出来，排列成两行站在祝融身前。

洛严上前一步，恭敬地对祝融道：“祝融审判者，我们今天的训练已经完成了。”

祝融点了点头，对天痕道：“你站到队伍最边上去。”

天痕答应一声，赶忙跑向行末，他的耳边响起洛严的声音：“欢迎你归队，我们的兄弟。”

天痕看了洛严一眼，微微一笑，快速站到了队伍的最边上。

祝融身上亮起一团红色的光芒，笼罩了小队所有成员，众人身上分别散发出不同的光芒。很显然，在先前的训练中祝融封印了他们的异能。

祝融看着众人，微笑着道：“三个月了，你们的身体素质都得到了提升，对于这一点我很满意。我知道，来魔幻星这么长时间了，你们都期待着能够拥有一只属于自己的圣兽。从明天开始，你们就可以去寻找圣兽了。不过，在这之前我要先跟你们交代几件事。”

听了祝融的话，小队的所有队员顿时都露出兴奋之色。这三个月的训练非常难熬，虽然现在已经轻松了，但曾经走过的路是那么艰辛，当初他们拉完肚子恢复过来以后，就开始接受地狱般的磨炼。在有祝融亲自监督的情况下，谁又敢偷懒呢？即使是蓝蓝也要跟随众人一起进行所有训练。

过程是痛苦的，但这痛苦的经历无疑给他们带来了巨大的好处，众人的宇宙气几乎都提升了一级以上，同时，每个人的身体素质也有了极大的提高。对现在的他们来说，一百千克已经不再是负荷，即使是几名女生也都能够顺利地完成训练了。

现在，终于可以不再进行让他们痛苦的磨炼了，他们又怎能不高兴呢？每个人心中都在呼喊着：圣兽，我们来了！

祝融看着众人雀跃的表情，微微一笑，继续道：“我要说明几点。虽然是让你们比较自由地在魔幻星上活动，但也是有一定限制的。首先，我会将你们二十个人分成五个小组，每个小组四人，必须集体行动。任何一个小组不能出现有队员落单的情况，一旦被我发现，将剥夺他们寻找圣兽的机会。我想，这一点你们应该都能理解，魔幻星毕竟不像我们的行政星那样太平，万一遇到危险，四个人在一起可以相互照顾，能更安全一些。你们能做到吗？”

“能——”接受过残酷的军事化训练的队员们异口同声地大喊道。

第59章

富贵险中求

祝融道："好，希望你们记住自己说过的话。另外，我会给你们指定一些固定路线，在这些路线中，你们会经过众多圣兽聚集的地方。五个小组将朝不同的方向出发，这样更有利于你们找到适合自己的圣兽。我会以地图的形式将路线提供给你们，地图上所有有红色标识的地区是你们不能轻易接近的，因为，那里都有极为强大的圣兽，一旦遇到它们，即使是我也未必来得及救你们。这些有红色标识的地区，就是禁地。在魔幻星上，这种禁地不在少数，你们自己把握好分寸，一般情况下，越接近禁地，圣兽就越强大。

"你们一定要量力而为，一旦遇到自己无法处理的危险，立刻用自己的生物电脑向我求救，我会以最快的速度赶到你们身边。不过，哪个小组求救一次，就要给我留在基地静修一个月，方可继续外出寻找圣兽。另外，魔幻星上的植物果实大部分都是能够食用的，你们的补给需要自己去寻找，我从地球带过来的物资中可不包括营养液，生活过成什么样，就要看你们的生存能力了。我会给你们一份资料，资料中会说明哪些植物对人体是有害的，除了这些植物以外，其他的都可以食用。最后，我要叮嘱你们一句，一切以安全为重，不可冒进。"

说到这里，祝融的目光柔和了许多："你们都是圣盟的精英，也是咱们圣盟的未来，我不希望你们中的任何一个人出事。遇到危机，一定要立刻向我求救。现在谁还有问题？可以提出来。”

“我有问题。”蓝蓝上前一步。三个月的训练，令她看上去消瘦了许多，但也为她增添了几分英气。

祝融微笑着道：“是蓝蓝啊！这些日子你一定在怪祝融爷爷太严厉了吧。你有什么问题？”

蓝蓝摇了摇头，道：“不，我从没有怪过祝融爷爷，我来魔幻星就是为了增强自己的实力，吃点苦是应该的。祝融爷爷，我想向您提一个要求，我希望您能让我们自由组队，自己选择队友。”

祝融摇头道：“不行，这个要求我不能答应。虽然除了你以外，大家的能力都相差不多，但每个人擅长的异能是不同的。组我已经分好了，我所安排的队伍，可以让你们的能力相互辅助，这样才能最大程度地保证每个人的安全。你不用说了，归队吧。”

祝融扫视众人一圈，继续道：“下面进行分组，每组四个人，包括一名组长。第一组，组长蓝蓝，组员夜欢、天痕、塞里。”

“什么？！”蓝蓝失声惊呼，看向祝融的眼神顿时变得异常苦涩，“祝融爷爷，您……”

祝融闻言，脸色一变，肃然道：“蓝蓝掌控者，你应该称我为审判者。”

蓝蓝一愣：“是。审判者，您为什么要这样分组？塞里相当于没有异能，带着他，恐怕会对我们整个小组不利啊！”

听了祝融的分组，天痕也是一愣，他没想到祝融将自己和蓝蓝分在了一组，而且这一组还有塞里。听到蓝蓝反对，他本以为蓝蓝是不想同他分在一组，但蓝蓝只提到塞里，并没有说起他。

其实，天痕不知道，他的能力早已经被队友们认可了。即使是蓝蓝，也承认他拥有不俗的实力，尤其是他的勇气，已经让蓝蓝改变了对他的看法。

祝融淡然道："将你们几个分在一组，自然有我的用意。你在整个小组中实力最强，是唯一的掌控者，而夜欢是土系操纵者，她的防御力配合你的攻击力，一定能发挥出最大的效果。天痕的空间系异能你们也都见识过了，他虽然只有十六级，但战斗力绝不亚于二十级的异能者，而且，他的反应速度快，实战经验极为丰富，最适合辅助你们两人。至于塞里，他主要的任务是采药，你是这批人里面最强的，他不跟着你，还能跟着谁呢？这件事我早已经决定了，你不用多说，明天一早，直接出发。"

一听祝融将塞里分给了蓝蓝这队，其他的异能者都不禁露出轻松的神色。对于他们来说，塞里除了能提供一些不知道是灵药还是毒药的东西以外，就只会拖累组员，谁也不希望跟他分在一组。

祝融继续宣布其他四组的成员，尽量做到将各系异能者组合在一起，这样能更好地发挥出团队的战斗力。

"好了，各组组长待会儿到我那里去取路线地图和有毒植物的资料，其他人各自回房间吧。今天准许你们在基地周围自由活动，明天一早，各小组自行安排出发时间，不用再向我汇报。这次行动是为了让你们更好地了解魔幻星，半年后，我希望你们都能完好无损地站在我面前。解散。"祝融的目光中带着一丝笑意。

三个月过去了，他的任务也基本完成了，剩余的时间就靠圣盟的这些精英自由修炼了。

众人刚要解散，一个兴奋的声音突然从基地最里面传出："成功了，我成功了！哈哈，我终于成功研制出来了！"

只见一个矮胖的身影从基地飞奔而出，手中拿着什么东西，又蹦又跳地朝众人跑来，正是塞里。

众人的目光转到塞里身上，只见他手中拿着一个绿色的玻璃瓶，疲惫而胖乎乎的脸上一片潮红，这是兴奋到了极点的表现。

转眼间，他已经跑到众人面前，也不理会大家怪异的目光，直接冲到天痕身前："兄弟，我成功了，我终于成功研制出了第一种没有副作用的药物！太好了，我终于成功了！你快看，这新研制出来的药可以极好地补充体力，而且没有任何副作用。"

天痕笑道："大哥，恭喜你，看来你这三个月的辛苦没有白费。"他虽然嘴上这样说，但并没有太在意塞里的研究成果，毕竟，之前塞里带给大家的恐惧谁也无法忘记。

祝融走到塞里身旁，好奇地看着他手中的瓶子，问道："胖子，你真的成功了？"

塞里用力地点点头："审判者，我成功了。经过我的科学论证，这款最新研制的体力药可以在瞬间补充体力，虽然无法帮助异能者恢复异能，但补充体力的效果很不错，比高级营养液要强得多，吃上一颗，一天不进食都没关系，最可贵的是，绝对没有副作用。"说到这里，他的目光扫向周围众人，"谁先来试一下？绝对好用。"

"哼！"众人都向塞里做出一个"我鄙视你"的手势，然后一哄而散，谁也不愿意做他的"小白鼠"。

天痕无奈地道："大哥，看来你这宝贝药只能在你兄弟我身上做试验了。不过，今天就算了吧，明天我们要出发，路上我再帮你试。"

"出发？去哪里？"塞里疑惑地看着天痕。

祝融替天痕回答了塞里的问题："你不是一直想去找药吗？我已经将你们二十人分为五个小组，明天一早分别出发，天痕和你一组。"

蓝蓝的声音从远处飘来："天痕、塞里，明天一早在这里集合。塞里，你最好少带你那些没用的东西，要是我们再吃坏肚子，我就把你冻成冰棍。"

塞里不满地嘟囔道："真是一点鉴赏力都没有，我这绝世好药，你想吃我还不给呢！"

他一边说着，一边将手中的瓶子塞给天痕："兄弟，这瓶就送给你了，里面有一百颗，每天吃一颗，绝对有效。"

天痕不忍伤害塞里的自尊心，只得将药收入自己的空间袋，向祝融告别后，拉着塞里回到他们的房间。

或许是这些日子做研究太疲倦，一进屋，塞里就直接倒在床上睡了过去，发出震耳欲聋的鼾声。

他是睡了，天痕此时却异常亢奋，心想：明天就能出去了，我到底能找到什么样的圣兽呢？一定要找一只强大的圣兽辅助自己，要是能有百合的圣兽那么厉害，就太好了。

突然，天痕心头一震，想到了一个问题。

百合为什么会有圣兽？当初那独角兽出现后，他只顾着向百合解释自己与罗迦之间的关系，却忘了询问这个重要的问题。

百合曾经说过，她并不属于圣盟，可是，如果她不是圣盟成员，她为什么能拥有强大而神圣的独角兽呢？看来，她还是对自己隐瞒了许多秘密啊！想到这里，天痕心中不禁泛起一丝苦涩，在某种意义上，百合并不信任自己，但是，这又怎么能怪她呢？谁让自己拥有黑暗系异能这种在别人看来是邪恶的能力呢！

黑暗系异能，真是让人头疼啊！偏偏魔幻星上没有黑暗系能量分子，这样修炼下去，恐怕三年之后，自己就要被队友们甩开一大截了，别说达到掌控者境界，能不能达到二十级都是个问题。

他忍不住胡思乱想，百合、梅丽丝、罗迦、雪梅的身影不断出现在他脑海中。他一直将罗迦当成妹妹看待，梅丽丝和他的关系则比较暧昧，如果说他对她没有感觉，那是不可能的，她的诱惑力实在不容易抵挡。而雪梅呢？她与他的关系只能用说不清道不明来解释，连他自己也不知道该如何处理与她之间的关系，他确实喜欢她，当初那一个星期，她温柔地照顾他的场景现在还留在他心中，但是，他能够接受她吗？他不清楚。百合是四人中最神秘的，甚至比灵魂祭祀罗迦还要神秘几分，他根本无法猜出她的身份是什么，可偏偏是她，在他心中占据了最重要的地位。

他心想：父母的年纪都那么大了，我这么努力地追求力量到底对不对？或许，留在父母身边做一个平凡的人是更好的选择，那样，也许我就有更多的时间同百合在一起。

一时间，天痕心潮起伏，思绪万千，他烦躁地走出房间，离开基地，走向那片茂密的梧桐树林。

金红色的树叶随风轻舞，发出“沙沙”的声音，清新的空气冲入肺腑，令天痕舒服了许多，微风吹拂着他的身体，似乎要帮他带走所有纷乱的思绪，他有些陶醉了。

他对自己说，何必想那么多，管它黑暗系异能还是空间系异能，我只需要追求自己想要达到的目标，就够了。

不知不觉中，天痕已经走入了梧桐树林的深处，这里是凤凰栖息之地，并没有其他圣兽。舒适而静谧的环境令天痕的心渐渐平静下来，他走到一棵高大的梧桐树旁坐下，背靠着树干，感受着来自大自然的气息。

天痕体内的宇宙气自然地流转，吸收着外界的能量分子，不用天痕去刻意控制，它一直在不断地自我充实。

“你似乎有什么心事？”突如其来的声音吓了天痕一跳，他飞身跃起，警惕地循声看去。

蓝色的身影从不远处的一棵大树后转出，是蓝蓝。令天痕感到奇怪的是，蓝蓝的脸上竟然挂着一丝微笑，她是在对自己笑吗？

蓝蓝缓步走到天痕身前，抚摸着他先前所靠的梧桐树树干，轻叹一声，道：“天痕，你现在还生我的气吗？”

天痕摇了摇头，道：“事情都已经过去了，还生什么气，你觉得我是那么小气的人吗？何况，我本身并没有什么损失，如果不是因为你，或许我还无法走入异能者的世界，现在依旧只是一个普通人呢。”

蓝蓝微微一笑，面颊上露出一个可爱的小酒窝。天痕不禁看呆了。

蓝蓝道：“我早就想叫你出来谈谈了，只是这些天的训练强度实在太大，我不想让你看到我狼狈的样子。当初的事确实是我的错，我不应该为了自己的自由而让你陷入危险之中。你知道吗？当我们在玛瑞·露阿姨的演唱会上见面时，其实我心中很慌张，你的出现让我无所适从。”说到这里，她的俏脸上不禁浮现出一抹红晕。

面前的蓝蓝比以前温柔了许多，感觉更好相处了，天痕原本紧绷的神经放松下来，微笑着道：“慌张？我有那么可怕吗？”

蓝蓝低下头道：“毕竟，我们之间发生过那样的事。如果那时我知道你有异能，我一定不会选择你的。当我们再次见面时，你知道我有多尴尬吗？我不知道该怎么面对你，在冲动之下，我说了许多伤害你的话，你和摩尔爷爷走了以后，玛瑞·露阿姨跟我说了很多。”

停顿了一会儿，蓝蓝继续说道：“其实，我也知道自己做错了，但怎么也无法鼓起勇气去找你承认错误。再后来，或许是因为有缘吧，我们竟然在地球上再次相见，还一起来到了这里。你别怪我之前对你那么冷淡，我一直在犹豫该怎么开口，后来，看到你为了咱们小队挺身而出大战那名火系掌控者，我才下定决心要向你道歉。天痕，请你接受我的道歉，以前是我太自私了。”她一边说着，一边向天痕深深地鞠了一躬。

看到蓝蓝这样，天痕顿时慌了手脚，赶忙扶住她的手臂：“蓝蓝，你这是干什么？别说什么原谅不原谅的，我心中本就对你没有什么芥蒂。”

蓝蓝面带微笑地看着天痕：“那，我们能做朋友吗？普通朋友。”

“当然可以。”蓝蓝的认错让天痕对她的印象大为改观。现在的蓝蓝才是最真实的她，她真诚地向他道歉，他怎么会不接受呢？

蓝蓝拉着天痕坐下，看着眼前这一片金红色的树林，微笑着道：“天痕，你知道吗？我外公前些日子为我举行了一场可笑的比武招亲大会。”

天痕点了点头，道：“我当然知道，我想圣盟中的每一名异能者都知道这件事吧。”

蓝蓝双手用力搓着自己的衣角，道：“其实，这场比武招亲对我的触动很大，经过这次的事，我仿佛一下就从孩子变成了大人，明白了许多以前不懂的事。比武招亲这种形式虽然可笑，却让我重新找到了自我和人生的目标。”说到这里，她歪头看向天痕，“你知道吗？你很像一个人，尤其是背影。那个人是第一个走进我内心的男人，我已经认定了他，今生今世，非他不嫁。”

天痕心头大震，勉强控制着脸上的表情，低下头道：“我听说了，那天比武招亲现场出现了一位名叫绿叶的异能者，你说的那个人是他吧？”

蓝蓝点了点头，俏脸羞红，道：“是啊，就是他。你不知道，他那天有多么威武，打得奈落·比尔那个花心大萝卜没有丝毫还手之力，他身上的霸气是我以前从来都没有见过的，没想到，我最反对的比武招亲竟然将他这样一个英雄送到了我面前。”

“英雄？你说他是英雄？”天痕无比震惊地看着蓝蓝，心中五味杂陈，差点就将自己是绿叶的事直接说出来了。

蓝蓝坚定地点了点头，道：“是的，在我心中他就是英雄，他不但挽救了我的婚姻，也捍卫了我们异能者的尊严。啊，我说得太多了，天痕，你可不要把我刚刚说的话告诉别人哦。还有，我们以前的事就让它过去吧，那是我们之间的小秘密。”

天痕会意地点了点头，莞尔一笑，道：“你看我像一个多嘴的人吗？我的记性一向不好，以前发生过什么，我早就忘记了。”

蓝蓝“扑哧”一笑，道：“没想到你这个人还挺有意思。对了，绿叶也是空间系的异能者呢，你可要加油啊，或许，有一天你也能达到他那样的境界。还记得那天凤凰攻击咱们时的情景吗？那突然出现的异空间·大次元斩，像极了绿叶对付奈落·比尔时所用的能力。这些天我一直在想，绿叶会不会也在这魔幻星上呢？如果他在的话，我一定会想办法把他找出来。我们已经是朋友了，你可要帮我才行。”

天痕听闻，全身直冒冷汗，他不禁暗骂自己，没事逞什么能？那天明显是祝融审判者在考验大家，幸亏祝融审判者不在场，否则，他很可能会看破自己的能力，那样自己的黑暗系异能恐怕连藏都没地方藏了。

他口中敷衍着蓝蓝：“嗯，你放心吧，只要有线索，我一定帮你。”

蓝蓝从怀中拿出一张纸制地图，道：“你看，这就是我们明天要走的路线，我刚才已经仔细看过了，这条路上几乎都是森林和丘陵，途中有三个标记了红色标识的地区。你怎么看？”

天痕接过地图，在膝盖上摊开。这地图看上去颇有些简单，标识却做得很清楚。正如蓝蓝所说，用蓝笔标出的路线会经过三个有红色标识的区域，路线的终点则是一个黑色区域。黑色区域并不大，上面标注了四个字：“禁中之禁。”

“蓝蓝，你看，这标了‘禁中之禁’的黑色区域是什么？祝融审判者有没有特意说明？”天痕指着地图上的黑色区域，心中突然产生了一种奇异的感觉，在那个黑色区域中，好像有什么他所期待的东西。

蓝蓝颔首道：“我就知道你会问这个，祝融爷爷特意提醒了，他说，让咱们在距离那个黑色区域三十千米的地方就返回，绝对不能接近那个区域。在魔幻星的所有禁地中，那里是面积最大的，生活着非常危险的圣兽，而且不是一两只，是一大群。那里也是黑暗势力最想去的地方，因为那是整个魔幻星上唯一存在黑暗气息的区域。祝融爷爷说得很严重，看来，那里真的有我们无法抗衡的生物。”

听了她的话，天痕心头顿时一片火热，存在黑暗气息的区域，那不正是自己最希望找到的地方吗？如果能在那个区域的边缘修炼自己的两种异能，必然能起到事半功倍的效果，他就再也不用担心黑暗系异能的修炼了。而且，那里既然有黑暗气息，想必就会有黑暗系圣兽，如果能弄到一只，或许比空间系圣兽对自己更加有用。

想到这里，他直接问蓝蓝：“那你怎么看？我们就按照这蓝色的路线前进吗？”

蓝蓝“扑哧”一笑，道：“你也想到了对不对？如果只按照规定路线前进，恐怕我们不会有什么大收获，我可不想弄一头水牛做圣兽。”

两人同时露出会心的微笑，蓝蓝竖起自己的手掌，天痕同样伸出右手，与她那白皙柔嫩的小手拍在一起，异口同声地道：“富贵险中求！”

两人相视大笑，这种心有灵犀的感觉顿时消除了他们之间原本的隔膜，让他们成了朋友，也成了战友。

两人的手指分别点在了三个有红色标识的地区和那个黑色区域。

蓝蓝沉吟道："这几个区域既然是禁地，其中必然有极为强大的圣兽，甚至可能有达到祝融爷爷的火凤凰那种级别的圣兽，但危险性也必然非常高，所以，我们一定要十分小心，千万别急躁，要寻找适当的机会再出手。如果没有机会，我们就耐心等待。我外公曾经跟我说过，在魔幻星的禁地中，由于有超级圣兽存在，普通圣兽出于尊敬和恐惧一般不会进入它们所在的区域，比如咱们现在所处的梧桐树林。所以，进入禁地后，只要不受到超级圣兽的攻击，相对来说，我们还是安全的。

"你知道我为什么会下定决心到这几个禁地去探险吗？因为，包括我外公和祝融爷爷在内，五位审判者的圣兽都是从这些禁地中找到的。在魔幻星上一共有十一个禁地，除了被祝融爷爷收去的火凤凰所在的梧桐树林以外，还有十大禁地。其他小组的地图我都扫了一眼，他们经过的禁地只有一到两个，只有我们这一组经过的禁地最多。很明显，祝融爷爷是希望我们能有所收获。虽然我们的实力不足以收服超级圣兽，但有时候，实力并不能代表一切，就算是强者，也有打盹的时候。我们伺机而动，应该还是有机会的。祝融爷爷特意跟我说了，在距离'禁中之禁'最近的那个禁地，有两种空间系圣兽哦。"

天痕眼中闪烁着喜悦的光芒："空间系圣兽？是什么？"

蓝蓝微笑着道："据说是两只非常强大的，是连摩尔爷爷都没有办法收服的空间系圣兽，如果有机会，我们去试试就知道了。"

天痕嘿嘿一笑，道："自然是要试的。我现在真的很期待明天的到来，但是，我们的计划太危险，你跟夜欢姐商量了吗？她会同意吗？"

蓝蓝点头道："夜欢姐对魔幻星比我还好奇，她有的是天不怕地不怕的勇气，自然是没什么问题的。我现在担心的是塞里那胖子。他的能力太弱了，根本没法自保，一切都要依靠我们。我怕到时候他会拖累我们，毕竟，在面对超级圣兽的时候，恐怕我们就顾不上他了。我在前些天训练时就想好要去禁地探险了，只是没想到祝融爷爷会把塞里和我们分到一组，所以，刚才我才会极力反对。”

天痕眼中流露出思索的光芒：“其实不要紧，任何事情都有两面性。我明白祝融审判者的想法，他就是怕我们太大胆了，所以才让塞里跟着我们，起到一定的约束作用，我们只要考虑到塞里，自然就不会去太危险的地方。但是，祝融审判者忘记了一件事，那就是塞里大哥是药剂师，而且是圣盟研究所的特级研究员。蓝蓝，你千万不要小看塞里，他研制的药虽然都有副作用，但有的时候绝对是保命良方。祝融审判者不是说过，只要能得到强大的圣兽，什么方法都可以使用吗？那我们可以用药啊，塞里大哥制作灵药没把握，但制作毒药总没问题吧？”

听了天痕的话，蓝蓝眼中光芒大放，她是聪明人，立刻就明白了天痕的意思：“你是说，我们想办法给那些圣兽下药吗？”

天痕嘿嘿一笑，道：“虽然成功的机会不大，但总比其他办法要好一些。怎么样，现在你不觉得塞里大哥是累赘了吧？他刚来魔幻星的时候，就带来了各种各样的药物，我建议咱们推迟三天再出发，这三天时间，让塞里大哥准备一些必要的东西。”

天痕和蓝蓝同时露出狡黠的笑容，看着地图上的禁地，两人同时喊道：“超级圣兽，我们来啦！”

“走，我们现在就去找塞里，让他赶快研制一些有用的药出来。”蓝蓝急不可待地道。

天痕摇了摇头：“现在不行。这三个月的研究让塞里大哥消耗很大，他已经睡了，让他好好休息，明天早上我们再跟他说也不迟。”

蓝蓝站起身，微笑着道：“好吧，那我们先回去再说。”

她心中暗想：绿叶，你就等着看吧，等我有了超级圣兽，实力就不会比你差，到时候，我一定不会让你再有拒绝我的机会。

只是她怎么也想不到，自己一直思念着，并暗暗与之较劲的绿叶，其实就站在她身旁。

第60章

吞噬之土系圣兽

第二天一早，当其他四个小组都按照各自的路线离开基地时，天痕、蓝蓝、夜欢三人却聚集在天痕和塞里的房间中，等待着塞里醒来。

塞里已经睡了一天一夜，依旧鼾声如雷，口水长流，一点要醒过来的迹象都没有。

蓝蓝皱眉看着塞里，对天痕道："他这要睡到什么时候才能醒？咱们的时间非常宝贵，不能再等下去了。"

天痕无奈地道："我也不知道他什么时候能醒，这段时间他的消耗确实太大了，让他再睡一会儿吧。"

"都睡一天一夜了，还睡，那不成猪了？我叫醒他。"说着，蓝蓝眼中闪过一道狡黠的光芒。她右手轻挥，一道淡淡的蓝光透掌而出，轻飘飘地落向熟睡中的塞里，蓝光像游鱼似的顺着塞里的脖子钻入他的衣服中。

天痕惊讶地注视着，那蓝光刚刚消失，原本正在熟睡的塞里顿时从床上跳了起来："哎哟，我的妈呀，什么东西？凉死我了。"

塞里身材矮胖，跳起来那个滑稽的样子顿时逗得蓝蓝和夜欢开怀大笑。

看到她们，塞里在自己身上摸了一圈，警惕地道："你们来我的房间干什么？你们可不要想非礼我，我是正经人。"

"呸！"蓝蓝啐了一口唾沫，"你别臭美了，谁会非礼你这胖子。睡了一天一夜还不醒，我们只是帮你清醒清醒而已。现在清醒了没有？要不要我再帮帮你？"说着，她手上又亮起了蓝色光芒。

看到那蓝光，塞里顿时如遇鬼魅般躲到了天痕背后，连连摆手道："不用了，不用了，我已经清醒了，你们是来叫我出发的吗？那咱们现在就走吧。"

天痕将塞里从身后拉出来，微笑着道："不，不是要出发。其他几个小组都已经走了，我们在这里就是等你醒过来，好和你商量点事。"

塞里惊讶地看着天痕，天痕将自己昨天和蓝蓝商量的事说了一遍。

听完天痕的叙述，塞里犹豫起来，皱眉道："这个恐怕不行吧？我可没制作过毒药，而且，审判者不是说过不让我们去禁地吗？到那里去实在太危险了。兄弟，你大哥我可是最怕死的。"

蓝蓝抢着道："塞里，这正是你发挥专长的机会。你用不着刻意制作什么毒药，只要把你已经研制出来的那些药的副作用弄大点就行了。比如说昏迷，或者像上次那样拉肚子拉到虚脱，不就行了吗？"

塞里苦笑道："我堂堂特级研究员的一世英名非要败在你们手上不可。不行，不行，我不同意。"

蓝蓝哼了一声，道："你想不同意就可以不同意吗？你不制作毒药也行，到时候我们直接把你扔到禁地里，你可别怪我们哦。"

"你、你……我要去找祝融审判者说理。"塞里不满地怒视着蓝蓝。

蓝蓝手中亮起蓝色光芒："不好意思，你想出去，恐怕要先过我这一关。再说，祝融爷爷现在已经开始修炼了，恐怕帮不了你吧。何况，祝融爷爷之前说过，不管采用什么手段，只要能抓到超级圣兽就是本事。你不想给自己弄一只像样点的圣兽吗？你的异能才几级？如果没有我们帮忙，你单靠自己能抓到圣兽？恐怕做梦也抓不到吧。大家是同一组的，你也要出力才行。”

看着蓝蓝手中的蓝色光芒，塞里不禁有些畏惧，颓然道：“好吧，好吧，我试试看。不过，这件事你们谁也不能说出去，否则，我的名声……”

“你的名声？你还有名声？”一直没有说话的夜欢笑了起来，“就你那药的副作用，大家谁不知道？你早就臭名远扬了。”

塞里气结：“好，好，随你们怎么说，做就做吧，到时候要是有适合我的圣兽，你们可要帮我。”他表面上不满，其实已经有些动心了。他转身走向放满实验器具的桌子，双手开始摆弄起来。

天痕凑到塞里身旁，低声道：“大哥，你研制的药最好有浓郁的香味，这样更容易被圣兽吃下去。药物的副作用还是以让圣兽昏迷为主吧，药力大一点，这样，我们在路上遇到麻烦时也能用，还可以避免伤害圣兽。”

塞里点了点头，道：“这么说是需要大剂量的了。这样吧，兄弟，麻烦你去梧桐树林中给我多摘点叶子来。魔幻星的梧桐树本身有极强的耐火性，还具有一些特殊的效果，我用药物刺激一下梧桐树叶，就能制作出一些好东西，路上用应该够了。至于作用在超级圣兽身上的药物，我尽量多研制几种吧。你现在就去弄叶子吧。那个，蓝蓝副队长，你们可不能留在这里，我做研究的时候最怕被人打扰。”

蓝蓝嫣然一笑道：“当然，我们现在就走，其他小组都出发了，你必须在最短的时间内把药制作出来，三天够不够？”

塞里没好气地瞥了蓝蓝一眼，道：“你也太小看我特级研究员的实力了，还用得着三天？有一天的时间就足够了。”

蓝蓝一愣，道：“一天？时间会不会太短了？那些超级圣兽可不好对付，药力一定要足够大才行，别到时候给它们吃了不起作用。”

塞里哼了一声，道：“别的不好说，副作用大的药我早就研究出来了，随便带几种就够用了。我制作的药，不论什么圣兽，吃了以后效果都一样。我这研究员可不是白当的，你们等着看吧，到时候就让你们见识见识。快出去。”

天痕向蓝蓝使了个眼色，同两个女生一起走出房间。

一出门，蓝蓝就向天痕问道：“你说他能行吗？”

天痕笑道：“你当初也吃过他制作的药，没忘记那种感觉吧？我相信塞里大哥有这个能力，他是我们的队友，我们要相信他。”

一天后，他们四人终于出发了。

塞里制作了不少东西，都收在天痕的空间袋中，蓝蓝问他都有些什么药，他却怎么也不肯说，只是神秘地告诉他们，等用到的时候他们自然就知道了。

按照生物电脑指示的方向，四人向西而行。塞里的能力弱，所以他们前进的速度并不快。

魔幻星上的景色极美，就连明黄星的梦幻森林也无法与之相比，尤其是各种五颜六色、绚丽多姿的植物，给人一种绚烂的美感。

“休息一会儿吧，我走不动了。”塞里停下脚步，一屁股坐下，喘息着不肯再走。

蓝蓝看向塞里，嗔道：“早知道就应该让你也参加三个月的体能训练，你看你那一身肥肉，还不好好锻炼一下。照现在这速度，恐怕半年时间也只够我们走一个来回。”

塞里苦笑道：“美女，我和你们不一样，你们要练体能，我是凭脑子吃饭的。先休息一会儿，我现在吃药总可以了吧。”

说完，他从怀中摸出一个玻璃瓶，取出一颗药丸扔进嘴里。

天痕观察着四周，这里并没有高大的树木，全是低矮的灌木丛，前方不远处是一个小山坡。按照地图的指示，过了这个山坡再前行一百千米左右，他们就将到达第一个禁地旁边，也就是说，过了这个山坡便出了圣盟基地的安全范围。

“塞里，待会儿我带着你走吧，用飞行术前进就要快多了。”天痕对自己的宇宙气很有信心，就算在不施展天魔变的情况下，水系的蓝蓝也很难追上他。

塞里想了想，道：“飞也可以，不过，最好是在低空飞行，省得遇到不必要的麻烦。”

夜欢突然轻咦一声：“你们看，那是什么？好可爱啊！”

她兴奋地指着左侧的灌木丛，似乎发现了什么。其余三人顺着她手指的方向看去，只见灌木丛中有一只毛茸茸的黄色小兽，它的身体圆滚滚的，和兔子差不多大小。

塞里走到天痕身旁，看着那黄色小兽，道：“应该是只土系圣兽吧？一般根据颜色就可以判断圣兽的属性，黄色的应该是土系的。”

“土系的？”夜欢激动地看了塞里一眼，小心翼翼地向那只毛茸茸的小兽走去。

那只小兽似乎感受到了夜欢的气息，缓缓抬起了头。它的样子有些怪异，像刺猬但身上没有尖刺，而是长了一身柔软的黄色皮毛。它用一双黑色的小圆眼睛看着夜欢，并没有逃走，反而有些亲近之意。

夜欢轻声道：“你好，你怎么一个人在这里呢？”

那只小兽似乎听懂了夜欢的话，一步一步缓慢地向夜欢挪了过来，它那笨笨的、憨憨的样子极为惹人怜爱。

夜欢上前几步，蹲下身，用手轻轻地抚摸着小兽身上的皮毛：“你好可爱啊！我们做朋友好不好？”

蓝蓝提醒夜欢道：“夜欢姐，你小心点，可千万别收一只没用的圣兽做自己的伙伴。”

夜欢愣了一下，顿时想起当初祝融说过的话。小兽用头在夜欢手上蹭了蹭，发出低低的呜咽声，笨拙的身体移动着，似乎想顺着她的手爬上去。

夜欢小心地将小兽抱在怀中，抚摸着它柔软的毛：“蓝蓝，它真的好可爱啊！你看，它多温顺。我就算不收它做圣兽伙伴，咱们也可以带着它啊！我最喜欢小动物了。”说到最后，她的语气中已经带了些央求的意味。

天痕微笑着道：“那你就先带着它吧，反正只要不用契约收它做你的圣兽就行。等我们遇到危险的时候，就将它放走。”

夜欢用力地点了点头，满足地笑了。小兽舒服地靠在夜欢身上，闭上眼睛，似乎睡着了。

看着睡着的小兽，夜欢柔声道：“既然他们说你没用，我就叫你‘小不点’好不好？听起来也很亲切。”小兽的身体动了一下，似乎很满意这个名字。

塞里活动了一下自己的身体，道：“药效上来了，咱们走吧，过了这个山坡，你们可要好好保护我才行。”

四人再次起程，天痕背起塞里，同蓝蓝、夜欢一起，快速向前飞去。

飞行自然比走路要快得多，没多久，他们就越过了先前的山坡，来到了另一片森林前，森林边缘有几只像狼的生物在活动。

夜欢惊讶地道：“那是风狼吧？我朋友以前有过一只风狼圣兽，它们的速度很快，虽然攻击力不是非常强，但也算是不错的圣兽了。”

蓝蓝笑道：“不错的圣兽太多了，咱们这次行动，可不能草率地选择自己的圣兽，毕竟，机会只有一次。”

天痕点头道：“我建议，除非是在禁地中找到的，否则，咱们此行还是先不收圣兽为好，等回来的时候再说，这样，见过了更多的圣兽，咱们也好做决定。”

三人说话间已经飞到那些风狼的上方。

五只风狼同时抬起头，看向天痕等四人的目光异常凶狠，明显带着敌意。

只见青光一闪，五只风狼几乎同时张开嘴，发出低沉的咆哮声，向距离地面二十米左右的四人攻来。

除了塞里以外，其他三人都没有惊慌。在风狼刚刚发起攻击的时候，天痕凭借强大的精神力就已经感觉到，它们的攻击力和自己的兄弟风远差不多，根本无法威胁到他们四个。

天痕身下的空间一阵扭曲，光芒一闪，那飞来的风狼立即四散逃开。五只风狼并没有要放弃的意思，只见它们接二连三地跳起来，不断攻击众人。

蓝蓝秀眉微皱：“它们真是不知死活！”

说完，她手中蓝光一闪，淡蓝色的水波向下方荡漾而去，柔和的水波卷起几只风狼的身体，将它们带离地面。

这些风狼显然并不具备飞行的能力，顿时吓得在水波中不断挣扎，但以蓝蓝强大的力量，它们怎能轻易挣脱呢？

正在这时，夜欢怀中的小不点突然睁开眼睛，看到被蓝蓝困住的几只风狼，它眼中流露出兴奋的光芒。夜欢只觉得怀中一空，小不点猛然蹿了出去，圆滚滚的身体竟然相当灵活，如同一道黄色闪电般向那几只风狼扑过去。

风狼看到小不点，眼中都流露出深深的恐惧，挣扎得更加厉害，引得身体周围的水波一阵剧烈波动。

令天痕等四人吃惊的一幕出现了，当小不点扑到困住风狼的水波处时，水波竟然无法阻止它的冲击，它那看似弱小的身体散发出一圈淡黄色的光芒，眼珠由黑色变成红色，头部瞬间变大，大嘴一张，直径竟然足有两米。

那几只风狼如同遇到了一个黑洞，眨眼间就被小不点吞入腹中。更不可思议的是，小不点的肚子里装了几只身体硕大的风狼后，依然是原来的大小，没有丝毫变化。只见光影一闪，它又重新飞回夜欢怀中。

夜欢目瞪口呆地看着小不点，这、这还是我起初见到的小兽吗？

刚才那一幕太震撼了，这还是她第一次见到动物的嘴张得如此大！看着怀中这只温顺的小兽，她突然有些恐惧，如果它再次张嘴，把自己吃了怎么办？

趴在天痕背后的塞里怪叫一声："夜欢，你该不会是捡到宝了吧？我还是第一次见到这样的圣兽，以前连听都没听说过。这么好的机会，你还不赶快和它签订契约，要是它跑了，你以后一定会后悔的……"

"不，先看看再说。"天痕打断了塞里的话。先前小不点吞噬那几只风狼的时候，天痕清晰地从它眼中看到了嗜血的光芒，如此凶悍的圣兽还是不要轻易收服为好，否则，一个弄不好，恐怕会对夜欢不利。

夜欢对天痕点了点头，她现在不知道是应该继续带着小不点，还是将它放回森林好了。小不点那圆滚滚的身体在她怀中蹭了蹭，很享受地翻了个身，继续睡觉。

蓝蓝警惕地飞到夜欢身旁，两人对视一眼，蓝蓝看到了夜欢眼中的迷茫。

"先带着它吧，它对你似乎没有恶意，否则，早就会向你发动攻击了。这只圣兽如此怪异，我们先在此行中摸清它的特性，到时候你再决定是否要收服它。"蓝蓝说道。

夜欢点了点头，此时，她早已没了最初与它相遇时那喜悦的心情，怀中柔软的小东西宛如一个烫手山芋。

四人继续向前飞行，进入这片茂密的森林之中。由于有树木的阻挡，他们飞行的速度明显减慢了。

树林中郁郁葱葱，空气清新，微风吹拂着他们的脸庞。地面上不断出现各种圣兽，大多对他们没有敌意，偶尔有一些圣兽试图攻击他们，实力也不足以威胁到他们，被天痕等三人轻松打发了。

让夜欢比较安心的是，小不点吃了那几只风狼后，一直处于沉睡中，并没有再张开它那让人恐惧的大嘴。

蓝蓝减慢飞行速度，看着手中的地图："天痕，我们就快到第一个禁地了。"

天痕背着塞里飞到蓝蓝身旁，看了她手中的地图一眼，道："这边圣兽的数量明显减少了，我们直接进入禁地探察吗？"

蓝蓝微微一笑，信心十足地道："你忘记那天咱们说的话了吗？富贵险中求，为了找到更强大的圣兽做伙伴，冒险也是值得的。"

塞里道："值得？不赔上小命才能算是值得。要是遇到了无法应对的危险，咱们就呼叫祝融审判者来救援好了。"

蓝蓝不屑地扫了他一眼，道："亏你还是个男的，怎么一点勇气都没有？我们女孩子都不怕，你怕什么？要不，把你留在这里好了。你愿意回去，就自己先回去。不过，可别怪我没提醒你，咱们这一路上可路过了不少圣兽的领地，刚才那长得类似棕熊的土系圣兽你也看到了，它们的力量足以撕裂巨树、拍碎岩石。"

塞里吓得打了个冷战，无奈地道："我算是上了贼船了，想不跟着你们也不行。既然你们要去，那就一起去吧。"

蓝蓝微微一笑，道：“那好，咱们先休息一下，调整好状态后立刻直奔禁地，我们先摸清禁地中有些什么圣兽，然后再行动。”

魔幻星圣盟基地。

青色的飓风号平稳地降落在基地外不远处的空地上，沃马审判者从青色的光柱中走出来，伸展了一下身体，自言自语道：“这异空间旅行真是消耗能量，等回去的时候，让奥恺开他的大地号，就他最懒。”

“沃马，你又说我什么坏话呢？”一个黄色的身影从基地中走了出来，正是身材壮硕的土系审判者奥恺。

沃马嘿嘿一笑，道：“咱们这么多年兄弟，我能说你什么坏话？就是说回地球的时候，让你开大地号，也好让我休息休息。”

奥恺一愣，道：“回地球？我才不回去，在这里住得多舒服，回去干什么？而且那群小家伙不是刚来吗？祝融刚把他们派出去历练。”

沃马苦笑道：“你以为我愿意回去？在这里住惯了，过着逍遥的生活，我才懒得回去同银河联盟议会的那些奸诈小人打交道呢！也就老菲尔精力充沛。不过，这次我们不回去不行。”

“有什么不行的？难道咱们圣盟出事了？”祝融听到动静，也从基地中走了出来。

能力达到审判者的程度，外界有任何变化他们都能清晰地感应到，更别提飓风号降落时发出的噪声有多大了。

沃马看着祝融，点了点头，道：“可不是出事了吗？是老大叫咱们回去的，咱们三个都要回去。”

祝融一愣，道：“出了什么事？”严重到要让三位审判者都回去，显然不是小事。祝融的表情立刻变得严肃。

沃马走到祝融和奥恺身前，道："在我刚回去没几天时，老大就接到了银河联盟议会的邀请，银河联盟上、下两议院即将举行一场联谊会，邀请咱们几个去参加，据老大说，议院那群老家伙想借这次联谊会之名，请我们指点指点他们弄出来的生物战士和改造战士。"

祝融皱眉道："这指点恐怕不是那么简单的吧？"

沃马冷哼一声，道："那是自然，美其名曰指点，其实就是想试探我们的实力究竟有多强，看看他们的改造战士和生物战士能否与我们抗衡。老大说，议院那群老家伙恐怕要对我们有所行动。只有完全震慑住他们，他们才不敢轻举妄动。所以老大让我们几个都回去。"

奥恺沉声道："回去也好，咱们好好教训教训那群不知天高地厚的家伙，让他们知道，我们圣盟的尊严是不可轻易冒犯的。"

沃马道："我们也不能过于小看对手，毕竟，我们现在还不够了解那些改造战士和生物战士，路上我们商量一下对策，省得阴沟里翻船。老大这回如此郑重其事必然有他的道理，否则，也用不着咱们兄弟几个出手了。"

祝融点头道："据菲尔说，这些年来，议院的人越来越不把我们放在眼里，尤其是上议院，下议院还好一点。自打当年将末世逼得隐退之后，我们已经很长时间没出手了，既然他们想试探我们的实力，那就让他们见识见识，以排山倒海之势灭掉他们的威风。"

沃马微笑着道："我们圣盟五子星也有很多年没聚在一起了，我离开地球之时，菲尔说准备了许多好酒，等咱们回去喝呢。事不宜迟，咱们现在就出发吧。奥恺，开你的大地号，咱们走！"

祝融犹豫了一下，道："那这里的丫头、小子们怎么办？带他们一起回去吗？没有我们在这里，万一他们遇到危险，恐怕解决不了。"

沃马想了想道："那也是没办法的事，这样吧，你现在用生物电脑通知他们立刻返回基地，留在基地中修炼，等咱们回来以后，再让他们外出历练，这样，应该就不会有什么影响了。”

祝融点了点头，道：“恐怕也只能这样了。我现在就通知他们。”

天痕小心地看了看四周，并没有察觉到危险的气息，这才向后面挥了挥手。另外三个人影缓缓地凑到天痕身旁，正是蓝蓝、夜欢和塞里。

他们进入这个禁地已经有一天了，这个禁地中似乎没有圣兽，空气也格外清新，但他们内心始终有一种不安的感觉。四人不敢再继续飞行，只是凭借双脚，在这禁地中缓慢前行，一步步探索着这未知的世界。

“当——”

一声轻响令四人同时一震，他们的生物电脑几乎在同一时刻收到了消息：“所有外出小组请注意，所有外出小组请注意，我是审判者祝融，我命令所有小组立刻返回基地，我和另外两位审判者将暂时离开基地前往地球，无法对你们进行保护。你们返回基地后，自行留在基地中修炼、警戒，直到我们回来，具体安排由洛严和蓝蓝负责。这是命令。重复一遍……”

听到这个消息，四人不由得同时愣住了，天痕道：“几位审判者都要返回地球，一定是地球那边出了什么事。”

蓝蓝脸色微变，道：“那我们现在该怎么办？”

虽然她是四人中实力最强的掌控者，但毕竟是女孩子，在这种时候，她不由自主地想依赖天痕。

塞里道：“我赞成立刻回去，这可是审判者的命令，而且，没有审判者们在暗地里保护，我们要是遇到危险怎么办？恐怕会小命不保，我还年轻，我可不想就这样死了。”

蓝蓝和夜欢同时扭过头，不想搭理塞里。

塞里求助地看向天痕："好兄弟，咱们还是回去吧。你站在我这边，咱们至少是二比二。"

天痕眼中流露出一丝坚定的光芒，他摇了摇头，挺直腰板，全身散发出王者般的霸气："大哥，对不起，这次我不能帮你，已经到了这里，我绝没有回去的理由，就算你们都要回去，我也一定要去这禁地中闯一闯。如果你不愿意留下来，我可以先送你回去，全力飞行的话，一两天我就能赶回来了。"

塞里闻言一呆，看向全身散发着霸气的天痕，这还是自己认识的那个兄弟吗？

"天痕，你可要想清楚了，人只有一条命。"

天痕淡然一笑，道："我早已经想清楚了，不错，人确实只有一条命。生命总有终结的时候，与其平平淡淡、浑浑噩噩地度过这一生，倒不如奋力拼搏一下，如果选择对了，我们就能向成功迈进一大步，即使选择错了，也未必就没有逃脱的机会。我还有你给的那种药，大不了就是等级再掉回十五级。大哥，你的实力确实弱了点，我先送你回去吧。夜欢姐、蓝蓝，你们呢？如果你们也要回去的话，那就你们三个人一起走，我一个人留下来。"

蓝蓝眼中闪烁着激动的光芒："天痕，说得好！我肯定不会走的，就算再危险，我也要拼一下。别忘记我们的约定，富贵险中求。夜欢姐，你呢？"

第61章

水神兽娜雪

夜欢微微一笑，道："我虽然是女孩子，但是，我的胆子一向不小，我也喜欢见识新奇事物，更何况，我还有小不点，你们也看到了，它不会伤害我。我想，或许到时候它还能保护咱们呢！天痕，你就先送塞里回去吧。我和蓝蓝在这里等你，等你一回来，我们继续深入禁地探察。"

"算了，算了，既然你们要发疯，那我就陪你们疯一回好了，有我在，至少能给你们提供一点保护。天痕，把我出发时给你的那个小箱子拿出来，看来不用它是不行了。"塞里虽然一脸无奈，但先前的恐惧感似乎已经因为其他三人激昂的话语减弱了许多。

天痕看着塞里，开启空间袋，将一个小箱子递了过去，他不知道这个小箱子中有什么，想来也就是些药物。

塞里打开小箱子，天痕等三人吃惊地发现，里面竟然是一件衣服，准确地说，是一件马甲，看上去非常坚韧，散发着淡淡的金属光泽。最为奇特的是，这件马甲上有很多小口袋，每个小口袋中都插着不同颜色的玻璃瓶，总共有二十多个。

塞里麻利地将马甲穿在自己身上，所有小口袋都在他触手可及之处，显然这件马甲是他特意为自己设计的。

他得意地一笑：“看到了没有，这就是我的最强装备，你们不要以为我需要保护，到时候，指不定是谁保护谁呢！这个给夜欢和蓝蓝，你们一人一颗。”他一边说着，一边取出一个玻璃瓶，从中倒出两颗药丸分别递给夜欢和蓝蓝。

夜欢问道：“这是什么？”

塞里道：“就是测试那天天痕吃的东西。吃了这颗药丸，你们就能全身坚若合金，只要对方的攻击力没有达到审判者级别，抵挡二十分钟不是问题。不过，副作用是异能等级会掉一级，不到万不得已的时候你们不要吃。天痕，你应该还有这个药吧？自己准备好，遇到无法抵御的危险时千万不要犹豫，立马吃下这个药，虽然副作用有点大，但保命更重要。走吧，咱们出发。”

高大茂密的树木遮挡了大部分阳光，魔幻太阳的部分光芒只能从树叶的缝隙中洒落。

天痕走在最前面，四人中他的精神力最为强大，所以由他负责探察周围的气息。

忽略圣兽的话，天痕感觉这个禁地同明黄星的梦幻森林没什么区别，如果不是那隐隐存在着的莫名压力，这就是一片普通的森林而已。

夜欢怀中的小不点依旧睡得很香甜。正如夜欢所说，这几天小不点老实得很，一直都没有再展现出它那惊人的“吞噬绝学”，就算它偶尔从睡梦中清醒过来，也只是与夜欢玩耍一番，就会再次睡过去。

前行一个小时后，按照地图的指示，他们终于进入了这个禁地的中心区域，天痕突然抬起手，示意众人暂停前行，他眼中寒光闪烁，仔细聆听了一会儿周围的动静，而后低声向其余三人道：“小心点，我感觉有些不对劲。”

蓝蓝有些兴奋地问道：“有什么不对劲？是不是发现超级圣兽了？”

天痕苦笑着摇头，道：“不，不是发现了超级圣兽，而是我突然感觉到前方陷入了一片死寂，似乎隐藏着某种未知的危险。”

他将精神力释放开来，笼罩了前方一平方千米的地方。同先前经过的地方不同，前方这一平方千米的范围内，竟然连风吹树叶的沙沙声都没有。这种异象令天痕心中既兴奋又不安，他知道，他们寻找的超级圣兽恐怕即将露面。

小不点突然睁开眼睛，在夜欢怀中扭动几下，两颗圆豆似的黑色眼珠滴溜溜乱转，似乎很兴奋。

天痕的感觉非常敏锐，他立刻就发现了小不点的变化，也更肯定了自己先前的想法。他低声对塞里道：“塞里大哥，赶紧将你那些宝贝药准备好。”

已经到了这里，他们自然不会退缩，于是更加小心地前行。四人在一棵棵大树间穿行，突然，眼前的景物发生了变化，一个小湖出现在四人的视野中，湖水是澄澈的蓝色，湖面上升腾着淡淡的蓝色水汽，在魔幻太阳的照射下，给人一种朦胧的美感。

看到这一幕，蓝蓝大为兴奋，低声对其他三人道：“这里的水系能量分子非常活跃，如果我没猜错，这里的超级圣兽应该是水系的，太好了，我就要有圣兽了，还是超级圣兽！”

天痕拉住想冲出去的蓝蓝，低声道：“别急，你别急，如果是超级圣兽，可不是那么好对付的，千万别大意。”

“你们好啊，我这里已经很久很久没有客人来了。”一个柔和的女声突然响起。声音正是由小湖中传来。

四人心头一颤，精神都一阵恍惚。

一张绝美的宛如仙子般的俏脸从水面下露出，一头瀑布般的蓝色长发在水汽中飘荡着，它的身体完全被水雾所笼罩，白嫩的肌肤似乎要滴出水来。就连一向自认为美貌的蓝蓝，见到这女子都有些自惭形秽。最奇特的是它那双充满了柔和光芒的蓝色眼眸，眸光深邃，宛如寒潭一般。

“啊！美女！”塞里的修为最低，抵抗力自然也最弱，看到这神秘而充满诱惑力的美女，他下意识地往前走了几步。

四人身前的空间瞬间扭曲，遮住了那突然出现的绝美容颜，天痕一句“小心，别过去！”如同晨钟暮鼓，顿时将其他三人敲醒。

蓝蓝等三人打了个寒战，猛然意识到自己刚才竟然有些精神恍惚，同时心底产生了疑惑，难道那湖中的美女是超级圣兽吗?

“哟，这个小弟弟居然还会这一手，不过，似乎差了一点。”湖中的女子散发出蓝色光芒，光芒闪耀中，空间的扭曲消失了。女子距离他们更近了，眼中柔和的眸光看上去是如此真切。

湖水微微波动，发出轻响，美女的声音仿佛蕴含魔力一般，不断蛊惑四人的心神：“我有那么可怕吗？我好可怜啊！我一个人在这里待了很长时间，你们肯定是来陪我的，对不对？”

蓝色光芒笼罩着四人的身体，他们并没有受到攻击，但同时感觉脑袋一阵昏沉，似乎身体中有什么东西正在被抽离。

天痕只觉得自己的精神力完全被限制在体内，再也无法感受到周围的气息，他脑海中突然闪过梅丽丝那富有诱惑力的眸光，他瞬间明白了。他奋力一咬舌尖，刺痛不断刺激着他的神经，他大喝一声：“小心！”

一圈扭曲的空间波动以天痕的头部为中心骤然散发，将笼罩四人身体的蓝色光芒驱除在外。天痕一记右拳向那美女的头部轰出，拳头上有一个透明的光球，光球被一圈淡淡的绿光包裹着，怒吼声中，光球在空中画出一条优美的弧线，直接向那美女的头部飞去。

在天痕施展出空间系异能的时候，其他三人也都清醒过来，蓝蓝轻喝一声，撑起一层淡蓝色的光幕将四人护住，夜欢脚下散发出一圈黄色的光芒，地面上随之出现一面土墙，挡在他们前方。塞里的反应则有些可笑，他刚清醒过来，立刻一闪身躲到天痕背后，双手在身上一顿摸索，不知道在找什么东西。

天痕轰出的光球眨眼间已经到了那美女前方。湖面上的水汽骤然急速升腾，淡淡的蓝色水雾将光球团团裹住。天痕惊恐地发现，自己竟然已经失去了与光球的精神联系，那看似柔和的水雾竟然如同利刃一般斩断了他的精神波动。

天痕不禁闷哼一声，后退了一步，心中骇然，这湖中的女子到底是人还是兽，怎么会拥有如此强大的能力？

美女秀眉微蹙："你们好狠心啊！竟然对人家出手这么重，难道你们不想留下来陪陪我吗？"

这时，那美女身下的湖水竟然不可思议地升起，形成一面高达十米的水墙，夜欢的土墙和这巨大的水墙根本不可相提并论。

几道蓝光爆发，土墙顿时破碎。强大的压迫力伴随着蓝光出现，压迫着众人的身体，当初凤凰带给他们的感觉再次出现，由于离得近，这次他们的感觉要真切得多。

天痕等四人都已经感觉到，面前这美女显然不是他们所能对付的，天痕向蓝蓝使了个眼色，四人一步步向后退，天痕招呼一声，一把拉起塞里，同蓝蓝、夜欢以最快的速度向来时的方向飞去。

打不过就跑吧，天知道这美女还有什么厉害的招数。现在，他们心中都有些后悔，超级圣兽的感知力竟然如此敏锐，又岂是他们能够偷袭得手的？但是，他们现在跑还来得及吗？

“别走啊，留下来陪我吧。”美女哀怨的声音响起。由无数细小旋涡组成的蓝色墙壁出现，挡在天痕等四人逃走的路上，由于惯性，他们没能刹住车，顿时接二连三地撞到了墙壁上。巨大的反弹力将他们震得倒飞出去。

天痕最惨，接连撞倒了几棵树才稳住自己的身体，后背传来一阵火辣辣的刺痛，体内气血翻涌，同时眼冒金星。

蓝蓝的惊呼声响起：“旋龙水壁，这是五十级水系异能者才能够拥有的能力啊！”

天痕用力甩了甩头，眼前的景物终于变得清晰，他看到蓝蓝的右手向嘴边送去，赶忙大喊道：“蓝蓝，你先别吃！”

蓝蓝愣了一下，天痕用空间系异能将自己的声音传入蓝蓝耳中：“现在吃也没用，只要它将我们困住二十分钟，药效一过，我们同样只能任其宰割。它似乎并不想立刻杀掉我们，等等看，或许我们还有机会。”

看到四人重新聚集在一起，那美女并没有再行动，只是歪着头，兴趣盎然地看着他们，似乎已经把天痕等四人当成了自己的玩物。

塞里嘿嘿一笑，对美女道：“喂，我们来这里并没有恶意，要不这样，我给你一些好东西吃，你放我们走，如何？”

美女眼中流露出一丝惊讶：“什么好东西？拿来给我看看。”

三人心中同时一喜，塞里能有什么好东西？

“当然是好东西，吃了这个，保证你青春永驻，有一种脱胎换骨的感觉。”塞里一边说一边摊开自己的右手，露出掌心处一颗紫色的药丸。那药丸晶莹剔透，看起来不像一颗药，倒像一块紫水晶。

美女眨了眨眼睛：“好啊，那我吃吃看。”

它仿佛没有任何防备，张口轻吸，紫光一闪，塞里手上的药丸飘飞而起，眨眼间就进了它口中。

塞里心中大喜，却不动声色地看着那美女，道：“我这药的效果非常明显，你马上就能感觉到。”说着，他将自己的右手背在身后，不断给其他三人打着暗号。

天痕凑到塞里身旁，现在显然不是询问的好时机，四人的目光都集中在那美女的脸上，静静地等待着。

一层紫色的光芒出现在那美女的脸庞上，“好舒服哦！”它兴奋地叫了一声，这声音险些将天痕和塞里的魂勾走。两人相视一笑，天痕知道，塞里的药肯定是有效果的，只是此时副作用还没有发挥出来而已。

蓝蓝眼中的恐惧消失了，她现在突然觉得，自己身前这个胖子是如此可爱。

蓝蓝心想，不管那美女是什么圣兽，可以肯定是水系的，如果它能成为自己的伙伴，那自己的实力必然会成倍增长，或许用不了多少年，自己就能成为像外公那样受人景仰的审判者了。蓝蓝越想越兴奋，凝聚自己全部的水系异能，随时准备向那美女冲去。

“笨蛋，你们太天真了，你们以为，水魔娜雪是一颗小小的药丸就能对付的吗？”苍老的声音在四人耳畔响起。

还没等他们辨认出这个声音从何而来，那美女尖锐的声音已经响起：“好啊！你们竟然敢骗我，我的肚子好疼，你们欺骗了美丽的娜雪，我要惩罚你们！”

下一刻，湖水冒出无数水泡，凝聚了自己全部能量的四人突然感觉周围变得异常寒冷，除了水系异能者蓝蓝尚能忍受以外，其他三人身上都出现了一层冰霜。

四道蓝色的光芒如同四柄利箭一般，朝着已经有些僵硬的四人射过来，眨眼间便来到了他们胸前。就连三十六级掌控者蓝蓝也不禁骇然失色，因为，她清楚地发现，那蓝色光芒已经锁定了自己的身体，她想出手抵挡，却抬不起手来。

就在这危急时刻，一个黄色身影闪电般射出，巨大的吞噬之口出现，挡在那四道蓝光之前，黄色光芒闪耀，黄色身影瞬间将那有着强大冲击力的蓝光全部吞噬。

这突然出现并拯救了四人性命的，正是那温顺的小不点。显然，先前的声音也是它发出来的。

湖面上的水雾不断地翻涌，美女的眼中充满了寒光，它看着飘浮在半空中的小不点，沉声道："吞噬狗，你也要与我作对吗？怪不得他们敢来我这里，原来是有你这个后盾，没想到，你竟然也被人类收作宠物了。"

被娜雪称为吞噬狗的小不点摇了摇头，道："人类有什么不好？你每天都在这湖水中泡着，难道不嫌烦吗？外面的世界很精彩，我已经想好了，一定要出去看看。这四个人可不是我带来的，是他们自己胆子大，不知天高地厚，无意间闯入了你水魔的区域。嘿嘿，我们之间已较量过多次，今天就再较量一回吧。"

话音刚落，它那原本小小的身体骤然变大，眨眼间，竟然变成了身长两米的庞然大物。它身上柔软的皮毛散发着淡淡的金黄色光泽，咧嘴一笑便露出一排洁白的牙齿。虽然娜雪称它为吞噬狗，但它的样子更像一只大老鼠。

小不点出现后，将所有的战斗压力都扛在了自己身上，天痕等四人立刻获得了自由。喜获自由的四人做出了同一个动作，几个闪身便躲到了距离最近的大树后面。夜欢心中极为兴奋，她怎么也没想到，自己随便捡来的小不点，竟然能够和强大的超级圣兽对抗。

小不点嘿嘿笑道："娜雪，咱们比拼过多次，无一例外都是我胜出，我看你今天还有什么办法和我对抗。嗷——"它巨大的嘴张开，发出一声震耳欲聋的咆哮。虽然它那大嘴在张开时依旧同身体不成比例，但总比第一次吞噬风狼时看起来要和谐多了。

它这一吼，顿时掀起大片气浪，它完全无视湖面上的蓝色光芒，直接冲入其中，扑向娜雪。水雾被它的怒吼吹散，天痕等四人终于看清了水魔娜雪的身体，拥有绝美容颜的它，竟然有着蛇的身体。是的，就是蛇。自头部以下，粗长的蛇身大半隐没在水下，随着身体的轻轻摆动，厚实的深蓝色鳞片散发出一道道强烈的蓝色光芒。

“好，吞噬狗，今天我们就决一死战。别忘了，你比我还低一个等级呢！”娜雪冷冷地说着，竟然从水中腾空而起，直接向小不点扑来。

小不点眼中闪过一道光芒，地面上突然出现一只由土与岩石形成的黄色大手，直接向娜雪抓去。

娜雪咆哮一声，气温骤然下降，可以清晰地看到，以它的身体为中心，一层冰晶正快速向周围蔓延，所有的东西都被冻结了，那只刚要抓住它的黄色大手顿时被冻结，变成了蓝色。它长达八米的身体微微一摆，尾部重击在那只被冻结的黄色大手上，将大手拍成了碎片。

小不点圆滚滚的身体蹿了上去，黄、蓝两色光芒骤然交织在一起。令天痕等人感到怪异的是，它们并没有使出各自的异能，只是凭借肉体在相互攻击。娜雪依靠的是纠缠和挤压，而小不点则不断张开它那张吞噬大口，试图咬住娜雪滑溜的身体，两只超级圣兽不断地攻击着对方，一时间，肉搏成了主战术。

虽然仅仅是肉搏，但依旧让天痕等四人大开眼界。

两只圣兽爆发出的攻击带起一股股强大的气流，气流所过之处，一棵棵大树被连根拔起，地面上不断出现一个个深坑。天痕等四人退了又退，全力防御才能勉强保护自己不受伤害。

蓝蓝低声对夜欢道："夜欢姐，这回你可捡到宝贝了，等它们打完，你可要赶快把那小不点收为圣兽伙伴。它不用土系异能就已经这么强了，要是运用自己的异能，恐怕这片森林都将不复存在。"

夜欢眼中闪烁着兴奋的光芒，嘴上却道："谁知道它肯不肯跟我啊！"

小不点与水魔娜雪的搏斗已经白热化，双方或多或少都受了伤，突然，娜雪寻到一个机会，尾巴缠上小不点的一条腿。夜欢见此，不禁发出一声惊呼。

娜雪眼中寒光一闪，蓝色的气流顺着小不点的腿蔓延而上，显然是想要冻住它的身体。

蓝蓝一把没拉住，夜欢已经冲了出去。她将速度骤然提到声速，眨眼间就冲到娜雪身前，双手向地面上一番牵引，一个巨大的土球在她的异能作用下凝聚出来，直接向娜雪的头部砸去。

娜雪冷哼一声，眼中突然射出两道蓝光，射向夜欢轰出的土球，将其炸得粉碎。夜欢显然没有放弃的意思，手中凝出一把刀，带着黄色的光芒向娜雪的身体砍去。为了小不点，她已经拼命了。

娜雪眼中寒光一闪，虽然夜欢的力量不足以伤害它，但与吞噬狗较量的过程中有人插手让它很心烦。于是它喷出无数冰弹，像炮弹般的冰弹一颗颗射向夜欢。

蓝蓝和天痕同时冲到夜欢身旁，为了伙伴的生命安全着想，他们已经顾不上其他了。蓝蓝用身体形成一个巨大的蓝色旋涡，将大部分冰弹卷走了。天痕布下大面积的空间盾，试图阻止那些冰弹，但是，水魔娜雪的攻击又岂是那么容易抵御的？他和蓝蓝毕竟来晚了一步，只能眼睁睁看着数颗冰弹在夜欢的身边爆开，空中出现了血花，夜欢的脸色瞬间变得苍白。

天痕也没好到哪里去，空间盾刚与那些冰弹接触，他就意识到不妙，冰弹的攻击力太强，除非施展出天魔变，否则自己绝对无法抵挡。他下意识地用出移形幻影，这才逃过一劫，但还是有一颗冰弹从他的右臂擦过，他右臂中的血液似乎凝固了一般，在体内三种力量的不断冲击下，右臂才渐渐恢复正常。

天痕的心瞬间沉入谷底，冰弹只是从自己身上擦过尚且如此疼痛，那被冰弹直接击中的夜欢恐怕……

被娜雪缠住腿的小不点突然双眼通红，它稍微犹豫了一下，接着张开嘴轻轻一吸，将空中的血花吸向了自己。

红色的光芒瞬间围绕着小不点旋转，而夜欢身上也出现了同样的光芒，接着她便被那红光送出数十米远，缓缓飘落在地，陷入了昏迷。

强大的气息飞扑而至，蓝蓝形成的旋涡被撕扯得七零八落，娜雪一侧身，背部直接撞在蓝蓝身上，将她弹飞。

“蓝蓝——”天痕心头剧震，顾不得右臂的擦伤，飞身而起，将蓝蓝接住。他感觉蓝蓝那原本温暖的身体现在十分冰冷。

蓝蓝在天痕怀中微微地颤抖，天痕心中大喜，最起码蓝蓝现在还活着。他再也顾不得理会还在缠斗中的娜雪和小不点，立即将自己精纯的宇宙气注入蓝蓝体内，刹那间宇宙气传遍蓝蓝全身，温暖着她的身体。他心中突然有些害怕，害怕蓝蓝和夜欢就这么死了，他很后悔，当初如果不是自己坚持要闯禁地，或许此时他们已经安全返回了基地。

蓝蓝缓缓睁开眼睛，对天痕露出柔和的微笑：“我没事，刚才我已经吃了药。你说得对，塞里的药真的很管用，否则，我现在恐怕已经死了。”

天痕愣了一下，心中稍微安定了些，原来蓝蓝吃了那颗增强身体防御力的药，这个药的副作用虽然大了些，但好歹保住了她的性命。天痕刚想抱着蓝蓝去看看夜欢怎么样了，却听到蓝蓝惊呼一声：“天痕小心！”

天痕下意识地看过去，只见一颗巨大的冰弹带着呼啸声朝自己和蓝蓝轰击而来，经过刚才的体验，天痕清楚地知道这冰弹的威力。他一咬牙，猛地掉转身体，用自己的背来迎接那冰弹的攻击。

在这一刻，天痕看到了蓝蓝的眼睛，她那澄澈的眼眸中充满了骇然和不解，似乎在问：为什么？为什么你要这样？

这一刻是那么短暂，却又是那么漫长，在剧烈的震荡中，冰弹轰中了天痕的身体。

冰冷的感觉伴随着巨大的冲击力瞬间蔓延到天痕全身，他心弦紧绷：我要死了吗？我难道就这样死了吗？

这时，天痕的胸口处亮起了黄色的光芒，光芒瞬间笼罩了他的身体，将侵入他体内的寒气和冲击力全都逼出了体外。

天痕抱着蓝蓝，两人翻滚了一阵后终于停了下来，撞在一棵大树上，最先撞击在大树上的自然是天痕。

天痕的嘴角流出一丝鲜血，他微笑地看着蓝蓝："上天待我不薄，我竟然把无极徽章这个宝贝忘记了，看来，我们暂时还死不了。"

泪水顺着蓝蓝的面庞流下来："为什么？你为什么对我这么好？我、我值得你这样做吗？"

天痕微笑着道："别傻了，我有保护自己的办法。何况，在遇到危险的时候，作为一位绅士，我理当挡在女士身前啊！难道你不觉得我是一位优雅的绅士吗？"说着，他调皮地向蓝蓝眨了一下眼。

蓝蓝深深地看着天痕，似乎要读懂他的心，但她失望地发现，天痕眼中除了淡淡的笑意外并没有其他内容。

第62章

娜雪与蓝蓝的契约

一个矮胖的身影飞快地跑到两人身前，背上还背着夜欢，正是塞里。

“你们两个犯什么傻，难道想死不成？快躲到树后面去！”塞里脸上露出难得的凝重表情。

四人绕到大树后，令天痕大感意外的是，夜欢的伤势并没有他想象的那么重。原来，她在冲出去帮助小不点之前也吃了塞里给的药，利用药效增强了自身的防御力，从而保住了性命。

此时，夜欢身上依旧闪烁着红色的光芒，她不知道这是怎么回事，只觉得自己脑海中似乎有一股精神波动隐隐与小不点相连。

蓝蓝毕竟是罗丝·菲尔审判者的外孙女，见多识广，她对夜欢道：“恭喜恭喜，你已经与小不点成为伙伴了。这应该是平等契约，是在小不点自愿的情况下签订的。看来，你刚才拼命救它的行为已经感动了它。”

小不点和水魔娜雪的搏斗依旧在继续，不知道为什么，娜雪的攻势已经不像先前那么凌厉，变得迟缓了许多，就连它身上那层深蓝色鳞片也变得暗淡了许多，它多次缠住小不点，都被小不点挣脱了。小不点的一条后腿虽然被震伤，但它的攻势越来越猛，明显已经占了上风。娜雪几次想钻入湖中逃跑，都被小不点拦住了，两者的身体频繁地接触，发出阵阵轰响。

塞里嘿嘿一笑，道：“我的灵药应该已经发挥作用了。我让你凶，我看你还能凶到哪儿去。”

天痕惊讶地看着塞里，道：“大哥，你刚才给那水魔吃的到底是什么？它也是真傻，竟然随便吃你给的药。”

塞里露出神秘的笑容，道：“你错了，它可不是傻，而是对自己太自信了。像水魔这样的圣兽，一定对自己十分有信心，因为它本身对各种毒素有很强的抵抗力。但是，它太小看你大哥我了。我在出发前特意针对各系的圣兽研制了多种药物，给水魔吃的是针对水系圣兽的药效最强的药物。那颗药丸的外壳中含有令它感觉到亢奋、舒适的成分，而药丸的内部成分则是用火属性的各种药物混合而成的。一旦药丸的外壳消融，内部成分的火力爆发，嘿嘿，就算它是超级圣兽也无法承受，水、火相克，它体内肯定不如外表这么强悍，自然不舒服了。”

蓝蓝有些担忧地看着塞里，道：“那、那你的药会不会对它产生致命的伤害呢？”不论是攻击力还是那美艳而妖异的外表，水魔娜雪都让她非常喜欢，她内心很渴望娜雪能成为自己的伙伴，自然不希望娜雪被塞里的药给害死。

塞里得意地道：“我下药绝对是有分寸的。如果换作普通的水系圣兽，恐怕在那强大的火力作用下会肠穿肚烂而死，但这水魔娜雪显然不是普通的圣兽，你放心好了，那药只会让它的肚子疼上一阵，短时间内比较虚弱而已。等它自行化解了体内的火力，就会恢复正常的。”

蓝蓝这才松了口气，从大树旁向外看去，只见小不点越战越勇，而娜雪显然受到了药物的影响，正节节败退。

“轰——”

娜雪被小不点一下撞飞，它那长达八米的身体在空中不断地翻滚。可小不点好像没有放过娜雪的意思，它张开吞噬大口，直接咬向娜雪头部下方一米左右的部位。

娜雪如果没有受到药物的影响，只需要将身体一扭，加上身上鳞片的防御力，自然能躲过小不点的攻击，但现在，它显然已经没有力气了，只听得它惨叫一声，被小不点咬了个正着。

轰然巨响中，小不点和娜雪重重地跌落在湖畔的地面上，砸出了一条深沟，小不点的大嘴仍紧紧地咬着娜雪头部下方的部位，两只前爪一前一后地按住娜雪的身体，防止它逃脱。

娜雪心有不甘地悲鸣着，不断扭动身体试图逃离那吞噬大口，却没有任何作用。

夜欢突然全身一震，而后焦急地对蓝蓝道："快，小不点让我告诉你，立刻去收服水魔娜雪，这是你唯一的机会。"同小不点签订平等契约后，夜欢已经可以通过精神力与小不点进行联系了。

蓝蓝眼中流露出一丝欣喜，飞身扑到娜雪身旁，看着那张美艳而充满悲伤的面庞，她竟然有些于心不忍。

小不点不断向蓝蓝使眼色，示意她快点动手。可是，蓝蓝迟迟下不了手，每当她看到娜雪的面庞时，刚下定的决心就会动摇。

夜欢、天痕和塞里见此，都跑到蓝蓝身旁，夜欢焦急地道："蓝蓝，你快动手啊！机会不等人，要是这水魔从塞里的药效中恢复过来，再想制住它恐怕就难了。小不点说水魔的身体抵抗力非常强，随时都有可能从药效中恢复。我们两个的异能等级今天都已经掉了一级，你不能让这些牺牲和心血都白费啊！只要你现在将自己的鲜血和水魔伤口处的鲜血混合，立刻就能签订主从契约，以后它都得听从你的指挥。"

蓝蓝低下头，几次抬起手又放下："可是、可是你们看它的眼神，充满了悲伤，显然是不愿意离开这个地方。我们设身处地地想一想，谁又愿意被别人奴役呢？虽然我渴望力量，但是我不想把自己力量的增长建立在别人的痛苦之上。小不点，你放了它吧。我、我决定了，以后再也不抓圣兽了。”

娜雪那充满悲伤的眼神触动了善良的蓝蓝，让她想起了自己以前见过的异能者的圣兽，有些圣兽被召唤的时候，眼眸中也会流露出这种悲伤，它们就是异能者的奴隶啊！

天痕走到蓝蓝身旁，凝视着她的眼睛，道：“蓝蓝，你真的想清楚了吗？这么好的机会可不是经常会有的。”

蓝蓝轻叹一声，道：“为什么我们异能者要自私地奴役这些原本过着平静生活的圣兽呢？它们原本在魔幻星快乐地生活，是我们破坏了它们安逸的生活，将它们带到其实它们并不想去的地方，奴役它们为我们所用。我管不了别人，但是，我已经想明白了，小不点，麻烦你放开娜雪吧。咱们走，离开这里，我现在想回基地了。”

小不点缓缓松开吞噬大口，两只前爪用力一甩，将娜雪扔回小湖之中，而后缩小身体。当小不点再次投入夜欢的怀中时，这一人一兽身上的红光都消失不见了。

小不点苍老低沉的声音响起：“没想到你这小丫头竟然会为我们圣兽着想。如果来这里的每一个人类成员都能这么想，那我们也不会如此抵触你们了。其实，你说的并不全对，魔幻星上的圣兽并不是都不愿意离开这里。我们在这颗星球上生活了数万年，早已经有些厌倦，所以，有一部分圣兽是在完全自愿的情形下同你们人类签订平等契约的。就像我和夜欢，我很喜欢她给我的感觉，而且，她那么弱小，竟然愿意为了救我而不顾自己的生命安全，所以，我愿意跟她在一起。”

天痕拍拍蓝蓝的肩膀，看着她有些落寞的眼神，微笑着道：“既然你已经决定了，那咱们就离开这里吧。别等到那水魔娜雪清醒过来，到时恐怕我们谁也对付不了它。”

蓝蓝的话对他触动很大，但如果同样的机会摆在他面前，他相信，自己是不会放过这样的机会的。毕竟，他的情况与蓝蓝不同，蓝蓝是审判者的外孙女，而他却要随时面对潜藏的危机，不论是黑暗势力还是圣盟的人，一旦知道他拥有两种异能，都不会轻易放过他，只有拥有更强大的力量，他才能保住自己的生命，保护父母不受到伤害，有机会与百合在一起。

“你们以为，现在就对付得了我吗？”平静的湖水再次冒出水泡，巨大的水柱冲天而起，那美艳的脸庞再次出现，只不过，这次它身上散发出了强烈的杀气，布满鳞片的身体比先前粗大了几分，蓝色的眼眸变成了碧绿色。

小不点骇然道：“不好，快走！娜雪已经完成了最终进化，你们先走，我来抵挡一会儿。”话音刚落，碧绿色的光芒从那冲天而起的水柱中骤然散发，令魔幻太阳的光芒都黯然失色。

碧绿色的光芒将天痕等四人和小不点完全笼罩在内，娜雪冰冷的声音响起：“你们还想走吗？吞噬狗，虽然你咬伤了我的身体，但是，在你的刺激下，我终于完成了最终的进化，我现在已经达到了次神级圣兽级别，就算是你，也无法阻挡我。”

天痕等四人和小不点都感觉自己陷入了一片沼泽之中，即使想稍微挪动一下身体都很不容易。

娜雪美艳的脸上笼罩着寒霜，逐渐向四人逼近。

小不点咆哮一声，身体再次变为两米长，警惕地挡在四人身前，面对这种状态的水魔，它没有任何把握。想从这碧绿色光芒中逃出去谈何容易？他们已经陷入了死亡的威胁。

“碧绿·幽光！”两道澄澈的碧绿色光芒从水魔娜雪眼中闪电般射出。

小不点连躲的机会都没有，身上刚刚释放出的黄色光芒就被那碧绿色光芒所笼罩，它的身体被娜雪一甩就扔到了一旁。在异能等级上，小不点本就比娜雪低，此时完成了最终进化的娜雪更不是小不点所能对抗的。

娜雪缓缓来到蓝蓝等四人面前，它身上散发出淡淡的香气，刺激着四人的鼻腔，它冰冷的目光最后落在蓝蓝身上："你们竟然敢带吞噬狗来伤害我。这么多年以来，我还是第一次受伤。说吧，你们想怎么死？我给你们一个选择的机会。放心，我对人肉没有兴趣，不过，我可以让你们变成冰雕。"

蓝蓝挣扎了数次，都无法挣脱这碧绿色光芒，于是凛然道："既然已经落在你手里，你想怎么样就随便你吧。你应该知道，刚才我有机会让你成为我的伙伴，但我并没有这么做，希望你看在这一点的分上放了我的同伴，我愿意用我一个人的生命来换取他们的生命。"

娜雪不屑地哼了一声："你以为，你还有权利和我讨价还价吗？你们人类，就没一个好东西，尤其是这个可恶的胖子。"她恶狠狠地瞪了塞里一眼。

塞里浑身一颤，全身起了一层鸡皮疙瘩。

天痕的内心正在不断地挣扎，现在他已经不可能再戴上黑暗面具，如果想化解眼前的危机，就只能施展出天魔变，用自己的力量配合小不点，或许还能争取到一线机会让其他三人逃离。但是，如果自己真的施展出天魔变，就相当于判了自己死刑，就算自己能逃过娜雪的攻击，恐怕也无法继续留在魔幻星上了。蓝蓝他们现在是自己的队友，但当他们看到自己拥有黑暗系异能之时，恐怕就不会再拿他当队友了。

娜雪身上散发出来的冰冷气息越来越强烈，蓝蓝勉强扭头看了天痕一眼，心中不断呼喊着：绿叶，你在哪里？如果你在这里，一定会想办法救我的，对不对？

泪水顺着蓝蓝的俏脸流淌下来，她心中充满了对绿叶的思念，在这生死关头，除了绿叶以外，她心中再没有其他人。

娜雪看着蓝蓝，疑惑地问道："你很难过吗？看来，人类都是怕死的，死有什么可怕？或许，死是一种解脱。"

蓝蓝大声道："我才不怕死，既然要死，怕有什么用？我只是在难过，如果我的未婚夫在这里，你未必能把我们怎么样。"

娜雪有些诧异地道："未婚夫？嗯，看来在人类的世界中确实有许多我没见识过的新奇事物。"娜雪美艳的脸庞贴近蓝蓝，冰冷的气息冻得蓝蓝的俏脸一阵发青。

如此危急的时刻，天痕心中再也没有丝毫犹豫，蓝蓝一个弱女子都愿意牺牲她的生命来换取其他人的安全，自己是个男子汉，死又怎么样？被人发现自己拥有黑暗系异能又怎么样？至少能给其他人带来生的机会。

想到这里，天痕毅然切断了自己与三种力量的联系，体内的两个异能旋涡各自从上、下向中间的宇宙气旋涡聚拢。只需要经过短暂的融合过程，天魔变就能施展出来。正当天痕准备义无反顾地施展天魔变来换取其他人的活命机会之时，异变突然发生了。

娜雪身前突然出现了一根细小的冰锥，冰锥刺破蓝蓝额头的肌肤，就在蓝蓝闭目等待死亡降临之时，娜雪冰冷的声音突然变得温和："人类，你愿意和我签订平等契约，让我们成为朋友吗？"

鲜血从冰锥所刺的地方缓缓渗出，蓝蓝猛然睁开眼，她简直不敢相信自己的耳朵。

天痕也听到了娜雪的话，此时，天魔变正在逐渐显现，他的身体已经开始散发出一层淡淡的紫气。

听到娜雪的话，他顿时心中大骇，拼命将精神力挤入刚开始融合的三种力量中，在精神力的全力作用下才勉强将它们分开，但这一合一分的过程，使他的身体超负荷运转，他不禁“哇”的一声喷出一口鲜血。

紫气终于消失，天痕内心无比苦涩：为什么受伤的总是我？可恶的水魔，怎么不早一点说出你的目的？

娜雪怪异地看了天痕一眼，蓝蓝也被天痕吐血的情况吓到，她怒视着娜雪，道：“你这是想和我成为朋友的态度吗？你为什么要伤害他？”

还没等娜雪说话，天痕赶紧解释道：“不，不，和她无关，这是我刚才受伤时留在体内的淤血，被我用宇宙气逼了出来，你别误会。”

娜雪对天痕神秘一笑，这才再次问蓝蓝：“你还没有回答我的问题呢，你愿意和我签订平等契约成为我的朋友吗？我是自愿的。”

蓝蓝控制住自己不断加速的心跳，深吸一口气，声音颤抖着回答道：“我、我愿意。”

一条血线从娜雪口中喷出，直接连上了蓝蓝额头上那细小的伤口，瞬间红光大放，将她们两个的身体完全笼罩在内。

同先前夜欢与小不点签订契约的情况不同，娜雪和蓝蓝身上除了那红色光芒之外，还多出了一道金光。金光在两人头顶上方浮现，而后一分为二，凝聚成两个奇异的符号，分别印在了蓝蓝和娜雪的额头上。

金光一闪而逝，娜雪柔和的声音再次响起：“从现在这一刻开始，我，水神兽娜雪，愿意同人类蓝蓝小姐结为好友，从此相互帮助，当有一方决定分离之时，另一方不得阻拦，那时，契约将自动解除。”

红色光芒一闪，娜雪的身体骤然缩小，化为一条蓝色的项链悬挂在蓝蓝的脖子上，项链晶莹剔透，散发着璀璨的光芒。

碧绿色光芒随着娜雪的变化而消失，所有人都感觉全身一轻。

小不点跳到众人身前，神色怪异地看着蓝蓝脖子上的项链：“娜雪，你也觉悟了吗？原来你比我还耐不住寂寞，那你刚才装什么？早点说出来，也省得我和你拼命了。”

娜雪有些愤怒的声音响起：“你懂什么？如果不是蓝蓝先前说了那番话，你以为我会随便与一个人类成员签订平等契约吗？说实话他们现在还太弱小，还不能被你我这样级别的圣兽认可，或许这就是人类所说的命中注定吧。你不是也找到自己的归宿了吗？死狗，以后再招惹我，小心我把你变成冰雕！”项链上闪过一道蓝光，吓得小不点赶忙跳开，躲到了一旁。

与此同时，蓝蓝、天痕、夜欢、塞里四人做出了同样的举动——一屁股坐在地上，大口大口地喘息着。

危机终于解除了，紧绷的精神骤然放松，他们顿觉全身充满了无力感。

天痕与蓝蓝相视一笑，天痕道：“蓝蓝，恭喜你，终于找到了适合自己的伙伴，还有夜欢姐，也要恭喜你。”

蓝蓝轻轻抚摸着脖子上的项链，眼眸中充满了喜悦：“这也要谢谢你们的帮助啊！没有你们，我不可能同娜雪在一起。其实，如果我知道这禁地中的圣兽是如此危险，就绝对不会鼓动你来了，看来，我们还是要慎重考虑，再决定是否进入后面的禁地。”

小不点变回缩小版，跳入夜欢怀中：“我看你们根本不了解圣兽，当我知道你们要来娜雪这里时，着实吓了一大跳。以你们的能力，最多也就能同高级圣兽拼一拼，像娜雪这种级别的圣兽，如果它全力攻击，可以轻易将你们四人击杀。”

天痕点了点头，道：“我们该怎么称呼你呢？现在小不点这个名字不适合你了吧。你和娜雪为什么都能口吐人言？”

小不点嘿嘿一笑，道：“不用改，我挺喜欢‘小不点’这个名字。我们之所以能口吐人言，是因为我们有学习的能力。你们不是最早来到魔幻星的人类成员，通过不断地探知人类的秘密，像我和娜雪这种级别的圣兽都已经学会了你们人类的语言。娜雪先前已经说过，其实，我是一只吞噬狗，除了能运用所拥有的土系异能以外，我最强大的能力就是吞噬。不过，现在我的吞噬能力已经没什么威力了。你们知道为什么大多数圣兽尤其是高级别的圣兽不愿意与你们人类签订契约吗？”

天痕等四人同时摇头。

小不点道：“那是因为，一旦签订契约，不论是平等契约还是主从契约，都会在我们身上产生一个禁制，将我们的能力降到同你们相差不多的等级，然后随着你们的进步而提升。也就是说，别看先前娜雪很厉害，现在它的实力也就和蓝蓝差不多而已。”

四人震惊地看着小不点，天痕疑惑地问蓝蓝：“怎么会这样？祝融审判者并没有跟我们说这些啊！”

蓝蓝苦笑道：“我也是第一次听说，或许，祝融爷爷他们根本就没想过我们能找到级别比我们高这么多的圣兽伙伴吧。小不点，既然和我们成为伙伴后圣兽的能力会降到我们现在的等级，那我找一只等级跟我差不多的圣兽，和拥有娜雪不是一样的吗？”

小不点摇了摇头，道：“当然不一样。如果你找的圣兽级别比你还低，那它的能力是不会一下子提升到和你一样的等级的，只能和你共同修炼、慢慢提升，而像娜雪和我这样的，由于我们的实力远远高于你们，所以只要你们的能力一有提升，我们立刻就能恢复部分实力。而且，在你们修炼的过程中，由于我们不用修炼，就可以帮助你们收集外界的能量分子，供应给你们，帮助你们不断地提升实力，这样，你们修炼的速度就可以比普通人快很多。”

小不点接着说道：“而且，我们的能力也不是完全不可以使用。当面对无法抵御的危险时，我们可以暂时与你们解除契约，那样，我们就可以在短时间内恢复自己的能力。只不过解除契约之后，再想重新签订契约，就需要用彼此的生命力来签订，那样，对我们的身体都会产生极大的伤害，至少需要经过一年的时间才能恢复元气。所以，你们不要以为有了我们之后就可以为所欲为。我本身的属性能够克制娜雪的属性，所以，虽然我的能力比她弱一些，也敢跟着你们前来，若是换一只次神级圣兽，恐怕就难以搞定了。现在，我和娜雪的能力都降到和你们一样的水平了，你们几个可不要再发疯了，否则，到时候为了救你们，我们必须解除契约才行。”

蓝蓝和夜欢的目光落在天痕和塞里身上，她们都已经有了称心的圣兽，但天痕和塞里还没有。已经闯过一个禁地，并获得了如此丰厚的收获，如果不继续前往下一个禁地的话，天痕和塞里就不可能拥有强大的圣兽，所以，两人将决定权交给了天痕和塞里。

塞里心有余悸地看了蓝蓝脖子上的项链一眼：“你们看我干什么？只要你们愿意回去，我举双手双脚赞同，我对圣兽可没什么奢望。”

天痕并没有露出任何不满的神色，反而深以为然地点了点头，道：“小不点说得很对，我们实在是太小看超级圣兽了，还是先回去再说吧。这时候，估计大家都已经回去了。咱们先休息一会儿，然后起程回基地。”

蓝蓝吃惊地看着天痕：“你们真的不想再往前面探察了吗？你们帮了我们，却只有我们得到了圣兽，这对你们不公平，我们是同一个小组的成员，我……”

天痕抬手阻止蓝蓝继续说下去，他微笑着道：“行了，生命才是最可贵的，我不会多想的，绝不能因为我而让你们再次陷入危险的境地。”

蓝蓝轻叹一声，道：“谢谢你，天痕。那咱们先回去吧，等祝融爷爷他们从地球回来以后，咱们再想办法去探察其他禁地。”

天痕低下头，谁也没有看到他眼底深处闪过的一道不寻常的光芒。

休息了一个小时后，在小不点的指引下，四人在树林中摘了一些成熟的果实充饥，这才踏上了回基地的路。

有小不点和娜雪在，一路上，所有圣兽遇到他们躲都来不及，更别说攻击他们了，所以他们赶起路来比来时顺利了许多。

只不过由于蓝蓝和夜欢都服用了塞里的药，不但等级掉了一级，而且有三天的时间都处于虚弱状态，所以他们往回飞的速度并不快。

天痕一边飞行，一边向夜欢怀中又要睡觉的小不点问道：“刚才我听你和娜雪说什么次神级圣兽，这么说，你们圣兽也分级别？”

小不点有些不耐烦地道：“当然分级别了，简单来说，我们圣兽分为八个级别，分别是低级、中级、高级、地级、天级、次神级、神级和超神级，我和娜雪属于次神级。像你们现在的实力，蓝蓝差不多接近地级圣兽，而你和夜欢最多也就和高级圣兽差不多。至于胖子，只能同那些没有攻击力的低级圣兽比一比了。行了，别再打扰我，我要睡了。”

蓝蓝脖子上的项链发出淡淡的蓝光：“就会吹牛，你顶多算是天级中较强的而已，还吹嘘说自己是次神级，简直是胡说八道。”

小不点怒道：“我就是次神级，虽然是次神级中较弱的，但绝不是天级圣兽可以相比的。”

第63章

圣兽的级别

天痕道：“娜雪、小不点，你们都还只是次神级，那神级和超神级圣兽会强大到什么地步啊？我们祝融审判者的圣兽是一只火凤凰，它应该至少是神级吧？”他心中还有许多疑问，正好趁这个机会打听清楚。

小不点显然很不满娜雪刚才的话，抢着答道：“当然不是，火凤凰也只是次神级而已，同娜雪差不多。你说的那个人我知道，他能抓到火凤凰做圣兽也只是机缘巧合而已。

“不过，他可比你们强多了，本身就拥有和次神级差不多的力量，所以，火凤凰跟着他，几乎能发挥出自己全部的能力。至于神级和超神级圣兽的实力，根本不是你们所能想象的。你知道为什么我和娜雪在战斗中没有使用异能，也没有使出全部能力吗？其实，这是因为在我们圣兽之间有一条不成文的规定。对于次神级及以上的圣兽来说，魔幻星是非常脆弱的，如果我们全力施展自己的能力，会对魔幻星造成一定的破坏。所以，我们圣兽之间自行约定，搏斗时不能使用自己的异能，只能凭借体力来攻击彼此，决定胜负。”

听小不点说到这里，其他三人也来了兴趣，塞里趴在天痕背上问道：“那什么样的圣兽才称得上是神级甚至超神级？”

娜雪的声音响起："只有魔幻星的绝世强者才能拥有那样的头衔，它们也是我们圣兽中的王者。神级圣兽和超神级圣兽的数量相当稀少。距离我那区域最近的圣兽，就是空速白凤和空凝烈龙了，它们两个拥有的都是空间系异能，可以算是神级圣兽。至于超神级圣兽，连我们都没有见过。它们才是魔幻星真正的统治者，传说整个魔幻星上只有两只超神级圣兽，它们都是可以左右整个魔幻星的存在。我只知道，它们分别代表着光明和黑暗的力量。至于它们到底生活在哪里，我就不清楚了。"

天痕心中一动，追问道："那独角兽是什么级别的圣兽呢？"一提到独角兽，他的心不禁变得火热。

听到"独角兽"这个词，小不点明显一愣，道："你也知道独角兽？独角兽也分好几种，不过，由于它们是光明的使者，所以即使是最普通的独角兽，至少也是次神级圣兽。它们的神圣气息非常强烈，可以说是圣兽中最圣洁的了。魔幻星上的独角兽数量十分稀少，不过，它们应该是最容易被你们人类驯服的强大圣兽，当然，也有可能是最不容易被驯服的。"

天痕一愣，道："这话怎么说？为什么既是最容易被驯服的，又是最不容易被驯服的？"

小不点道："因为独角兽本身很圣洁，它们非常愿意亲近拥有神圣气息的人，但是，这种神圣气息必须非常纯洁，而且，它们一般只亲近女孩子。在你们人类中，我还真没见过能够让独角兽亲近的女孩子呢！"

夜欢不满地道："怎么？难道我不够纯洁？"她一边说着，一边用力捏了捏小不点柔软的身体。现在小不点已经和她签订了契约，她心中对于它的恐惧自然而然地消失了。

小不点赶忙赔笑道："对不起，我、我不是那个意思，你当然足够纯洁，只不过你身上没有神圣气息。生来就拥有神圣气息的人实在太少，更何况，还限制为女性。”

天痕莞尔一笑，道：“看来，那独角兽也奇怪得很啊，居然只亲近女孩子。小不点，我曾经见过的那只独角兽通体雪白，拥有一对洁白的翅膀，可以随意在空中飞翔，哦，对了，它头顶还有一只金色的独角，看起来很威风的样子。”

小不点一呆：“金色的独角？天啊，你竟然看到过独角兽王，连我都没见过独角兽王长什么样子。那可是神级圣兽，甚至有可能是超神级。快告诉我，你是在哪里看到的？我也要去看看，要是能沾上一些它的神圣气息，说不定我的级别也能有所提升呢。”

娜雪不屑的声音响起：“你别白日做梦了，你那张臭嘴不知道吞噬了多少生命，要是独角兽王感受到你身上的血腥气息，说不定会直接把你给净化了。想找死的话，没人拦着你。”

或许是因为娜雪戳到了小不点的痛处，这次小不点出奇地没有反驳，只是委屈地晃了晃头，然后埋入夜欢怀中睡了。

蓝蓝有些疑惑地看着天痕，问道：“你在什么地方看到过独角兽王？难道你以前来过魔幻星吗？”

天痕摇了摇头，道：“不，我以前没有来过魔幻星，我看到的那只独角兽王是已经与人签订了契约的，别问我那个人是谁好吗？我不想说出她的名字。蓝蓝，你知道咱们圣盟大长老光明的圣兽是什么吗？”

蓝蓝有些不满地道：“不说就不说吧，谁还会逼你不成？我隐约听外公提起过，说是什么光之神龙吧，似乎是一条龙，没错。既然是光明爷爷的圣兽，我估计肯定是神级圣兽。”

“不，不是。”娜雪又开口了，“光之神龙这个名字听起来很威风，但它实际上并不算强大，光明系圣兽的数量非常稀少，而这光之神龙只不过是其中一种普通的圣兽而已，拥有的力量与我和火凤凰都差不多，属于次神级圣兽，比起刚才提到的独角兽王可要差得远了。”

蓝蓝惊讶地看向天痕：“到底是什么人能拥有独角兽王，你真的不能告诉我吗？”

天痕淡然一笑，道：“你不是说不会逼我的吗？我只能告诉你，是我的一个朋友。她的追求与我们不同，或许正因为这样，她才能得到独角兽王的认可吧。”

蓝蓝噘着嘴道：“看你神秘兮兮的，不说就算了。”

四人以并不算快的速度向前飞行，两天后，他们终于成功返回了基地。他们是最后回来的，其他小组早已经安全返回。奇怪的是，竟然没有一个小组的成员抓到圣兽。很显然，并不是因为他们的能力不足，而是他们根本就不想抓那些级别太低的圣兽，希望能有更好的选择机会。

洛严从基地中迎出来，快步走到四人面前：“你们几个可算是回来了，都快急死我了，是不是遇到了什么麻烦？”

天痕和蓝蓝相视一笑，蓝蓝道：“确实遇到了一些麻烦，不过都已经解决了。队长，我们都累了，想先回去休息休息，有什么事明天再说吧。”

洛严刚想点头答应，突然，他的目光落在夜欢怀中的小不点身上，顿时惊讶地看着她道：“夜欢，这是你抓的圣兽吗？你怎么回事，祝融审判者不是说了，不要随意捕捉圣兽吗？契约一旦签订可是不能随便更改的。”说着，他眼中情不自禁地流露出惋惜之色。

夜欢不满地瞪着洛严：“怎么，你敢小看我的小不点？小不点，让他看看你的实力。”她一边说着，一边用手揪了揪小不点那可爱的小耳朵。

小不点心不甘情不愿地睁开眼睛：“干什么干什么？又吵我睡觉，哪个家伙敢小看我，让他知道我的厉害。”

小不点圆圆的小眼睛瞪着洛严，露出了同夜欢一样不满的眼神。

洛严惊讶地看着小不点，问夜欢：“你这圣兽还会说话？”

黄光一闪，小不点已经飘在半空之中，它咧嘴冲洛严一笑，露出两排白皙的小牙齿。

洛严顿时心生亲近之意，正想用手去摸小不点。这时，小不点张开了它的吞噬大口。

小不点虽然因为和夜欢达成契约后能力减弱了，但是它那嘴可一点都没变小。直径达两米的大嘴是什么概念？

洛严目瞪口呆，在小不点的怒吼声中向后退了好几步，最后一屁股坐在地上。由于小不点刚才没控制好，此时洛严身上已经沾满了小不点那不太好闻的口水。

小不点重新缩小身体，跳回夜欢怀中，继续约会周公去了。

洛严惊得说不出话来，刚才那是什么东西？那张大嘴是真的吗？

夜欢和蓝蓝笑着跑进基地，回自己的房间去了。

天痕走到洛严身旁，拍拍他的肩膀，道：“队长，我建议你还是去洗洗。这一身口水的气味恐怕不太好闻。”

塞里探头看了一眼，一本正经地道：“嗯，这口水的腐蚀性不错，估计你再这样待个几分钟，身上就都是麻子坑了。”

话音刚落，就见红光一闪，原地只剩下天痕和塞里两个了。

回到房间后，塞里做的第一件事就是上床睡觉，而天痕却盘膝坐在自己的床上，脑海中不断飘过各种思绪。虽然仅仅在魔幻星上走了几天，但他见识了许多自己以前连想都不敢想的东西，尤其是圣兽的级别划分，给他的内心造成了极大的冲击。

蓝蓝和夜欢都有了次神级圣兽，而百合的圣兽最起码也是神级的。在自己不使用天魔变的情况下，不要说与她们对抗，就是她们的圣兽都可以轻易玩死自己。况且，现在的她们等级提高一级就相当于提高了两级，因为圣兽的实力也会随之增强。自己想提高等级，就要付出相当于她们两倍的努力，这样下去，自己与她们的实力差距只会越拉越大。不，不行，自己来魔幻星的目的就是想增强实力，绝不能落在这些美女后面。

天痕一边想着，一边从怀中掏出那幅蓝蓝没有收回去的地图，若有所思地盯着看。

蓝蓝和夜欢刚回到房间，娜雪的声音就响了起来：“蓝蓝，以后你要小心那个人。”

蓝蓝一愣，问道：“娜雪，你说谁？”

光芒一闪，身长只有一米的迷你版娜雪出现在蓝蓝身前，它布满鳞片的身体盘绕在一起，绝美的面庞对着蓝蓝道：“就是你那个叫天痕的朋友。”

一旁的夜欢惊讶地道：“娜雪，你为什么这么说？天痕人很好啊！”到现在她都还没有忘记天痕帮她搬箱子时的情形，她对天痕的印象很不错。

娜雪冷笑一声，道：“你觉得他很好吗？他身上有一种危险的气息，虽然我不知道那是什么，但是面对那气息时，我会产生恐惧的感觉。他一定拥有某种你们不知道的力量。那天，就在我假意要伤害蓝蓝的时候，他已经散发出了那种强大的气息，那气息并不属于任何一种你们所说的异能，却可以对达到完美次神级境界的我产生一定的威胁。后来是我及时收手他才赶紧隐匿了那种能力，难道你们没发现当时的他有些虚弱吗？你们可不要太天真，轻易相信任何人。虽然天痕对你们似乎并没有恶意，但他刻意隐瞒了一些什么，自然是防备着你们。你们应该小心他才对。”

夜欢皱了皱眉，突然一跺脚，就准备向外走。

蓝蓝一把拉住夜欢，道：“你干什么去？”

夜欢有些不满地道：“当然是去找天痕问清楚，这家伙，根本就没有把我们当朋友嘛，竟然还有事情瞒着我们，我要去问问他，到底对我们隐瞒了什么。”

蓝蓝苦笑道：“大姐，你动动脑子好不好，他既然想隐瞒，又怎么会轻易告诉你呢？况且，每个人都有自己的私人空间，即使你是他老婆，也不能挖出他心中的一切秘密吧。娜雪，谢谢你告诉我们这些，但是，我相信天痕，他绝不会做出任何对我们不利的事。”

娜雪眼中流露出异样的光芒，没再说什么，重新变成蓝色项链回到了蓝蓝的脖子上。

此时，蓝蓝心中所想的，是面对娜雪时天痕奋不顾身保护她的情形。他是用自己的身体替我挡住了致命的攻击啊！如果他有什么特殊目的或者不良企图，他为什么还要那么做呢？就连落地时，他也主动承受了大部分冲击力。这种处处为别人着想，不惜牺牲自己的伙伴，如果我还要怀疑他，那我就太没有良心了。

娜雪的话不但没有影响蓝蓝对天痕的看法，反而勾起了她对那天发生的事情的回忆。对于天痕，她已经有了新的认识，虽然天痕在她心中的地位还比不上绿叶，但至少她已经将天痕当成了可以信赖的伙伴。

夜欢愣了一下，想了想，道：“是啊！天痕人很好，乐于帮助别人又从不求回报，曾经多次帮助过咱们全小队的人。而且，在咱们这群人中，他表现得也很正常，我们不应该怀疑他。”

蓝蓝微微一笑，道：“或许，有机会的时候我们能够搞清楚他那神秘的力量究竟是什么吧。但是，现在我们最好不要去问他。时间还长得很，三年足够我们了解一个人了吧。”

正在这时，门外传来清晰的脚步声，紧接着，敲门声响起：“蓝蓝、夜欢姐，你们休息了吗？”

蓝蓝和夜欢同时一惊，因为，这声音的主人正是天痕。

“天痕，你进来吧，门没锁。”蓝蓝一边说着，一边向夜欢使了个眼色。

夜欢微微一笑，会意地点了点头。

门开了，天痕走了进来，他反手把门关好，微笑着道：“我还怕你们睡了呢，我来其实不是找你们，而是有事想请教娜雪和小不点。”

蓝蓝疑惑地道：“请教它们什么？”

天痕将地图展开，笑道：“虽然我们不能去那些禁地探险，但是，难道你们不想知道其他两个禁地，还有那个标识着禁中之禁的地方都有些什么吗？”

夜欢笑道：“是啊！我怎么把这事给忘了？我这就叫小不点解释给我们听。”

此时，小不点正占据着夜欢的床铺，睡得十分香甜。

蓝蓝拉住夜欢，道：“算了，别吵它了，让娜雪说也是一样的。娜雪，可以吗？”

蓝光一闪，娜雪出现在房间中，它有意无意地扫了天痕一眼，顿时给天痕一种全身发冷的感觉。

天痕将地图放在娜雪身前，指着上面标注的红色区域，道：“娜雪，请你给我们解惑。”

娜雪不太喜欢天痕，它始终都能感觉到天痕身上有一种足以威胁到蓝蓝的危险气息，但是，当它看到这张地图时，脸色顿时变得有些苍白，道：

“你们不是还要去这几个地方吧？千万别去，你们去这些地方绝对是有去无回。”它嘴上如此说着，视线却始终停留在最下面的黑色区域上。

蓝蓝微笑着道：“不，娜雪，你误会了，我们不是要去这些地方，只不过想知道这些地方都有什么而已，你能告诉我们吗？我想，你对这些地方应该比较熟悉吧。”

娜雪长出一口气：“只要你们不去就行。你们人类还真是很聪明，标注的这几个地方，可以说是整个魔幻星上最危险的区域。第一个就不用说了，那是属于我的区域，你们愿意叫我水神兽也行，水魔也罢。在这张地图上标注的四个禁地中，我那里相对而言是最安全的，因为同其他三个禁地的圣兽相比，我是最弱小的。你们看——”说着，一根淡蓝色的冰锥出现在空气中，指着地图上第二个红色区域。

“这个禁地距离我那里很近，也居住着一只圣兽，它已经达到了神级，虽然在神级圣兽中它并不算强大，但它比我们次神级圣兽要强得多。要知道，在整个魔幻星上，达到了神级的圣兽总共也没有几只。”

天痕有些急切地问道：“那里的神级圣兽到底是什么呢？”

娜雪用冰冷的目光扫了天痕一眼，道：“你就别痴心妄想了，即使是一只地级圣兽也足以置你于死地，神级圣兽可能只需要一个眼神，就可以将你毁灭于无形。生活在这个区域的圣兽，就是风神之豹，也称为神风豹，它可以说是最强大的风系圣兽，魔幻星上所有拥有风之力量的圣兽都臣服于它。它所在的区域是一个叫神风谷的山谷，山谷中没有任何植物，还经常出现旋风。正是因为有神风豹的存在，这些旋风才不会影响到魔幻星。谁也不会去那里打扰它，像你们这种能力弱的，恐怕刚进入山谷就会被旋风撕得粉碎。”

“风系圣兽啊？”天痕的眼中流露出一丝失望，目光转向最后一个红色区域，道，“这里应该就是你和小不点所说的空间系圣兽所在的地方了吧？”

娜雪点了点头：“对，那也是一个山谷，属于空间系圣兽白凤和烈龙的山谷。”它用嘲弄的语气对天痕道，“你是运用空间系力量的，它们倒是合适你，不过，在两只神级圣兽面前，你又能有什么作为？即使它们不攻击你，而且其中一个还愿意成为你的伙伴，但是，白凤和烈龙斗了那么多年，恐怕只要双方任何一个的力量突然减弱，立刻就会招来对方的全力攻击，到时候，不光你要死，连同与你签订契约的那只神级圣兽也会死。”

天痕心中不断涌出各种念头，“空间系圣兽”这五个字足以令他心生强烈的渴望，如果能拥有一只空间系圣兽作为自己的伙伴，那该多棒啊！

蓝蓝微笑着道：“娜雪，你就不要冷嘲热讽啦，见识了你的实力后，我们又怎么会再去招惹那些强大的圣兽呢？等以后有机会，我们一起帮天痕在魔幻星上寻找一只足够强大的圣兽做伙伴吧。以我们大家的实力，或许有可能找到一只天级的圣兽，当然，前提是那只圣兽自己愿意跟随天痕才行。你继续说，这最后的区域到底是什么？我最感兴趣的就是这个禁中之禁。”

娜雪瞥了蓝蓝一眼，苦笑道：“你最好还是别感兴趣。这禁中之禁标注得非常准确，这里是整个魔幻星上最危险也是最邪恶的区域，这里有我们所有其他圣兽共同的敌人。给你们讲一个有关魔幻星的故事吧。”

蓝蓝、夜欢和天痕三人一听娜雪要讲故事，赶忙聚精会神地看着它。

天痕相信自己的判断，这个黑色区域一定与黑暗气息有关。

娜雪眼中闪过一道恐惧的光芒，徐徐说道：“这个黑色区域，不光对你们人类来说是禁地，对我们圣兽来说也是绝对的禁地。无数年以前，魔幻星上圣兽的数量是现在的十倍，几乎在任何地方都能看到各种各样强大的圣兽。那时候，圣兽根本没有低、中、高级之分，最弱小的也有地级的实力。

按照使用能力的不同，我们圣兽分为七大类，分别对应你们现在所拥有的七种能力，分别是光明系圣兽、黑暗系圣兽、空间系圣兽、水系圣兽、火系圣兽、土系圣兽以及风系圣兽。那时候，数量最多、能力最强的两类就是光明系圣兽与黑暗系圣兽，这两类圣兽的数量相加几乎是其他种类圣兽的总和。你们都知道，光明与黑暗就像水与火一样，是天生的敌人。从不同种类圣兽诞生的那一天起，斗争的命运就注定了无法改变。”

说到这里，娜雪眼中闪动着晶莹的泪花：“或许你们不相信，原本的魔幻星和魔幻太阳都不是现在这个样子，以前的它们至少有现在的百倍那么大，原本的魔幻星也没有被异空间风暴所笼罩。魔幻星变成现在这个样子，都是因为一场战争，我们圣兽称那场战争为灭世之战。如果不是伟大的超神级圣兽光明之神带领我们将邪恶的黑暗之神击败并封印，恐怕魔幻星早已经不存在了。”

天痕忍不住插嘴道：“超神级圣兽光明之神？那是什么形态的圣兽呢？”

夜欢瞪了天痕一眼，不满地道：“你别插嘴，继续听娜雪说故事。”

娜雪眼中闪烁着崇敬的光芒：“光明之神并没有特定的形态，它可以以任何一种形态存在。它才是真正最强大的圣兽，它的力量是不可想象的。每一次它都是在金色光芒的笼罩中降临，没有谁能看到它的本体。在魔幻星上，它永远是我们圣兽的最高统治者。”

说到这里，娜雪又温和地回应夜欢：“没关系，就算他不问，我也要将光明之神的故事讲给你们听。因为在那场灭世之战中，光明之神占据着绝对的主导地位。”

娜雪顿了顿，又陷入了回忆之中，继续道：“那场战争是恐怖的。虽然以前魔幻星上的各类圣兽彼此之间也经常会产生矛盾，但那些矛盾只局限在一小部分区域而已。在不断的繁衍生息中，我们魔幻星达到了空前强盛的状态，尽管我们并不像你们人类那样能拥有科技，但是，以我们的能力，可以凭肉身穿越空间，次神级以上级别的圣兽都可以在周围的星球之间游走。然而，就在我们处于安逸的生活中时，灾难爆发了。爆发的起因是一只神级的光明系圣兽无意中毁坏了黑暗之神的特殊印记。”

“特殊印记？那是什么？”这回插话的是蓝蓝。

娜雪道：“特殊印记是一种灵魂的依托，也是黑暗之神确立自己的权威和统治区域的标志。其实，那只光明系圣兽并不是故意的，黑暗之神的特殊印记实在是太特殊了，竟然是用能量形成的一颗果实。刚巧那只光明系圣兽不熟悉黑暗系圣兽的情况，在无意中将那颗果实拿来充饥了。结果可想而知，黑暗之神暴怒。本来黑暗系圣兽与光明系圣兽就是天生敌对的，如此一来，黑暗之神带领自己的手下，向其他种类的圣兽发起了毁灭性的战争。”

天痕心中一紧，疑惑地问道：“那既然是光明系圣兽与黑暗系圣兽两类圣兽之间的问题，为什么会牵连其他种类的圣兽呢？”

娜雪冷声道：“你以为黑暗系圣兽是善类吗？它们本身早就有了侵略之心。对于其他种类的圣兽，它们从来都是不屑一顾的，它们的目的只有一个，就是让魔幻星完全变成黑暗的世界，它们不但要驱除光明，还要驱除一切不属于黑暗世界的气息。”

说到这里，它叹息一声，道：“其实，我们其他种类圣兽的实力也不弱，但是，我们做不到像光明系圣兽和黑暗系圣兽这两类圣兽那样团结。当黑暗系圣兽发起毁灭性的战争时，我们的结局就只能是被吞噬。

“黑暗之神利用它强大的黑暗之力，在最短的时间内带领手下占领了魔幻星三分之一的区域，区域内的所有非黑暗系圣兽都被充满腐蚀性的黑暗气息毁灭。那时，黑暗之神带领的黑暗系圣兽所占据的区域内只有两个颜色，那就是黑与红，血之红。”

或许是感受到了娜雪话语中的恐怖，熟睡中的小不点睁开眼睛，身体蜷缩在一起，它竟然在微微发抖。夜欢赶忙走到床前将小不点抱在怀中，就像母亲抚慰孩子一般，轻轻地抚摸着小不点柔软光滑的皮毛，这才让它发自内心的恐惧减弱了一些。

“难道你们各种类圣兽就没有进行反击吗？”天痕问出了心中的疑惑。

娜雪摇了摇头，道：“你以为实力就是数量相加那么简单吗？黑暗之神拥有绝对强大的实力，在它的黑暗气息的笼罩下，所有黑暗系圣兽几乎都是不死的。那个时候，黑暗系圣兽的力量之强大已经超过了光明系圣兽。”

说到这里，娜雪眼中多了一丝神采，声音也随之变得高昂：“就在所有圣兽都处于恐慌之中时，光明之神终于出现了，是它用自己的力量阻止了黑暗系圣兽侵略的步伐。”

第64章

超神级圣兽的传说

蓝蓝眼中流露出兴奋的光芒，开心地道："最后的结果一定是光明之神战胜了黑暗之神，使整个魔幻星重新恢复了太平，对不对？"

娜雪苦笑道："如果真是那么简单，又怎么称得上是灭世之战呢？虽然超神级圣兽光明之神带领光明系圣兽阻止了黑暗系圣兽侵略的步伐，但是，在与黑暗之神的战斗中，光明之神三战三负，那时候黑暗之神的实力已经凌驾于所有圣兽之上，光明之神也只能暂时阻止它。"

蓝蓝惊呼出声："什么？光明之神竟然打不过它？可是，邪恶怎么能战胜正义呢？"

娜雪无奈地道："其实，站在我们的立场来看，黑暗之神一方自然是邪恶的，但站在黑暗之神一方的立场来看，它们会觉得我们才是邪恶的。正义必能战胜邪恶，那只是你们人类的遐想而已。

"一场场大战在魔幻星上展开，光明之神和黑暗之神的强大力量的碰撞导致整个魔幻星都处于灾难之中，所有的植被和各类圣兽都遭到了毁灭性的打击，整个魔幻星表面不断被强大的力量所侵蚀，魔幻星的体积随之缩小，圣兽的数量急剧减少。

"但是，黑暗之神依旧没有罢手的意思，每一次战胜光明之神，它都会立刻带领自己的手下占领更多的区域。当光明之神第三次战败后，魔幻星上已经有三分之二的区域被黑暗势力占领。那时，我们圣兽都以为毁灭性的灾难即将降临，黑暗之神带给我们的将是彻底的毁灭，即使魔幻星最后依然存在，那也只会成为黑暗之神统治的黑暗世界。所有次神级以下的圣兽都无法适应环境的剧烈变化，不等黑暗之神攻来，它们就已经陆续死去。各种疾病乃至瘟疫在圣兽之间传播，魔幻星被一片死寂所笼罩。”

说到这里，娜雪缓缓低下了头，泪水滂沱而下，身体微微地颤抖着。

虽然天痕三人明知道最后的结局是光明之神战胜了黑暗之神，但听娜雪说到这里，还是不禁被它那悲伤的情绪所感染，一时间，房中的气氛很低沉。

小不点见娜雪伤心得无法再说下去，便接口道：“最后的胜利是属于我们的，但是，我们也付出了巨大的代价。你们知道为什么我们如此尊敬光明之神吗？那是因为，光明之神为了给我们重生的希望，牺牲了自己的生命。

“黑暗之神带领黑暗系圣兽大军，向我们发起了最后的冲击，那时，我们根本无法再抵挡，就在我们以为魔幻星将会变成黑暗世界之时，光明之神爆发了。为了给我们留下生的希望，它燃烧了自己有限的生命力，引动魔幻太阳的能量注入自己体内。那一战惊天动地，至少有九成圣兽在那场灭世之战中死去。在那一战中，不论是黑暗系圣兽还是我们其余种类的圣兽，数量都急剧减少。

“黑暗之神虽然强大，但是，它的力量终究是有限的。光明之神本就跟它属于同一个级别，在魔幻太阳的辅助下，光明之神终于得以第一次也是最后一次战胜了黑暗之神。魔幻太阳的能量被光明之神所用，魔幻星在两只超神级圣兽的力量的作用下，最终被销蚀得只有现在这么大。

“光明之神虽然获胜了，但直到最后，光明之神也只能将黑暗之神和剩余的黑暗系圣兽全部归拢在一起，封印在魔幻星的某个角落中。尽管无法消灭它们，但光明之神借助魔幻太阳爆发出的强大的光明之力将它们完全压制，使它们无法冲破封印，只能待在那一片黑暗的地域之中。那时，整个魔幻星一片荒芜，没有了任何植物和能够饮用的净水，魔幻星已经不再是以前那颗生机勃勃的星球了。”

天痕倒吸一口凉气：“这么说来，灭世之战就相当于我们人类的核战争，威力大得能将整颗星球完全毁灭。那后来怎么样了？为什么魔幻星又能恢复到现在这个样子呢？”

黑暗之神竟然给魔幻星带来了如此大的危机，天痕心中不禁对黑暗势力产生了一丝怀疑，自己真的能让黑暗势力成为正义的力量吗？

小不点轻叹一声，眼中充满了悲伤：“是光明之神拯救了我们，那时候，它燃烧了自己的生命力来引动魔幻太阳的能量。其实在打败黑暗之神后，它原本还有一线生机。可是，为了给其他圣兽重建家园，它将自己的生机给了我们，它燃烧了自己全部的生命力，最终整个身体都融入了这魔幻星之中。

“魔幻星上，原本因为灭世之战而不断发生的地震、火山爆发，都在光明之神的身体融入魔幻星的瞬间消失了，它用自己最后的力量将破损的魔幻星融合成一颗全新的星球，给这片土地带来了生机，令植物重新生长，山川河流再次出现，那是创世的力量啊！

“从那时开始，光明之神就成了我们所有圣兽的首领，永远不可替代的首领，真正类似于神的存在。”说到最后，小不点的声音不禁激昂起来。

半晌后，它激昂的声音逐渐变得低沉：“尽管光明之神已经全力以赴，但是有些事情还是不可避免地发生了，在灭世之战后，由于某种不明原因，整个魔幻星周围出现了强大的异空间风暴，也就是现在的样子。如果不是你们人类出现，恐怕我们圣兽永远不可能再到其他星球上去。虽然我们能在异空间中生存，但是我们无法突破异空间风暴。”

娜雪郑重地点了点头，甩掉脸上的泪水，道：“不错，小不点说得对，是光明之神给了我们重生的机会。你们这张地图上标注的禁中之禁，就是封印黑暗之神和那些黑暗系圣兽的地方，你们说，那里能不被称为禁中之禁吗？虽然过了这么多年，大部分的黑暗系圣兽很有可能已经死亡，黑暗系的整体实力也被削弱了，但黑暗之神是绝对不会死的，只要有它在，那里就还是魔幻星最危险的禁地。”

天痕深深呼出一口气：“娜雪、小不点，谢谢你们告诉我们这么多，我们一直都不知道，原来魔幻星经历过那样的灾难。”

娜雪摇了摇头，道：“谢什么？我们只是想让你们知道魔幻星以前的情况而已，现在的圣兽大部分都是在灭世之战后才出现的，只有极少数像我们这种次神级及以上的圣兽才经历过那场战争。所以，我希望你们以后收服圣兽为伙伴的时候，能够多替它们考虑考虑，不要只顾自己的利益。强大的力量虽然可以让一个人占据统治地位，但想要收服人类或者其他生物的心，不是光靠力量就能够做到的。”

蓝光一闪，娜雪回到了蓝蓝的脖子上。

小不点也收敛心神，伏在夜欢怀中闭上了眼睛，刚才的回忆好像让它非常疲惫。

是啊！如此沉痛的回忆，谁又愿意提起呢？

天痕看向还沉浸在故事中的蓝蓝和夜欢，道：“几位审判者都不在，你们这段时间准备干什么呢？”

两人被天痕的声音惊醒，蓝蓝道：“我们的等级都掉了一级，我和夜欢姐商量过了，准备闭关修炼，咱们小队的绝大多数成员可能都是这么打算的。魔幻星上拥有充足的能量分子，趁着几位审判者不在的这段时间，尽量提升我们的能力吧。你也见识过娜雪和小不点的实力了，跟它们相比，我们现在还差得太远，只有努力将自己的力量提升上去，才能让娜雪和小不点变得越来越强。”

天痕点了点头，道：“是应该修炼一段时间，那我就不打扰你们了，等几位审判者回来后咱们再见吧，我先走了。”

天痕向蓝蓝和夜欢打了个招呼后，转身走出了她们的房间，随手带上房门。

天痕眼中闪过一道冷厉的光芒，他已经知道了自己想知道的一切，即使知道有危险，他也不想轻易放弃。

他回到自己的房间，看到塞里依旧在沉睡。

天痕躺在床上，闭上双眼，他并没有开始修炼，而是在回忆先前娜雪所说的话。神风豹显然不适合自己，根据自己体内的异能，只有两个选择，那就是空间系圣兽或者黑暗系圣兽。这两种圣兽的数量都十分稀少，尤其是黑暗系圣兽，恐怕只有在那禁中之禁才有，很显然，那里很危险。自己到底该如何抉择呢？他真的只能寻找一只地级或者天级的空间系圣兽作为伙伴吗？那样确实比较安全，有两只达到了次神级的圣兽在，应该可以轻易达到目的。但是，那并不符合自己追求强大的原则。

前几天的跋涉令天痕有些疲倦，在胡思乱想中，他渐渐进入了梦乡，这也是他来到魔幻星后，第一次没有修炼，而是直接睡觉了。

在睡梦中，他仿佛听到有一个声音在呼唤自己，那声音一直蛊惑他去一个什么地方。

天痕想从睡梦中挣扎着清醒过来，但是，梦境始终缠绕着他，听着那奇怪的声音，伴随着恐惧和不安，他睡得极不安稳。

清晨，阳光透过简易的木窗照射在天痕的脸上，魔幻太阳带来的温暖令他渐渐清醒过来。

他睁开眼，吃惊地发现，自己全身已经被冷汗浸透，体内的宇宙气和空间系异能异常安静，而自己一直掩饰着的黑暗系异能却异常活跃地在体内游走，仿佛吸收了什么力量似的，明显有一些增幅。

他用精神力连接生物电脑，一条信息传入他脑海中：“异能等级十七，宇宙气三段二级。”

天痕惊讶地坐了起来，自己的异能等级竟然提升了一级，这是怎么回事？自己明明没有修炼啊！即使修炼了，也不可能只用一个晚上的时间就有所提升吧？经过过去三个月的修炼，他的空间系异能应该已经达到了十七级，但是，黑暗系异能……难道说，睡了这一觉之后，黑暗系异能自行提升了？

这怪异的现象令天痕百思不得其解。

“哎，睡得真是舒服啊！”塞里躺在床上伸了个懒腰，然后睁开眼睛看向天痕这边，惊讶地道，“兄弟，你怎么了？脸色这么难看。”

此时天痕的脸色异常苍白，没有一丝血色，额头上隐现汗珠，目光呆滞，似乎变傻了一般。

“啊！大哥你醒了？我没事，只是昨天晚上睡得不太好，咱们从昨天下午一直睡到今天天亮。”天痕从沉思中回过神来，赶忙掩饰着体内的黑暗气息。在温暖的宇宙气的滋润下，他顿时感觉舒服了许多，脸色也逐渐变得红润。

塞里坐起身，拍了拍自己圆滚滚的肚子：“没事就好。还真是有点饿了，待会儿咱们出去找点吃的吧。现在审判者们不在，咱们也不能跑远了，看来，我也只能在附近寻一些植物来做研究了。兄弟，你还要闭关修炼吗？

我做研究会不会吵到你？”

天痕摇了摇头，道：“大哥，我想跟你商量一件事。”他的目光中闪烁着坚定的光芒，如果不这样做，他恐怕一辈子都不会安心。

塞里一愣，道：“什么事？你说吧。咱们兄弟之间还说什么商量，大哥能帮你的一定会帮。”

天痕深吸一口气，道：“大哥，我想再出去四处走走，寻找适合自己的圣兽。现在大多数队友都已经进入了修炼状态，但是，我……”

“什么？！”不等天痕说完，塞里惊呼出声，在娜雪所在区域的经历让他心有余悸，他有些尴尬地道，“兄弟，别的事还好说，可是，这魔幻星上实在太危险，你大哥我实力又弱。我看，我们还是等几位审判者回来，生命安全有一定保障后再说吧。你先利用这段时间增强自己的实力。”

天痕微微一笑，道：“大哥，你误会了，我并不是想让你跟我一起去，我想自己一个人出去走走，见识、游历一番。”

“你自己去？”塞里皱了皱眉，“但是，魔幻星上有多危险你也都看见了，要是再遇到一只强大的圣兽，又没人在你身边，恐怕你会有危险。算了，看你的样子，也知道你不会改变主意。胖子我就舍命陪君子吧，有我在你身边，多少还是要好一些吧。”

天痕心中一暖，他知道塞里是担心自己的安危，但他此行的目的地是魔幻星上那两个极危险的地方，又怎么能带塞里前往呢？自己能不能活着回来还是个未知数，如果带上塞里，他就更没有把握了。

天痕站起身，走到塞里身前，按住他厚实的双肩，微笑着道：“不用了。大哥，你来魔幻星主要是做研究的，我怎么能占用你太多的时间呢？你放心吧，我只会在咱们基地周围的安全区附近活动，一有危险，我退回来就是了。你兄弟我逃跑的本事还是有的，你安心留在这里等着我就是了。其实我就是待不住，之前修炼的那几个月，我都快闷死了。这次出去，我会尽快返回的，你只管做你的实验，说不定你实验还没做完我就已经回来了，如果我在路上看到什么新奇的植物，也会给你带回来的。”

塞里疑惑地看着天痕，道：“你真的只在安全区附近活动吗？如果是那样的话，问题倒不大，普通的圣兽伤不了你。”

天痕笑着点头，道：“是啊！就算打不过，我还可以跑嘛。不过，我出去毕竟是违反审判者命令的行为，大哥，你可要替我保密。要是洛严队长或者蓝蓝他们问起来，你就说我在房间闭关静修，不能被打扰。多则一个月，少则十天，我一定会回来的。”他已下定决心，就不会再有任何改变。

塞里无奈地点了点头，道：“那好，你在外面一定要注意安全，千万别因为一时的好奇葬送了自己的性命。”说着，他从包里拿出十几管高级营养液递给天痕，道，“这些你拿着，我也只剩下这十几管了，你要是快去快回应该够用。再不行你就吃我给你的那个可以恢复体力的药，那个没有任何副作用，你尽管放心吃。不过，你可一定要快点回来，要是过了一个月还见不到你，我就要告诉大家了，别让我担心。”

天痕没有推拒，他将高级营养液放进空间袋：“大哥，那我现在就走，你一定要替我保守秘密。”

告别塞里后，天痕走出房间。

塞里并没有多想，起来活动了一番，吃了点东西后，他就全身心投入了实验之中。

天痕没有惊动任何人，他眼中流露出一丝坚毅的光芒，利用弧线飞行法，顺着上次离开基地时的路，闪电般飞走了。

以超声速在树林中穿行，其他异能者恐怕连想都不敢想，但是天痕做到了。他凭借强大的精神力，在树林中以弯曲的路线前进。他宛如蝙蝠一般，敏锐地探知并避开前方所有的障碍，自由地在树林中飞翔。

天痕前进的速度可以用“风驰电掣”来形容，不过短短半天的时间，他已经来到了当初遇到娜雪的禁地外围，飘身落在地面上。

持续飞了半天，天痕已经有些疲倦了。他向四周看了看，找到一棵大树坐了下来，先灌了一管高级营养液补充体力，然后摊开地图仔细地查看。

地图上显示，这里离下一个禁地非常近，以超声速飞行的话，最多只需要半个小时就能到达神风豹所在的神风谷。

这时，天痕听到了轻微的脚步声，他凝神看去，只见两只通体雪白，似狼又似狗的圣兽正用棕黄色的眼睛看着自己，其中一只还发出低低的咆哮声。

天痕心中一紧，赶忙从地上站起来，能出现在禁地边缘的圣兽，实力自然非同一般。此时天痕的实力处于巅峰状态，离开基地后他就戴上了黑暗面具，先将无极徽章佩戴于胸前，左手中还攥着摩尔赠送的拟态珠。

两只雪白的圣兽小心地向天痕靠近，见天痕注意到了它们，赶紧示威似的发出咆哮声，露出雪白的利齿。

天痕看着它们，无奈地道：“别惹我，我身上肉少，味道也不好。”

两只圣兽似乎听不懂天痕的话，与此同时，周围的气温突然降低了许多，淡淡的白色光芒从两只圣兽身上散发出来。

天痕不禁打了个寒战，他知道，这一战是免不了了，看来，自己以后还是不要轻易落在地面上，免得遇见不友善的圣兽。

天痕如此想着，眼中寒光四射，身形一晃，直接用出了黑暗面具的裂影能力，身体化为七八个虚影，不断在原地晃动，使对方摸不清自己所处的真实位置。

他并不想与圣兽为敌，只是想尽快离开这里而已，前路还有很多未知的风险，多节省一分力量都是好的。

见天痕施展出裂影，两只圣兽愣了一下，但它们的反应速度远远超乎天痕的想象。周围突然变成了一片白色的世界，寒气降临，一切都像被白雪覆盖了一般。

天痕心头一紧，他知道，这是圣兽的领域，能拥有领域的圣兽至少也是地级圣兽吧，这次自己能安全逃脱吗？

他一边想着，一边做出了反应，拟态珠配合黑暗面具，效果出奇地好。数个虚影分别向不同的方向飞去，而天痕则用最快的速度向上空冲去，只要逃离了两只圣兽布下的领域，看它们还有什么办法？

两只圣兽同时动了，冰锥出现，几乎覆盖了整个领域。

光芒闪烁，那些用拟态珠和黑暗面具制造出来的虚影依旧快速地飞动着，但是，圣兽通过冰锥找到了天痕。

天痕用空间盾将攻向自己的冰锥推到一旁，继续飞离圣兽的领域。正在这时，一只圣兽出现在天痕头顶上方，它的速度丝毫不比天痕慢。

光芒一闪，大片雾气出现，天痕只觉得眼前一阵模糊，正准备用出移形幻影的他顿时失去了对空间的判断力，无奈之下，他只得向地面落去，同时，他再次用出裂影，幻化出数个身影，使圣兽无法摸清他的动向，然后疾速向斜下方飞去。

打不过，我跑还不行吗？

这两只圣兽却丝毫没有要放过天痕的意思，整个领域中都蒙上了一层冰雾，正急速向前冲的天痕突然感觉到有一股巨大的压力从前方扑来，慌忙间他想刹车，却已经来不及了。

“砰”的一声，他撞在了一面冰壁之上。

剧烈的冲击令天痕全身剧痛，他直接向地面跌去，他清晰地感觉到，一股尖锐的气息正在飞快地向自己靠近。他猜测，如果那不是两只圣兽的牙齿，就肯定是它们那可以轻易撕裂自己身体的利爪了。

天痕心中腾起一团怒火，不过是两只畜生，自己竟然不能抵挡?

愤怒的天痕第一次在魔幻星用出了自己的另一种力量，黑暗气息出现，将他的身体包裹在内。由于有黑暗面具的掩饰，两只圣兽并没有发现他身上的黑暗气息。光芒闪烁，一只圣兽的利爪已经到了天痕身前。

“嗞”的一声轻响，天痕被一股大力撞倒在地面上，那只圣兽也没好到哪里去，黑暗气息在它的爪子上留下了痕迹。

紫色气流从雾气中升起，一股强大的气息硬生生地将雾气逼散。落在地面上的天痕缓缓地飘浮起来，他没有再用黑暗面具掩盖身体的气息，而是通体燃起了旺盛的紫黑色火焰。

两只圣兽匍匐在地面上，看着天痕，眼中流露出恐惧。

天痕冷冷地看着它们：“本来我并不想伤害你们，但是，既然你们要取我的性命，那就别怪我冷酷无情了。”

面对危险，他不得不施展出天魔变，地狱魔火比以往任何一次都要旺盛，十七级的异能在变异后产生了更强的气势。

天痕双手向外一按，地狱魔火瞬间变得更加旺盛，两只圣兽施展的冰雪领域顿时化为乌有。

冰与火本就相互克制。在地狱魔火面前，两只圣兽畏惧了，内心也开始打退堂鼓，但是，天痕怎么会让它们轻易离开呢?上次被娜雪压制时，天痕心中就憋着一股气，当着蓝蓝等三人的面，有力不能使的感觉令他极为憋闷，而此时，他不会再忍了。

紫色身影一闪，以肉眼难辨的速度扑向两只圣兽。白色光芒与紫色身影瞬间交织在一起，庞大的气息摧毁了方圆数十米内的一切植物。

速度与力量融合后的攻击力，是这两只圣兽无法抵御的。只见光影一闪，一只圣兽变成了紫色的雕塑，另一只则被天痕扼住咽喉提在半空中。

天痕口中发出一声长啸，犀利的眼神中带着浓浓的杀意，一鼓作气击杀了这两只圣兽。

紫色身影消失，空旷的地面只留下一堆紫色的粉末，粉末逐渐飘散，树林又重新恢复了寂静，只是，那一抹恐怖的杀机宛如有形的物体一般久久没有散去。

天痕继续向前飞行，思绪却停留在刚才那短暂的战斗上。他能够清晰地感觉到两只圣兽加起来的实力至少超过了掌控者，但是，他使用了天魔变之后，竟然完全压制了它们特有的攻击力，瞬间就将它们击败了。

虽然自己的力量又增强了，但是在使用天魔变时天痕心中出现了强烈的杀意，而且他发现自己根本无法克制住那股杀意，这令他内心颇为不安。

第65章

神风豹

刚才的战斗消耗了天痕两成左右的力量，此时，他已经变回了原来的样子，一边飞一边吸收魔幻星上浓郁的能量分子，以恢复自己体内的三种力量。

经过与两只圣兽的一战，天痕的信心又增强了几分，也更坚定了他要一探禁地的决心。

周围的景物不断地变换，此时，出现在天痕眼前的是一大片碧绿的灌木丛，灌木丛一直向远处蔓延，如同碧绿的海洋一般无边无际。

天痕放眼望去，胸怀顿时开阔了许多，他不再去想关于自己身上的杀意的问题，而是把那简单归结为两只圣兽带来的危机感。

碧绿的灌木丛中，偶尔能看到一些圣兽，让天痕比较欣慰的是，这些圣兽并没有袭击他，只是在灌木丛中嬉戏，而且他没有感受到地级以上的圣兽所带来的威胁，所以他放心地在这一片碧绿的灌木丛上方飞行。

由于没有了树木的阻拦，天痕的飞行速度更快了。他从怀中掏出地图看了一眼，知道自己就快接近神风豹所处的禁地了。

前方，一座座高山逐渐出现在天痕眼前，高山似乎环绕着什么，灰色的山体上寸草不生。到了这里，圣兽已经非常稀少，那碧绿的灌木丛一直蔓延到山脚下。

虽然对自己充满了信心，但天痕并不莽撞，神风豹是最强大的风系圣兽，他怎么能大意呢？他不再节省自己的力量，为了能够应付各种突发状况，他直接施展出天魔变，将力量提升到极限，同时，他戴上了黑暗面具，将自己的气息隐藏。从外表看，他已经变成了当初身处空中大竞技场的绿叶的模样。

眼看就要接近山谷了，周围的空气流动明显加速了，如果不是有天魔变的帮助，恐怕此时他飞行的速度将大受影响。

天痕再次看了一眼地图，通过生物电脑对方位做出了准确的判断，在距离山谷一千米左右的地方，天痕改变了前进的方向，直接朝着下一个禁地飞去。在他看来，只要不进入神风谷这一禁地之中，就不会遭受神风豹的攻击。

正当天痕准备用自己最快的速度离开这危险之地时，异变突然发生了。

一股青色的旋风铺天盖地般向他袭来，只是眨眼间，他已经被卷入那股青色的旋风之中，强大的压迫力限制了他的行动，即使他用出了天魔变的力量也无法从中挣脱。

一个巨大的身影带着淡淡的腥气出现在青色的旋风中，它体形优美，看上去充满了力量。

那身影赫然是一只豹子，足有普通猎豹十倍大的豹子。这、这难道就是风系圣兽中的最强者——神风豹吗？

中霆星，贫民窟之宁定城。

此时此刻，贫民们的心头被一片愁云惨雾笼罩着。贫民窟中央，那间不起眼的房子周围，黑压压地跪满了人。每个人的眼睛都是湿润的，不少人正低声啜泣，他们都红着眼睛在等待。

门开了，一个身穿一袭白裙，并不算美丽，却浑身散发着圣洁气息的身影出现在人们眼中。

“圣——女——”充满哀求的声音响彻整个贫民窟，大家的目光全集中在那圣洁的身影上，泪水不受控制地流淌而下。

百合看着周围的贫民，一向平静的心也变得波澜起伏。她强忍着不让泪水夺眶而出，缓缓抬起双手，白色的气流涌出，以她为中心向四周扩散，淡淡的白色光芒浮现，将每一个贫民笼罩，柔和、温暖的气息围绕着他们。

百合轻叹一声，双手向上托，贫民们在那白色光芒的笼罩下不自觉地站了起来。

百合柔和的目光中流露出一丝悲伤，她轻叹道：“对不起，我也不想就这么离去，但是，我能教你们的都已经教了。现在，在我们这个贫民窟中，已经有五分之一的年轻人进入了中霆综合学院学习，我相信，他们会将更多的知识带给你们。我并不是什么圣女，我只是希望能用自己的力量来帮助需要帮助的人。我想，大家应该都知道，在银河联盟中，并不是只有咱们这一个贫民窟，外面还有更多的人需要我去帮助。

“我已经安排好了，那些在中霆综合学院学习的朋友会接替我的工作。当我们这颗星球上再也没有空虚的灵魂之时，希望大家能将援助之手伸向其他星球，毕竟，我一个人的力量太弱小，只有大家共同努力，才能将‘贫民’这个词从银河联盟中抹去。百合不论在什么地方，都会真心地祝福你们。”说着，百合缓缓弯下腰，恭敬地向贫民们行礼。

“圣女，你不能走啊！你是我们心中的女神，如果没有你，我们这里或许早已经变成了坟地，没有你就没有今天的我们。”一个激昂的声音从人群中传出来，他的话说出了其他贫民的心声。

众多贫民如同潮水一般重新跪倒在地，苦苦地哀求着，希望百合能够留下来。

泪水顺着百合的面庞流淌下来，她缓缓地摇着头，轻声道：“对不起，对不起，我必须离开了。”

她凝望远方，轻叹一声，如同九天仙女一般飘飞而起，淡淡的金色光芒笼罩着她的身体，这场景既圣洁又唯美，令所有贫民陷入了寂静。

“天痕，对不起，百合不能遵守与你的约定了，如果可以的话，我希望你能做个普通人，或许那时百合会再来找你吧。别了，天痕。”

金光一闪，百合如同流星一般消失在贫民们的视野中。

强烈的失落感在每一个贫民心中蔓延，他们的精神支柱离开了，他们一时间如何接受得了？每一个贫民的眼神都变得空洞了。

“不，我们不能让圣女就这么离开！”人群中，一个声音响起。

他的话立刻赢得了所有人的赞同：“对，我们不能让圣女离开！”

“即使她走了，她也永远留在我们心中，她是上天派来拯救咱们贫民的女神。我建议，让我们永远将她记在心中，大家说好不好？”年纪最大的老人站了出来，他眼中闪烁着晶莹的泪花，说出了心中的想法。

“好，我们永远都要爱戴圣女，牢记她教授的知识，要尽力帮助更多的人。”

“圣女，圣女，圣女……”

作用在天痕身上的那些力量，宛如一个个小旋涡不断挤压着天痕。那青色的旋风完全限制了他的行动，他根本挣脱不了。

天痕的心都凉了，看着那逐渐出现在自己面前的巨大身影，他知道，这就是最强大的风系圣兽神风豹，它带给他的只有死亡的威胁。

当娜雪说神级圣兽只需一个眼神就可以杀死他时，他还认为自己有天魔变，至少可以逃跑，但是，此时天魔变的力量正飞快地消耗，而他根本无法挣脱身体周围的青色旋风。即使是地狱魔火，在那青色旋风的压迫下也完全无法施展。

神风豹的身体是青色的，这同天痕印象中的豹子截然不同，它修长而优美的身体上肌肉线条分明，每一个简单的迈步都散发着王者之气，身上有着如同旋涡般的青黑色斑纹。可笑的是，神风豹的额头上竟然有一个黑色的“王”字纹路，同老虎有些相似。它碧绿色的眼睛宛如两块绿色的水晶一般，脸上没有任何表情。在青色旋风的包裹中，它缓缓走到天痕身前。

天痕露出一丝苦笑，难道自己今天就要葬身在这里了吗？这神风豹的实力绝不在审判者之下，就算自己吃了塞里给的保命的药，也无济于事。

对力量的渴望使天痕陷入了绝境，他万万没想到，自己最后的归宿竟然是一只风系圣兽的肚子。

面对死亡的威胁，天痕反而冷静下来，他缓缓地闭上双眼，至少，他不能睁眼看着自己死去。

神风豹喷吐气息时带来的腥气越来越浓烈，眼看一切就要结束，天痕已经无力回天，他在心中默默地说道：爸、妈，对不起，儿子不能给你们尽孝了。

正当天痕彻底绝望之时，他身体周围的压力突然消失了，天魔变瞬间爆发，在他身体周围腾起一团黑色的火焰。杀意阵阵上涌，促使他睁开了眼睛。

他惊讶地发现，自己已经来到了另一个陌生的地方，周围没有丝毫生机，只有灰黑色的山壁。令他感到恐惧的是，在这片山谷之中，竟然有十几股旋风，正在快速地移动着，或许是因为灰尘和一切可移动的东西都已经被旋风卷走了，山谷中显得分外干净。而他所在的地方被一层淡淡的青色光芒所笼罩，那看似极强的旋风竟然无法接近这青色光芒。

这应该就是神风豹生活的山谷吧？难道，它想把我带回来戏耍吗？如果是这样，我拼死也要维护自己的尊严。天痕心想。

天痕目光冷厉地看向前方十米处的神风豹，地狱魔火围绕着他的身体流转，虽然已经消耗了很多能量，但他相信，只要自己集中全部的力量拼死一搏，定能再次使出异空间·大次元斩。就算这一击不能杀死神风豹，至少自己努力过就不会后悔。

天痕看着神风豹，神风豹也看着他。突然，神风豹匍匐在地，碧绿色的大眼睛中流露出一丝哀求："英雄，请帮帮我吧。"

这一幕令正在偷偷积蓄力量的天痕差点晕倒，刚刚集中的力量顿时散了一半，天痕下意识地后退了一步。

"英雄，小心！"神风豹关切地看着天痕，眼中碧光一闪，天痕的身体随之被往前拉动了一米。

天痕这才发现，刚才自己后退一步，险些退出了青色光芒的保护范围。他的裤腿刚才露出了青光之外，此时已经被绞得粉碎，可见外面的气流有多么狂暴。

"英雄，你可要小心，千万别走出我这青色光芒的笼罩范围，否则，你的身体恐怕无法承受外面的气流。你这是什么火焰，怎么一点都不热呢？"神风豹有些天真地看着天痕，它的样子看上去一点敌意也没有。

天痕当然不会因为神风豹的话而放松警惕，他收敛自己的气息，道："你抓我回来想干什么？要杀我就赶快动手，想戏耍我却不行！"

"不不不。"神风豹连连摇头，哀求地看着天痕，道，"英雄，我可没有要伤害你的意思，我、我只是想求你帮个忙。"

天痕一愣，道：“帮忙？你是神级圣兽，还用得着我帮忙？”

神风豹点了点头，道：“英雄，虽然我是神级圣兽，但是，我也有很多难处啊！被困在这个鸟不拉屎的地方，我都快烦死了。英雄，你就好心帮帮我吧。我想离开这里，到外面的世界去看看。”

天痕此时才有几分相信，看着神风豹那一脸乞求的样子，道：“你如此强大，谁还能将你困在这里？想离开，你自己离开就是了。”

神风豹苦笑道：“英雄，我要是自己能走，不早就走了吗？我是风系圣兽中最强大的神级圣兽，也是唯一的风系神级圣兽。英雄，麻烦你耐心一点，我先给你讲个故事吧。在很久以前，本来魔幻星不是这个样子的，那时候，爆发了一场灭世之战……”

神风豹摇头晃脑地讲述着，一副回忆过去的模样，配合它那高大的身材，显得异常可笑。

“打住。”天痕阻止神风豹再继续说下去，此时，他才暗暗松了口气。这神风豹虽然看上去强大，实际上单纯得很。

“不要再说了，你说的灭世之战我知道。你就直接说你为什么无法离开这里吧，需要我怎么帮你？”

“英雄……”

神风豹刚说了两个字，又被天痕打断了：“别叫我英雄，我可不是什么英雄，我的名字叫天痕，你直接叫我名字就好。”神风豹口中叫出的“英雄”二字，听得天痕直起鸡皮疙瘩。

“英……好，好，天痕是吧。是这样的，当初，灭世之战使我们风系圣兽的数量锐减，我的父母本来都是神级圣兽，那场浩劫让它们死于可怕的瘟疫，它们死后，我就成了唯一一只神级的风系圣兽。

“当光明之神用它的力量重新恢复魔幻星的生机时，不慎遗漏了一个地方，就是这个山谷。这里仍然留存着异常的能量，山谷有一个风口，使这里总能产生各种旋风，如果旋风离开山谷，整个魔幻星恐怕会遭到强烈的破坏。所以，光明之神用最后的意识通知我，让我镇守在这里，守住这个风口。我已经在这里待了不知道多少年，我好寂寞啊！英雄，哦，不，天痕兄弟，你就带我走吧。”

天痕听完呆了，问道：“我带你走？你走了这个山谷怎么办？你刚不是说了，如果你离开这里，这里的旋风就会离开山谷去魔幻星肆虐吗？你不会想成为魔幻星的罪人吧？”

神风豹是风系圣兽，并不能成为自己的圣兽伙伴，即使可以，天痕也不愿意因为自己一时的好心而导致异能者的乐园魔幻星遭到破坏。

神风豹连连摇头：“笨，我真是笨，多年没有与外界交流，我怎么连话都说不清楚了？现在这里已经不是当初的样子了，我在这里待了这么多年，已经将这个风口彻底封死，你看到的这些旋风，其实并不是那个风口制造出来的，而是我用来锻炼身体和玩耍的工具。只要你同意带我走，我可以让它们立刻消失。虽然制造这么多旋风很困难，它们也很珍贵，但只要能离开这里，其他的我都顾不上了。”

天痕目瞪口呆地看着神风豹，这就是神级圣兽的实力吗？外面那些看起来可以倾覆一切的旋风竟然是它制造出来的，这简直太不可思议了。

尽管十分震惊，但天痕的脑子还是清醒的，他警惕地问道：“既然你已经将风口堵死了，那你完全可以放心地自行离开，又何必求我？”

“不，不，我当然要求你，有两个原因。首先，当初我向光明之神发誓，要镇守在这里，绝不会自行离开。我不能违背自己的誓言啊！但是，如果你们人类通过契约带我离开，那就不能算是我违背誓言了。是你们将我带走，而不是我自己走的，光明之神地下有知，也不会怪我这小豹子的。”

天痕差点笑出声来，还小豹子呢，就它这块头，要是在银河联盟出现，肯定会被当成怪兽抓起来不可。

他尽量忍着不让自己笑出声来，问道：“那另一个原因呢？”

神风豹道：“另一个原因是，我曾经接触过你们人类的思想，才知道魔幻星外面的世界竟然那么精彩。魔幻星周围的异空间风暴对我们圣兽有着极强的破坏力，虽然我们能在异空间生存，但即使是我，也无法破开那异空间风暴跑出去，只有与你们签订了契约，我才能看到外面美丽的世界啊！英雄，看在我苦苦守候了这么多年的分上，你就带我走吧。”

天痕看着神风豹那可怜的样子，不禁生出一丝怜悯：“是啊！你自己一个人在这里确实很寂寞，也应该出去走走了。”

神风豹大喜：“那这么说，你同意了？”

天痕摇头道：“不，我没同意。我不能带你离开这里，实在对不起。”

神风豹瞬间失望，神色黯然地趴在地上，像一个孩子似的，有些哽咽地道：“为什么？难道我不配做你的朋友吗？你就带我走吧，离开这里，我可以帮你做很多事啊！天痕兄弟，你就可怜可怜我吧。”

听着它哀求的话语，天痕差点就答应了，他好不容易才忍住心中的冲动，柔声劝慰道：“神风，不是我不想带你离开，而是我的力量与你的并不是同一属性，如果我收你做圣兽伙伴，对我们两个都不太好。不过，你放心好了，我一定找一个人带你离开这里好不好？你已经在这里等了这么长时间，也不在乎再多等些日子吧？我想，或许不久后，我有一个朋友就会来到这魔幻星，他修炼的正是风系异能，他一定会很高兴收你做他的圣兽伙伴。”

神风豹黯淡无光的眼睛重新焕发出一丝神采：“真的吗？你不是在骗我吧？之前，有一个瘦得跟竹竿似的老头来这里，我本来想求他带我走的，那老头可比你厉害多了，至少我这里的旋风都伤不了他。可他一看到我，就跟看到了鬼似的，还没等我求他，他就跑得没影了。所以，今天我看到你出现，才会先将你抓进来再求你。你不会骗我吧？”

天痕“扑哧”一笑，他几乎可以肯定，神风豹所说的老头就是风系审判者沃马，估计地图上这禁地也是沃马标注的，没想到，堂堂风系审判者竟然被如此温顺的神风豹给吓跑了。

“神风，你放心吧。我根本没有骗你的理由，既然你接触过人类的思想，那你应该知道，哪一个人类成员不想让自己变得更强大呢？有你这神级圣兽做伙伴，我们求之不得呢！你放心，只要我那朋友一到达魔幻星，我立刻就带他来见你，让他和你签订契约。”

正所谓肥水不流外人田，天痕所说的朋友自然就是他的好兄弟风远了，风远要是知道天痕在魔幻星给他准备了这么一份厚礼，肯定恨不得能早些来这里呢！

神风豹还是半信半疑，它抬起一只前爪递到天痕身前：“你一定不能骗我，否则我会很伤心的，那样的话，后果会很严重哦。我已经熟悉了你的气息，如果你在带人来救我之前就离开了魔幻星，我就算违背誓言也要出去把你抓回来，说什么也要让你带我走。”

天痕握了握神风豹那厚实的爪子，笑道：“放心吧，我绝对会守信用的，何况这还是对我有利的事。不过你要答应我，不可以再吓唬来这里或者经过这里的任何人了，也不能同别的人类成员签订契约，一定要等我。我知道你很寂寞，我还会在魔幻星上待一段时间，一有空我就过来看你。说不定我还能给你带来些好玩的东西。”

神风豹眼睛一亮，站了起来，看着天痕，兴奋地道：“好啊！我都快无聊死了，虽然我不能成为你的圣兽伙伴，但我们可以成为朋友。”

天痕点了点头，微笑着道：“是啊！我们是朋友，现在就已经是了。”他一边说着，一边散去天魔变的力量，并将黑暗面具裂影的功能收回，露出了自己原本的模样。

由于先前的消耗，此时的天痕不禁感觉身体有些虚弱，他一屁股坐在地上：“刚才差点被你玩死，我先休息一会儿，等体力恢复后我就要离开了。哦，对了，你既然是神级圣兽，那你认不认识同为神级圣兽的白凤和烈龙？它们有没有跟你一样的打算，也想离开魔幻星呢？”

如果能够兵不血刃地得到一只强大的圣兽，自然是再好不过的事了。

神风豹瞪大眼睛，道：“你、你不是想打那两个变态的主意吧？它们和我可不一样，除了打就是打，一天到晚打个不停。尤其是烈龙，它的脾气很不好，如果遇到你们人类，它恐怕连一句话都不会说，直接就把你给灭了。”

天痕苦笑道：“没办法啊！谁让我是空间系异能者呢？我也不想同它们对抗，但是，我想找一只强大的空间系圣兽作为自己的伙伴。”

神风豹想了想，突然道：“你确定要去吗？”

天痕坚定地点了点头：“如果不是确定要去，又怎么会路过你这里，被你抓个正着呢？”

神风豹嘿嘿一笑，道：“既然你不怕死，那也不是绝对不可能的。看在你是我朋友的分上，我就告诉你一个关于白凤和烈龙的秘密，说不定你还真能与它们其中之一成为伙伴呢！虽然还是要冒险，但总比你乱闯要好得多。”

天痕眼睛一亮：“什么办法？快告诉我！神风英雄，小弟今后的前途就全靠你了。”

神风豹低头对天痕道：“办法其实很简单，但是想实现并不容易。你知道白凤和烈龙为什么一直打个不停吗？那当然是有原因的，而这个原因，就是你的机会。”

圣盟基地。

蓝蓝走出房间，此时夜欢还处于修炼状态，外面静悄悄的，她伸展着身体，准备去找些吃的。

正在这时，她突然看到一个鬼鬼祟祟的身影正悄悄地向基地外摸去。她心中一惊，下意识地跟了过去，离得近了，她才看清楚，那人正是胖子塞里。他不知道在自言自语些什么，正独自一人向基地外的森林走去。

蓝蓝心中起了戏弄塞里的打算，她悄悄地摸到他背后，突然大声喊道：“站住！”

塞里全身剧震，身上的肥肉一阵颤抖。他那可笑的样子顿时逗得蓝蓝开怀大笑起来。

塞里回过身，一看是蓝蓝，这才松了口气，怒道：“你干什么？不知道人吓人会吓死人吗？”

蓝蓝笑道：“谁让你一副鬼鬼祟祟的样子，天痕呢？”

塞里被蓝蓝吓得还没缓过来，下意识地道：“他自己出去找圣兽了。啊！我、我什么都没说。”

说完他才意识到自己说漏了嘴，但已经晚了。

蓝蓝全身一震，急道：“你说什么？天痕他竟然自己出去找圣兽了？”

蓝蓝本是个极聪明的女孩子，听了塞里的话，她顿时心念电转，猛地睁大双眼，惊呼道：“不对，天痕一定是去闯禁地了，怪不得他拿着地图，还特意去我那里询问了关于神级圣兽和超神级圣兽的事。完了，完了，他这不是去送死吗？胖子，你怎么不拦着他？”

听了蓝蓝的话，塞里心头一紧，难以置信地道：“不会的，天痕跟我说他只在基地附近走走。他不会那么傻吧？”

蓝蓝心中大急，有些生气地道：“怎么不会？你真是笨死了。我现在就去找他，你先别告诉其他人。”

她一边说着，一边迅速腾身而起，眨眼间便消失在塞里的视线中。

第66章

白风与烈龙

就在蓝蓝离开基地的同时，天痕已经悄悄摸到了第三个禁地。有了神风豹的指点，他对此行的信心增加了不少。

按照神风豹的指点，他悄悄地摸进白风和烈龙所在的禁地，用黑暗面具将自己的气息全部都隐藏起来，这才小心翼翼地向山上攀爬着。

这里同神风豹所在的那个山谷明显不同，山是绿色的，同魔幻星其他地方一样，都生长着各种茂密的植物。

为了更好地隐藏自己的气息，天痕前进的速度很慢，几乎完全是用走的，在空间系力量的作用下，他没有惊动所过之处的一草一木。随着海拔的升高，天痕越来越紧张，毕竟，他即将面对的是两只神级圣兽。

山峰高耸，据天痕估计，海拔至少有两千米。凭他的身体素质，攀爬这一座高山自然不会耗费太多体力，但由于过度紧张，他感觉心神比身体要疲惫得多。

终于，他来到了这座山的顶峰。据神风豹说，这里是整条山脉最矮的一座山，也是距离中心山谷最近的一座山。

天痕匍匐在长得很深的草丛中，得到了难得的喘息机会，有了黑暗面具的掩藏作用，连他的呼吸声也不会传出去。

他放眼向山谷内看去，只见整个山谷完全被一片绿色所覆盖，而在山谷的正中央，果然如神风豹所说有一个突起的小山包。

天痕极目远眺，虽然他的视力很好，但奈何距离过远，他无法看清楚那山包上是否有自己要找的东西。

他深吸一口气，闭上眼睛，开始调整自己的身体状况，只有保持最佳状态，他才会有更多的机会。

淡青色的宇宙气在他体内流转，他吸收着天地之间的灵气，渐渐融入大自然之中。他一边休息，一边等待机会。

神风豹告诉天痕，白凤和烈龙的警惕性非常高，它们非常喜欢阳光，每天正午时分，是它们晒太阳睡午觉的时刻，也是它们一天之中最放松的时刻，天痕等的就是这个时机。

时间一分一秒地过去，随着魔幻太阳的不断攀升，周围的温度逐渐上升。

宇宙气如丝如缕般凝聚在天痕胸口处，重新恢复了青色晶体的形态。天痕深吸一口气，双腿弯曲，双手撑地，整个身体如同将要离弦的箭一般蓄势以待。

天痕用意念切断了精神力与三种力量之间的联系，黑、白两色旋涡瞬间收缩，同时加速向他的胸口位置冲去，黑暗面具散发出一层淡淡的黑色光芒，将他的身体完全笼罩。

他深深地吸了口气，胸口处的力量骤然爆发，瞬间蔓延到他体内的每一个角落，他的肌肉变得更加结实，全身上下充满了爆发性的力量。他一咬牙，吞下塞里给他的第二颗防御药丸，为了得到高级别的圣兽伙伴，能力再掉一级他也愿意。

在天魔变和药丸的作用下，天痕此时的身体变得坚如磐石，他不再犹豫，身形一晃，在黑暗面具的作用下，分出十多个残影，同时腾空而起，以自己所能达到的最快速度，闪电般向山谷中央那突起的山包冲去。

此时，魔幻太阳刚刚行至他头顶正上方。

几千米的距离，天痕只用了一眨眼的工夫就到了，眼前的山包瞬间放大，天痕一眼就看到了自己要找的那如同篮球般大小的白色物体。他一闪身，双臂将那白色物体捞起，紧紧地抱在自己怀中。他心生喜悦，知道自己已经成功了一半。

低沉的龙吟声和清亮的凤鸣声同时响起，两个巨大的身影分别从山谷两侧腾空而起。刹那间，强大的压迫力升腾而起，天痕散发到体外的地狱魔火瞬间被压回体内，整个山包都在这两股强大的压迫力的作用下发出了崩裂的声音。

天痕暗自庆幸自己在行动之前吃下药丸的做法是明智的，如果没有塞里给的那防御药丸，恐怕即使是天魔变也无法保住自己。他怀中抱着的是一个洁白的蛋。而这个蛋，就是他此行能否成功的关键所在。

令人啧啧称奇的是，在周围有着如此强大的压迫力的情况下，这个蛋竟然没有受到丝毫影响。

天痕清晰地感觉到，蛋体周围的空间微微扭曲，那能量波动看似不强烈，却可轻松将周围强大的压迫力化解。

天痕也跟着这个蛋沾了些光，他感觉到自己所受的压迫和冲击力减弱了许多，眼看着那两个巨大的身影向自己飞来，他抱紧怀中的蛋，大喝道："别过来！"

两个巨大的身影猛地在距离天痕数百米的地方停下。看到它们的样子，天痕不禁倒吸一口凉气，怪不得神风豹说白凤和烈龙比它还要强大，单是这体形，就不是神风豹可以相比的。

停在山包左侧的是一只通体雪白的凤凰，身长三十多米，整个身体散发出精纯的空间系力量，几乎蔓延到了山包周围数十米。它看上去比祝融审判者的火凤凰还要神俊，只是此时它那双蓝色的眼眸中充满了愤怒，一双翅膀轻轻地扇动着，整个山谷似乎都在随着它翅膀的扇动而微微颤抖。

很显然，如果天痕怀中没有这个蛋，就算他身上有护身法宝，恐怕他早已在这只白凤的攻击下被撕得粉碎。

另一边则是一条身长和白凤差不多，全身覆盖着白色鳞片的巨龙，巨龙头生双角，腹下有四只爪子，巨大的龙翼充满了不可一世的霸气。它身体周围的空气仿佛停止了流动，天痕竟然感觉不到丝毫空间系能量的波动。它轻轻地挥舞着四只爪子，显然已经愤怒到了极点。

低沉的男声响起：“人类，放下我的孩子，否则，我将让你死无葬身之地。既然你敢来偷我的宝贝，就应该知道，任何力量都无法伤害它。”

这低沉的男声竟然是白凤发出的，天痕这才明白过来，原来白凤是雄性，烈龙是雌性。

天痕手腕一翻，合金匕首出现在右掌中。他将匕首的尖端顶在蛋壳上，冷笑一声，道：“不错，白凤和烈龙生下的蛋有空间系能量的保护，自然是任何力量都无法伤害的。但是凡事无绝对，我擅长的正是空间系力量，而你们的蛋，恐怕对金属没有多强的防御能力吧？我承认你们的力量很强大，速度也很快，但是，你们的力量再强大，速度再快，恐怕也阻止不了我推一下匕首吧？这是你们的孩子，如果你们不想让它就这么夭折，还请不要轻举妄动，我在恐惧的时候很容易手抖。嘿嘿。”

天痕一边说着，一边在心中暗道：对不起了，白凤、烈龙，我其实也不想这么做，但是，为了获得更强大的力量，我也没办法。你们这么强大，如果我不采取一些手段，又怎么能得到你们的支持，让你们其中之一成为我的圣兽伙伴呢？如有冒犯，以后再慢慢补偿你们吧。

天痕很清楚，自己现在绝对不能心软，否则，不但得不到强大的圣兽伙伴，恐怕连自己这条小命都会葬送在这里。

烈龙怒吼一声："浑蛋，你以为你这样做就能威胁我们吗？"它的大口骤然张开，一颗巨大的扭曲光弹向天痕飞来。光弹所过之处，扭曲的空间竟然保持着扭曲的形态凝固了，在空中留下一条诡异的痕迹，可见这一击的力量有多强悍。

"你才是浑蛋！"白凤大喝一声，双翅向前扇，两股利刃般的能量从天痕头顶上方呼啸而过，准确地命中了烈龙发出的光弹。

令天痕惊讶的是，竟然没有发生剧烈的爆炸，空间也不再扭曲，仿佛刚才什么都没有发生过似的。但是，死亡的威胁令天痕一阵战栗。

烈龙咆哮道："白凤，你又想打架吗？好，那你就来吧，今天，我一定让你死在我的手下。"

白凤不屑地哼了一声，道："这句话你每天都在说，但哪一天做到了？先救我的宝贝再说，你那么冲动，要是宝贝死了，我跟你没完。"

烈龙大怒："什么叫你的宝贝？那明明是我的宝贝，难道你能生不成？宝贝可是从我肚子里面生出来的。都怪你，要不是你天天跟我争夺宝贝的抚养权，宝贝今天能被一个弱小的人拿来威胁我吗？要是宝贝受到哪怕一点点伤害，我都跟你没完！"

天痕心中暗笑，看来神风豹说得没错，白凤和烈龙之间的矛盾主要集中在自己手中的蛋上，这个蛋确实是自己最有利的武器。

那天在山谷中，神风豹告诉天痕，白凤和烈龙本是一对夫妻，但它们都有很强的好胜心，也很骄傲，谁都不愿意让着对方，都认为自己才是最强大的空间系圣兽。正是因为这个原因，双方之间的矛盾逐渐激化。

烈龙生下它们的龙凤蛋宝宝后，冲突终于爆发了，白凤和烈龙都认为应该由自己来抚养这个宝宝，而且不愿意让对方插手。为了这个宝宝，它们几乎每天都跟拼命似的同对方开打。

所以，天痕想收服白凤或烈龙，就必须先得到这个龙凤蛋。只要天痕能将这个龙凤蛋握在手中，就占据了主动权，他小心行事的话，说不定真的能够成功。

白凤和烈龙实在太强大，天痕知道他这么做很不厚道，甚至会引起白凤和烈龙的反感，但是他不得不这么做，因为这是他唯一的机会。

看着白凤和烈龙吵起来，天痕赶忙用合金匕首拍了拍手中的龙凤蛋，道："你们有完没有？先别吵了，你们还要不要这个宝贝？"

白凤和烈龙同时一愣，目光再次落在天痕身上，白凤沉声道："人类，是谁告诉你我们有宝宝这个秘密的？告诉我。"

天痕冷笑一声，道："现在，你们似乎没有命令我做什么的权力吧？我想，你应该询问一下我有什么条件，要怎样才会将你们的宝贝还给你们，是不是？"

白凤愤怒了，除了烈龙，还从来没有谁敢如此无视它。它怒哼一声，道："人类，我会让你死无葬身之地！"

天痕耸了耸肩膀，无所谓地道："我既然敢来这里，就已经做好了最坏的心理准备，就算你要杀我，也应该先让你们的宝贝安全了再说吧，否则，我要是手一哆嗦，恐怕……"

天痕轻咳一声，正色道："我想，你们应该听听我的条件了。想让我放了你们的宝贝其实很简单，我只有一个条件，就是你们其中之一同我签订契约，成为我的圣兽伙伴，随我离开这个山谷，以后和我共同提升实力，成为我有力的臂助。就这么简单。"

白凤和烈龙抢着道：“好，我答应你。”

天痕平静地看着它们，道：“不用急着答应，我知道你们是怎么想的，如果我同你们其中之一签订的是平等契约，你们随时可以解除契约，到时候，我还不是会死？所以，我要求你们跟我签订的是主从契约，当然，我是主。只有这样，我才能放心地将你们的宝贝还给你们，怎么样？”

“不行！”烈龙愤怒地吼道，“你当你是什么东西，竟然想奴役我？门儿都没有！”说着，它那庞大的身体作势欲扑向天痕。

“笨蛋，你冷静点，没看到我们的宝贝还在他手里吗？”白凤阻止了烈龙，它转向天痕，目光冰冷，“人类，你不觉得你的要求太过分吗？没有谁能限制我们的自由，你既然拥有空间系力量，就应该明白，对于我们空间系圣兽来说，自由是最可贵的。”

天痕淡然一笑，道：“我当然明白，但是，你们不觉得一直待在这个山谷中太寂寞了吗？外面的世界美好而精彩，你们谁跟了我，我都可以带它去看看外面的世界，同时，虽然签订的是主从契约，但我可以发誓，我绝不会奴役你们，只会跟你们做朋友。”

烈龙怒道：“你们人类那么卑鄙，发誓又有什么用？我们绝不会答应你的条件，这里是我们的家，我们哪儿也不想去，谁也威胁不了我们。”

天痕冷冷地道：“那这么说，你们是不想要自己的孩子了？我听说，你们生一个孩子可并不容易。我想，在你们心中，没有什么比得上你们的宝贝吧？”他刚说到这里，突然发现有些不对劲，白凤并没有看他，反而看向了烈龙。

刹那间，天痕感觉身体一阵冰冷。下一刻，他发现自己身体周围的空间竟然完全凝固了，就连自己的血液也快要凝固了。

两个巨大的身影同时向他扑来，而他手中的合金匕首竟然无法朝龙凤蛋刺下去。面对外来的威胁，白凤和烈龙竟然联手了。

生死存亡的瞬间，天痕爆发出了异常灵敏的反应力，虽然身体不能动，但他的精神力和意念是凝固的空间无法控制的，尚可活动。

在天魔变的作用下，天痕拼尽全力，完全用精神力在自己身前劈开了一条缝隙，是的，他使出了次元斩，在无法使用力量的情况下，次元斩的效果远远无法同当初的异空间·大次元斩相比。

但是，天痕的目的不是用这次元斩攻击白凤和烈龙，他知道，那是根本不可能成功的。他用精神力强行使出次元斩，目的只有一个，那就是劈开一条空间缝隙。

次元斩劈开的空间缝隙产生了强大的吸力，天痕被吸得向前跌出，身体在地上一滚，直接向山包下落去。与此同时，白凤和烈龙的攻击落在了他的身体上。

“轰——”天痕只觉得自己仿佛飘入了云端一般，眼前是一片淡淡的黄色光芒，竟然感觉不到任何痛苦。同时，他“哇”的一声喷出一口鲜血，下一刻，他在这强大的攻击中昏迷了，昏迷前的最后一刻，他依旧紧紧地抱着怀中的那个蛋。

我死了吗？天痕问自己。

没有谁能给他一个答案，他的身体仿佛飘浮在云朵中，各种感觉似乎完全消失了。那曾经在睡梦中出现，呼唤他的声音再次响起，仿佛要将他从死亡边缘拉回来，冰凉的气流不断围绕着他的身体运转，似乎想重新带给他生的机会。

不知道过了多长时间，天痕的意识终于和身体重新联系上，他逐渐清醒过来，身上不断传来疼痛感。

“嗯——”天痕痛苦地皱了皱眉，用力睁开眼睛，脑海中不断回想着先前发生的一切。他很懊恼，为什么自己那么不小心，虽然已经很警惕了，但还是小看了白凤和烈龙，尤其是烈龙那能够远距离瞬间凝固空间的力量，那是自己根本没有想到的。

懊恼的同时，天痕吃惊地发现，自己并没有死，因为睁开眼睛后，他看到一片淡淡的红色光芒正笼罩着自己，包括自己怀中那个篮球大小的蛋。

两个巨大的脑袋出现在天痕身前一米处，单是脑袋就比他的身体大得多，它们呼出的热气不断扑在他的脸上，给他带来暖意的同时也带来了恐惧。

是的，这两个脑袋的主人正是烈龙和白凤。

为什么它们没有杀自己？在自己昏迷时，它们完全可以将它们的宝贝夺回去啊！天痕的脑子飞速地转动着，既然没死，当然要争取更大的生机，生命可贵啊！

在两只强大的神级圣兽的威胁下，天痕的大脑格外灵敏，他瞬间意识到，自己之所以还活着，必然同那红色的光芒有关。

等等，红色光芒，那不是和圣兽签订契约时才会出现的光芒吗？光芒笼罩着自己和怀中那个蛋，难道自己和蛋签订了契约不成？

想到这里，天痕的心不禁火热起来，来这里之前，他只是想让白凤或烈龙变成自己的圣兽伙伴，从来没有想过这个蛋，他一直都只将蛋作为自己与白凤、烈龙谈判的工具而已。此时，他才突然意识到，白凤和烈龙生出的孩子至少也应该是神级圣兽啊！

此时生物电脑给天痕传来信息，明确地告诉他现在的状态："异能等级十六，宇宙气三段二级。状态：极度虚弱。"多了状态这一项内容？看来，自己确实够虚弱的。

回想着先前发生的一切，天痕顿时明白了自己为什么还活着。

在白凤和烈龙攻击自己的时候，自己利用次元斩，以最快的速度躲开了它们的正面攻击，而胸前的无极徽章在他心生恐惧的时候爆发出了强大的防御力，配合自己已经提升到极限的身体强度，这才避免了身体被撕裂的结局。

天痕轻咳一声，发现自己的声音已经变得沙哑："两位老大，你们是不是可以离远一些，这样看着我干什么？"

白凤和烈龙的目光相当不友善，那无形的压力再次让天痕心生恐惧。他发现，自己胸前的无极徽章上布满了裂纹，显然是因为承受了超过极限的力量，已经损坏了。以自己现在的状态，自然不可能再承受一次白凤或烈龙的攻击。

白凤沉声道："你竟然敢同我们的孩子签订主从契约，你知不知道，这是对我们极大的侮辱。请你立刻解除契约，我们可以让你活着离开这里。"

天痕心想，看来自己的判断是正确的，自己竟然在无意中与这个龙凤蛋签订了主从契约。主从契约只有为主的一方主动解除，契约关系才能结束，而从属一方只能听从主人的命令，一旦主人死亡，虽然不会像灵魂契约那样导致从属一方陷入死境，但肯定也会产生很大的影响。

"白凤老大，现在这种情况你让我如何相信你们呢？你们随便一抬手就能像捏死一只蚂蚁似的把我弄死，为了我自己的安全着想，至少现在我还不能答应你的条件。先前，我提出了自己的想法，你们却袭击了我。如果不是你们攻击我，恐怕我也不会因为喷血而与你们的孩子签订契约吧。这一切都是你们自己造成的。你们尽管放心，既然我已经与你们的孩子签订了主从契约，我就绝对不会伤害它，请让我带它离开这里吧。"

烈龙暴怒道："你在做梦吗？我们就这么一个孩子，你想带它走，先过了我这一关再说。"

愤怒的烈龙全身散发出强大的气息。幸亏白凤及时用自己的力量护住了天痕，否则，单是这气息就足以置天痕于死地了。

白凤用眼神制止烈龙发怒，面对孩子的安危，它们已经暂时和解了，毕竟，孩子的安全才是最重要的。

天痕苦笑道："那你们说该怎么办？我可不能冒险解除契约，况且，你们的孩子现在还在蛋中，我也不知道该怎么解除主从契约。"

白凤的声音变得柔和了许多："人类，你应该明白，我和烈龙都不会甘心被你奴役，以你的力量，根本不可能得到我们的认可。但是，我可以用空间系神级圣兽的名誉发誓，只要你解除同我们孩子之间的契约，我们保证不伤你一根汗毛，还会治好你的伤，并帮你开启一些你尚未拥有的空间系能力。甚至，我们还可以帮你找一只次神级圣兽作为你的圣兽伙伴。这是我们所能做到的全部，希望你能慎重考虑。"

听了白凤的话，天痕有点心动，毕竟，白凤身为神级圣兽，说出的话自然有一定的分量。虽然神级圣兽的能力很强大，但那毕竟不属于自己，只有努力地提升自己的实力，才是最佳选择。更何况，白凤还答应给自己找一只次神级圣兽作为补偿，在能够活命的前提下，面对如此优厚的条件，自己似乎没有拒绝的理由。

想到这里，天痕不再犹豫，他点了点头，道："好吧，那我就答应你们。之前我所做的一切，还请你们原谅，虽然我不知道你们会不会原谅我，但我真的很希望能成为你们的朋友。"

说着，天痕轻轻地抚摸着那个龙凤蛋。这样的解决方法，无疑是皆大欢喜，他可不想随便树立两个这么强大的敌人，所以，说点软话还是很有必要的。

白凤和烈龙明显放松一些了，天痕答应了它们的条件，至少对它们自身来说没有什么损失。

白凤道："既然如此，你就先在我们的山谷中休养一段时间，我们的孩子应该也快孵化了，等它孵化出来，你就可以与它解除主从契约了，到时，我们自会帮你寻找一只圣兽伙伴。"

天痕长出一口气，道："希望这个时间不会太长才好。"他一边说着，一边将笼罩在红光中的龙凤蛋托了起来，递到白凤和烈龙面前。

白凤和烈龙同时探出一只爪子，对视一眼，爪子停在半空中，谁也没有继续向前，白凤摇了摇头，向天痕道："还是你抱着我们的孩子吧，在它孵化出来之前，恐怕你们之间的主从契约都将处于半签订状态，在这种情况下，你们最好不要分开，否则，不论对你，还是对我们的孩子，都是一种伤害。所以，这段时间只能先由你带着它，等我们的宝贝孵化出来再说。你放心，在这段时间里，我们可以帮你开启一些空间系能力。"

天痕看着手上那被红光笼罩的龙凤蛋，无奈地点了点头，道："现在也只能这样了。"

白凤道："你不要小看这个山包，这里是整个山谷中灵气的聚集地，所以我们才会将宝宝放在这里，让它吸收灵气，慢慢孵化，虽然孵化的速度要慢一些，但对它有极大的好处。你就在这里养伤吧。我们负责给你找吃的，待在这里不论对你恢复伤势还是提升修为，都非常有利。"

天痕刚想说些什么，却发现了一幕奇异的景象，他手中那个篮球大小的龙凤蛋轻轻地颤抖了一下，紧接着，一条细小的裂缝出现在蛋壳上。扭曲的光芒闪烁着，原本围绕在龙凤蛋周围的红色光芒飞快地从那条裂缝中渗入蛋内，整个蛋壳渐渐变成了红色。

轻微的破壳声响起，以最开始那条裂缝为起点，细小的裂痕不断向周围蔓延，红色蛋壳内部渐渐迸发出一道道白色的光芒，天痕只觉得自己手上的龙凤蛋变得异常温热，一股股莫名的能量不断从中流出，温暖着他的身体，使他身上的疼痛逐渐减弱。

白凤和烈龙目瞪口呆地看着龙凤蛋，眼中已经没有了警惕、愤怒等种种情绪，只有对那即将出世的小生命的期待。

蛋壳破碎的声音逐渐变大，白色的光芒突然变得异常强烈，令天痕、白凤和烈龙都暂时失去了视觉，然后一声清脆的鸣叫从天痕手中传出，一个新的生命终于诞生了。

第67章

心之契约

白光渐渐散去，天痕下意识地朝自己手上看去，只见一个小小的身影正在飞快地忙碌着。这小东西长得非常奇怪，像一只大号的小鸡，四只小爪子正不断地抓住周围的蛋壳往嘴里送，吃得不亦乐乎。它白色的身体上没有长毛，有一双紫色的小眼睛，目光异常柔和。

它在不停地吃蛋壳的同时，目光时不时落在天痕身上，流露出亲近之意。

在这新生的小东西的背部有两个突起，看上去似乎是骨头，四只小爪子随着它的动作不断颤抖，看上去极为可爱。它的小嘴像白凤，有尖尖的长喙，似乎比什么利刃都锋利，蛋壳在它那小嘴的作用力下不断化为小块被它吞入腹中。

仔细观察之后，天痕发现，这小东西的身体和头部都同白凤类似，但它不像白凤只有两只爪子，而是同烈龙一样生有四只爪子。虽然身似白凤，但它的身体表面没有羽毛，而是长着一层细密的白色小鳞片，鳞片中隐隐闪烁着淡淡的金色光芒。

简单来说，这白凤与烈龙的孩子，拥有凤首、凤身、龙爪、龙鳞，倒是将父母的外貌特征各自继承了一半，这样的搭配出现在它身上，显得出奇地和谐。天痕心道，就叫它凤龙好了。

在它的不懈努力下，坚硬的蛋壳不断减少。随着蛋壳入腹，小凤龙身上鳞片的光泽显得更加明艳了，就连身体似乎也长大了一些。

天痕兴奋地看着这个在自己手上出生的小生命，心中再也没有任何欲望，新生命的到来令他无比喜悦，他脸上洋溢着微笑，情不自禁地探手抚摸小凤龙的头。小凤龙轻鸣一声，十分依赖地用头蹭了蹭天痕的手，这才继续进食。

“我有孩子了，我有孩子了。”堂堂神级圣兽白凤快乐得像个孩子。

脾气暴躁的烈龙此时眼中没有了暴戾之气，它用柔和的眼神注视着小凤龙，身上散发着母性的光辉。

光芒一闪，白凤和烈龙都缩小到只有原本体积的十分之一，围在天痕身旁，兴奋地看着它们的孩子进食。

天痕用心感受着大自然，心与自然合一，天地间的灵气不断涌入他体内。“当”的一声轻响，生物电脑提示他，宇宙气已经提升到第三阶段第三级。这与他一直以来的修炼是分不开的，这一瞬间的领悟打开了他与自然的联系之门，他正在不断地领悟自然的真谛。

很快，在小凤龙的不懈努力下，蛋壳终于全部消失了，它伸出粉红色的小舌头，在天痕的掌心舔了舔。天痕心底充满了柔情，将小凤龙搂入自己怀中，轻轻地抚摩着它的身体。小凤龙似乎很享受，用身体轻轻地蹭了蹭天痕。

白凤和烈龙急切的目光让天痕从一腔柔情中惊醒，他这才意识到，自己抱着的是人家的孩子。现在，他已经完全能够体会白凤和烈龙的父母之心，他犹豫了一下，一咬牙，缓缓地将小凤龙递给它们：“恭喜你们，你们的孩子出世了。”

白凤兴奋地点了点头，唯恐伤害到小凤龙，它将两只翅膀合拢，放在天痕手的下方，准备接过小凤龙。

这时，烈龙并没有像以前那样跟白凤对着干，而是满眼柔光地注视着自己的孩子。小凤龙似乎很不情愿离开天痕的怀抱，它看着白凤的翅膀，竟然张嘴啄了过去。

白凤吃痛，下意识地收回翅膀，小凤龙在天痕手上借力一跃，跳到了他的肩膀上，那双紫色的小眼睛警惕地看着白凤和烈龙。

淡淡的金色光芒同时出现在天痕与小凤龙身上，小凤龙将头贴在天痕身上，充满了依恋。

白凤和烈龙见此，不禁愣住了，看看天痕，又看看小凤龙，心中不可避免地生出悲伤的情绪，它们似乎在问：孩子，你为什么这么对我们？我们才是你的父母啊！

天痕尴尬地笑着道："或许是因为我与它之间有主从契约的关系吧。你们现在就教我怎么解除契约，没有了契约的约束，它自然就会回到你们身边了。"

听了天痕的话，不知道为什么，白凤和烈龙却更加悲伤了，白凤摇了摇头，长叹一声，道："真是人算不如天算啊！烈龙，我们算计人家，没想到却被冥冥之中的天意算计了。人类，我为我们先前的卑鄙行为向你道歉。"两行泪水顺着白凤的脸庞滑落。

天痕不明所以："白凤，你这是干什么？你们算计我什么了？"他实在不明白白凤的意思。

白凤苦笑一声，同烈龙对视一眼后，道："说实话，我们根本就没安什么好心。刚才我们提出的条件只不过是为了迷惑你而已。其实，与你达成契约的，只不过是我们孩子的蛋壳而已。也就是说，只要它一孵化出来，就会自动与你解除契约。所以，我们才提出那样优厚的条件希望暂时将你稳住，等孩子出世后，再杀你也不迟。到那时，孩子可以回到我们身边，还可以报你威胁我们之仇，这是我们在你昏迷之时设计好的。但万万没想到，用你们人类的语言来形容，就是人算不如天算啊！虽然你与我们孩子之间的主从契约已经解除，但是你们之间自然地形成了永远无法解除的心之契约。”

说到这里，白凤和烈龙都神色黯然地低下了头，眼眸中流露出悲伤和疲惫。

天痕听闻，吓出一身冷汗，他这才知道，自己还是小看了白凤和烈龙的智慧，就在刚刚，自己已经在生死边缘走了一遭，白凤合拢翅膀时，恐怕并不是要迎接它们的孩子，而是要毁灭自己啊！真的好险！

他的目光瞬间变得冰冷，瞪着白凤和烈龙，道：“什么是心之契约？”

白凤再次叹息一声，道：“心之契约是一种最为玄妙的契约，签订契约的双方是完全平等的，只有在双方都没有任何戒心的情况下，再加上媒介的作用才可能达成。这种契约说来简单，但在整个魔幻星上，还从来没有哪只圣兽与你们人类达成过这种契约。没想到，今天却在你和我们孩子的身上实现了，而你们之间的媒介就是我们孩子吃下去的蛋壳。蛋壳上残留的契约之力成了引发心之契约的原动力。我想，不久后，你就能感受到我们孩子的气息，心之契约一旦签订，是永远无法解除的，也就是说，我们的孩子注定要跟随你一生。你没看到吗？它现在对你比对我们还要亲近，它已经把你当成它唯一的亲人。这一定是上天对我们的惩罚。孩子，我们的孩子啊！”

白凤和烈龙放声痛哭，再也没有一丁点神级圣兽的威风样子。

站在天痕肩膀上的小凤龙好奇地看着自己的父母，一点也不明白它们为什么会这样。

天痕将小凤龙搂在自己怀中，轻叹一声，道：“白凤、烈龙，你们知道吗？当小凤龙出世的时候，我心中已经没了功利之心，我再也不想从你们身上得到什么好处，因为，我是真心喜欢它，希望它能留在你们身边过幸福快乐的日子。或许正是因为这样，上天才让我同它达成了心之契约吧。其实，今天发生的事错不在你们，而在我，如果不是我的出现，或许你们已经成了幸福的父母。对不起，是我的自私与卑鄙破坏了你们的家庭，如果杀了我能解除这个心之契约，那你们就动手吧。”

说到这里，他缓缓闭上了双眼。此时的他完全沉浸在对天地的感知中，身上散发着淡淡的碧绿色光芒，他的内心很平静，没有一丝情感波动，他确实是真心实意想成全小凤龙一家。

烈龙愤怒地咆哮一声，哽咽道：“浑蛋，你现在说这些还有什么用？！如果心之契约可以用你的死亡来解除，我早就动手了。只有你和我们的宝贝都死了，那该死的契约才会解除。浑蛋，浑蛋！”

它猛地转过身，对着山谷愤怒地咆哮。突然，远处的高山发出一声轰然巨响，一条巨大的裂缝出现在山谷之中。但是，这仍然无法消除烈龙心中的悲苦。

白凤温柔地将翅膀搭在烈龙身上，长叹一声，道：“算了，事已至此，再后悔也没用。以前的一切都是我的错，从今天开始，我什么都听你的。虽然我们的宝贝不能认我们为父母，但它仍是我们的宝贝。我们正值壮年，以后想办法再生一个吧。”

烈龙的身体贴在地面上，它将大头扎入白凤怀中放声痛哭，它和白凤多年的对抗和孤傲竟然在这一刻通通消失了，隔阂也随之消失，它们重新成了一对恩爱的夫妻。

天痕看着痛苦的白凤和烈龙，也不知道该如何安慰它们，事情已经发生，再说什么都是徒劳。

白凤看着天痕，道：“人类，能告诉我你的名字吗？”

天痕点了点头，道：“我叫天痕。”

白凤恋恋不舍地看着天痕怀中的小凤龙，道：“虽然我很想让你跟我们的孩子都留在这里，但我知道，那是不可能的。在心之契约的影响下，如果你不快乐，我们的孩子也不会快乐。或许你说得对，外面的世界是美好的。我和烈龙都希望今后你能善待我们的孩子，如果可以的话，请经常带它回来看看我们，我们这龙凤谷随时欢迎你。其实，我们之间发生的一切，说不上谁对谁错，我看得出来，现在的你已经变得不同了。作为一个父亲，我只有一个要求，就是希望你能带给我们的孩子快乐。请不要让我们失望。我们的宝贝会随着力量的增强逐渐继承我与烈龙的能力，虽然它还小，但作为神级圣兽，它已经可以自行吸收空间中的能量。为了让你能更好地保护我们的孩子，我们就赋予你一些新的力量吧。龙，来吧。”

它一边说着，一边招呼烈龙。

烈龙泪眼蒙眬地抬起头，看着天痕的目光中依旧带着些许敌意。

两团白色的光芒分别从白凤和烈龙身上亮起，瞬间笼罩了天痕和小凤龙的身体。

小凤龙似乎没有受到什么影响，它反而在这白色的光芒中缓缓地闭上眼睛，在天痕的怀抱中睡着了。

白色的光芒化为清凉的气流，直接流入天痕的脑海中。由于之前的消耗，天痕的空间系异能早已只剩下指甲盖大小的旋涡，当这股清凉的气流汇入之后，旋涡迅速得到补充，重新飞快地旋转起来。

天痕只觉得自己的大脑一片空白，没过多久，白凤的声音在他脑海中响起：“天痕，我和烈龙帮你将空间系力量提升到了全新的境界，如果你想充分利用这些力量，还需要自己多加领悟才行。

“我送你的是空间的速度，今后，你在使用空间系异能时，速度会大大提升，你要记住，力量同速度是成正比的，在一定的情况下，力量可以全部转化为速度，这就是真正的空速。烈龙送你的是空间凝固的能力，如果配合速度使用，你将充分领略到其中的奥妙。这两种能力相结合，将赐予你掌控空间的能力——领域，这样你才能算是一名合格的空间系异能者。

“用你们人类的话来说，就是空间系审判者。这些并不是依靠教导和学习就能获得的，能否达到那样的境界，就要看你自己的悟性了。我们送给你的并不是绝对的力量，而是方法，掌控力量的方法。同等的力量，对其控制得当才能发挥出更强大的实力。”

天痕脑海中那白色的旋涡不断扩大，他只觉得自己的身体一直在膨胀，像是要爆炸了一般，却并没有疼痛的感觉，在这空间系力量的作用下，他的身体机能飞快地恢复着。

天痕想用精神力控制空间系力量，并将一部分空间系力量转化为黑暗系异能，但那空间系力量变得异常强大，根本不受他的控制。

脑海中传来“轰”的一声，天痕瞬间失去了知觉，他只知道，在昏迷前他的心情是愉悦的。

在龙凤谷中经历了这么多事情，没想到他最后得到的竟然比自己期望中还要多得多，或许这就是祝融审判者所说的运气吧。

感觉到有什么温暖而湿润的东西不断在自己脸上舔舐，天痕渐渐从昏迷中清醒过来，睁开眼睛，他看到了一双紫色的眼眸，小凤龙正趴在他的胸口，用柔软的小舌头舔着他的脸。

他意念微微一动，整个人竟然飘起来了。

小凤龙吓了一跳，在地上打了个滚，重新跃起，跳到天痕的肩膀上，它不满地用头顶了顶天痕，似乎在责怪他为什么突然起身。

天痕抚摸着小凤龙的头，微笑着道：“对不起吓到你了，我不是故意的，咱们这是在哪里？你爸爸妈妈呢？”

天痕一边说着，一边向四周看去，他惊讶地发现，自己竟然已经在山谷之外。周围的各种植物在清风的吹拂下晃动着，清新的空气令他大为舒畅，身上再也没有了疼痛和不适，似乎一切都已经恢复正常。

他用精神力连接自己的生物电脑，“当”的一声轻响传来，生物电脑传来信息：“异能等级十六，宇宙气三段三级。”

没有变啊！从生物电脑传来的信息看，自己的异能等级并没有变化，他下意识地凝神内视，发现小腹气海处的黑色旋涡除了比十七级时缩小了一些以外并没有其他的变化，胸口处宇宙气的碧绿色晶体则变大了一些。这些都没什么，令天痕惊讶的是，自己脑海中的白色旋涡竟然消失了，一块比碧绿色晶体要小的白色菱形水晶飘浮在其中，散发着微弱的光芒。

这是怎么回事？难道白凤和烈龙将自己的能量形态改变了不成？

焦急的天痕随手一挥，空间之痕顿时出现在身前，比以前使用时出现的速度快了许多；他眼中光芒一闪，身前顿时多了一面扭曲的光盾，这力量凝聚的速度也今非昔比了。

天痕顿时明白，自己的空间系异能已经有了质的飞跃，那菱形晶体一定是异能达到更高阶段的表现形态。

天痕无比喜悦，但他很快就意识到了另一个问题，他用精神力去控制那菱形的晶体，想通过宇宙气将空间系异能转化成黑暗系异能，却发现变成晶体状的空间系异能已经不能通过宇宙气转化为黑暗系异能了。

天痕接连试了几次都没有成功，心中不禁大急，意念一动，直接切断了自己与三种力量之间的联系，希望通过天魔变让三种力量融合在一起。但令他恐惧的事情发生了，他施展不出天魔变了。

切断与三种力量之间的联系后，空间系异能、黑暗系异能以及宇宙气都还在原本的位置，只是产生了一些轻微的波动，就再也没有任何反应。

天痕的心瞬间跌入谷底，虽然他的空间系力量增强了，但不论怎么增强，就算达到了掌控者的境界，也绝对比不上天魔变的威力。明面上他的能力是提高了，但失去了天魔变，只能用四个字来形容他此时的心情，那就是“得不偿失”。

心之契约使小凤龙同天痕心神相连，小凤龙立刻注意到天痕的失落，它用自己的头蹭了蹭天痕的头，发出清脆的鸣叫声安慰着他。

天痕从失落中回过神来，轻叹一声，道：“算了。是我的终究会是我的，不是我的强求也没用，一切顺其自然吧。至少，我多了你这个朋友。”他伸手将小凤龙搂入怀中，此时他不打算去那黑暗禁地——禁中之禁了，有了小凤龙，他还奢求什么呢?

他绝不能将小凤龙带入那危险的禁地，如果去了那里，一旦小凤龙出现什么闪失，自己无法向白凤和烈龙交代。

小凤龙突然在天痕怀中挣扎了一下，目光中流露出一丝警惕。天痕放出精神力，立刻感应到自己身后不远处的空间发生了波动。

天痕猛地转过身向后面看去，一个蓝色身影出现在视野之内。他惊讶地发现，那飘飞而来的蓝色身影竟然是蓝蓝。

蓝蓝也看到了天痕，她眼中流露出一丝喜色，加速冲到他身前，二话不说，一拳就向他肩头轰了过来。

天痕吓了一跳，他还没反应过来，却见小凤龙伸出长喙，直奔蓝蓝的手啄去。

蓝蓝这才注意到小凤龙，她吓了一跳，手上立即亮起柔和的蓝色光芒，这才将小凤龙吓退了。

小凤龙准备继续扑击，天痕赶忙搂紧它，并通过心神联系告诉它，蓝蓝不是敌人。

蓝蓝怒视着天痕，道："我就知道你跑到禁地来了，你疯了吗？难道你不知道禁地中的圣兽有多可怕吗？你想找死不成？！"

天痕呆呆地看着蓝蓝，道："你、你是特意来找我的？"他心中生出一丝异样的感觉。

蓝蓝没好气地道："再怎么说我也是你的组长，你这么不知死活地跑出来，我不找你谁来找你？走，赶快跟我离开这里，要是白凤和烈龙感受到咱们的气息，到时候想跑都跑不了了。"

说着，她一把拉住天痕的手，转身就跑。

"等等，等等。蓝蓝，你先别急，放心，我们在这里是不会有危险的。你没有地图，是怎么找到我的？"天痕感受着蓝蓝手掌的暖意，心头一阵温热。

蓝蓝扭头看向天痕，有些得意地道："别忘了我还有娜雪，是娜雪追踪你的气息找来的，要地图干什么？何况，她对这边的地形熟悉得很，比地图可强多了。别废话了，快走吧，怎么不会有危险？我听说白凤和烈龙的脾气可不好，一旦被它们发现就麻烦了。天痕，我知道你也想拥有一只强大的圣兽伙伴，但不能着急啊！毕竟，神级圣兽不是咱们能对付得了的。跟神级圣兽比起来，生命更加可贵。"

蓝光一闪，娜雪俏生生地出现在蓝蓝身旁，沉声道："蓝蓝，天痕说得对，现在不用急着离开，白凤和烈龙应该不会伤害我们。"说着，它的目光落在一脸警惕的小凤龙身上，若有所思。

小凤龙趴在天痕怀中，看到娜雪，竟然高傲地扬起了自己的头，仿佛很不屑似的。

蓝蓝看看天痕，再看看他怀中的小凤龙，疑惑地道：“天痕，难道你已经有了自己的圣兽伙伴？”

天痕坚定地点了点头，爱怜地看着怀中的小凤龙，道：“不错，我已经找到了自己的圣兽伙伴，就是这个小家伙，我给它取名凤龙。”

蓝蓝看着天痕怀中的小凤龙，问道：“它这么小，你能肯定它有强大的能力吗？它不会是被你强抓来的吧？”

天痕刚要说话，娜雪已抢先替他回答了这个问题：“不，蓝蓝你错了，天痕的这个圣兽伙伴不但不是他强抓来的，而且是心甘情愿、全心全意跟在他身旁的。真没想到，我居然有幸见到圣兽与人类成员达成了心之契约，而且，还是一只神级圣兽。天痕，以前我对你有些误解，但从这心之契约来看，你确实是一个好人。因为你心中但凡有一点点邪恶的念头，也是无法达成这个契约的。”

“什么？神级圣兽？娜雪，你说这小东西是一只神级圣兽？心之契约又是什么意思？”蓝蓝惊呼出声，看着小凤龙的目光顿时发生了极大的转变。

小凤龙高傲地仰了仰头，又趴到天痕怀中。

娜雪恭敬地向小凤龙弯腰施礼后，才向蓝蓝道：“没错，它肯定是神级圣兽，虽然还只是一只幼年的神级圣兽，但我的感觉是不会错的。神级圣兽身上散发出来的气息会令所有级别比它低的圣兽不自觉地产生臣服之心，而且，它的模样同白凤和烈龙各有几分相像，如果我没猜错，它应该与那两只神级圣兽有着密切的关系。至于心之契约，那是最神圣的一种契约，必须……”娜雪对心之契约的解释几乎同白凤所说的一样，只不过多说了一点，那就是只有次神级以上级别的圣兽才有可能与人类达成心之契约。

蓝蓝仍旧拉着天痕的手，目光落在天痕身上：“快说，你到底是怎么得手的？竟然连神级圣兽也能收服。”

不知道为什么，在听到天痕得到了强大的圣兽伙伴之后，蓝蓝心中不仅没有丝毫妒忌，反而很替他高兴。

天痕微笑着道："我要怎么跟你解释才好呢？说起来，是我的运气太好了。走，咱们先回基地，路上我再给你们讲这是怎么回事。"

蓝蓝点了点头，好奇地想去摸小凤龙。除了天痕之外，小凤龙连自己父母的账都不买，更何况是蓝蓝了。

它头一歪，紫色的小眼睛不停地转动着，嘴里发出不满的鸣叫声，做出随时准备攻击的样子，顿时吓得蓝蓝赶紧缩回了手。

蓝蓝笑骂道："你这小家伙比我还要高傲，哼，看我以后怎么收拾你。天痕，咱们先休息一会儿吧。这两天我不停地赶路，都快累死了。"

确实，由于担心天痕的安危，这两天蓝蓝一直在拼命赶路，用出了自己的极限飞行速度。但因为她不像天痕那样会弧线飞行法，所以足足飞了两天才来到这里。

此时蓝蓝见天痕平安无事，心情顿时放松了，将娜雪收到自己脖子上，而后走到一棵大树旁坐了下来。

天痕让体长不足三十厘米的小凤龙站在自己的肩膀上，走到蓝蓝身旁坐了下来，从空间袋中取出两管高级营养液，递给蓝蓝一管，自己灌下一管。

蓝蓝接过高级营养液，毫不客气地一口喝下，微微有些喘息。她横了天痕一眼，道："你到底有没有把我当成朋友？"

天痕一愣，道："当然有，我们以前的误会不是都消除了吗？"

蓝蓝话音一变，冷冷地道："既然你当我是朋友，那你为什么还偷偷地跑出来，这样也算是拿我当朋友？如果不是塞里无意中说漏了嘴，我还不知道你偷偷离开基地了呢！要是你遇到了危险，我这个组长怎么向祝融爷爷交代呢？"

天痕张口结舌，不知该如何向蓝蓝解释，看着她灼灼的目光，他不禁苦笑道："我错了，我错了还不行吗？蓝蓝小姐，你大人有大量，就原谅我这一次吧。"

蓝蓝轻叹一声，背靠在身后的大树上，凝望着前方的绿色："天痕，你知道吗？我从小到大都没有朋友。"

天痕一愣，道："没有朋友？不会吧。你地位那么尊贵，怎么可能没有朋友呢？"

第68章
蓝蓝的故事

蓝蓝苦笑道："你以为地位尊贵就很好吗？由于外公和妈妈的原因，身边的人对我只有尊敬没有亲近。外公虽然很喜欢我，但是，他更喜欢的是我的天赋，我先天就拥有的水系异能才是他最看重的。我每次见到他，他最先询问的总是我的异能有没有进步。如果答案是否定的，他压根就不会给我好脸色看。你说，从他身上我能感受到多少亲情呢？

"我从小就没见过爸爸，是妈妈将我带大的。妈妈虽然不像外公那么繁忙，但她毕竟是圣盟的掌控者，也有很多事情要处理，所以，我和妈妈总是聚少离多。陪伴在我身边的不是妈妈的手下，就是她请来的保姆。你以为我天生就这么爱闹腾吗？不，其实我小时候是一个很安静的女孩子。或许是物极必反吧，长大后我的性格逐渐发生了转变，我到处疯玩、疯闹，或许是发泄，或许是好奇，总之，我就变成了现在这个样子。

"其实，我真的很希望能有几个可以交心的朋友，不会因为我的身份和其他因素而受到影响的朋友，但这太难了。直到来到魔幻星，与咱们小组的人相处，我才体会到什么是真正的友谊，并且感受到了以前没有感受过的温暖。夜欢姐和我住一个房间，她像大姐姐一样照顾我，对我很好。而你，也成了我的朋友。你的宽宏大度，你的勇气，都是我欣赏的。在内心深处，我已经把你当成了很重要的朋友。”

听了蓝蓝的话，天痕心中十分感动，他感觉得到，蓝蓝这番话完全是发自内心的，原来，她心中也深藏着这么多痛苦。

天痕轻叹一声，下意识地拉住蓝蓝的手，低声道：“对不起，这次是我不对。我也是一时被欲望冲昏了头脑，才做出了这个冒险的决定。我没有告诉你们，是怕你们阻止我，我一旦下定决心，就不会轻易改变。所以，我偷偷地溜了出来。现在，我已经知道自己错了。蓝蓝，你知道吗？其实，咱们在某些方面非常相似，同你一样，我以前也几乎没有朋友。不过和你不同，你是因为地位太尊贵没人敢亲近你，我却正好相反，我是因为出身太卑微，根本就没人愿意理我。或许你也知道，我出身于中霆星贫民窟。”

蓝蓝愣了一下，摇了摇头，道：“不，我不知道你出身于贫民窟啊！你、你不是从中霆综合学院出来的吗？”

天痕苦笑一声，道：“是，我是从中霆综合学院出来的，那是达蒙老师给我的机会。如果不是达蒙老师，或许我现在还身处贫民窟，过着平淡而无趣的生活。也许是受到童年在贫民窟中生活的影响，所以我才会那么渴望得到力量。你出身高贵，一定想象不到贫民窟是什么样的景象。那里只能用‘人间地狱’来形容，我指的不是物质上，而是精神上。”

蓝蓝惊讶地看着天痕，道：“你为什么这么说？贫民窟的人不都是享受政府补给的吗？他们应该都能吃饱穿暖啊！”

天痕深深地看了蓝蓝一眼，道：“你觉得一个人活在世上，只要吃饱穿暖就行了吗？如果只是这样，那人与动物有何不同？”

蓝蓝有些呆滞地看着天痕，两人的出身截然不同，她确实无法明白天痕话语中的意思。

天痕继续道：“一般人活着，都有自己生存的意义，但是，贫民窟中的人没有，他们如同行尸走肉一般，每天只能靠政府送来的最廉价的营养液维持生命，他们自己根本没有任何生存的技能。

“你能想象那样的情形吗？在那弹丸之地，一天到晚吃饱了就只想着睡，睡醒了就只想着吃，生活没有希望，心灵没有寄托。贫民窟的死亡率是很高的，百分之九十的人都是同一种死法，那就是自杀。我的童年就是在这种环境下度过的。政府给的低级营养液只够满足每个贫民最基本的生存需求，他们哪怕稍微多活动一下都会有饥饿感，那时，我怎么可能有朋友呢？”

蓝蓝轻叹道：“贫民窟竟然是这样的！等回去以后，我一定让妈妈向行政长官多提些建议，想办法改善贫民窟的条件。原来，你的童年也如此不快乐。”

天痕摇了摇头，道：“那倒不用，现在贫民窟的情况已经有了一定的改善。后来，在机缘巧合之下，我随达蒙老师进入中霆综合学院学习，其实，我很清楚自己的状况，由于出身于贫民窟，周围没有一个人看得起我。于是，我只能靠拼命学习来充实自己，说得直白一点，那时的我，就像一只饥饿的野兽，拼命吸收着学院老师教授的知识，唯恐浪费一丁点时间。

“虽然每天的学习让我非常疲倦，但那种疲倦让我很满足，学到知识的感觉是那么美妙。这种情况一直持续了整整一年，我的学习热情才逐渐下降，但即使如此，比起那些富家子弟，我也要努力得多。在中霆综合学院待了三年后，我的生活中出现了一个人，她改变了我，不怕你笑话，她就是我的初恋女友，名叫莲娜。”

听天痕提到莲娜，蓝蓝顿时来了兴趣，微笑着道：“快说说，你和你的初恋女友感情怎么样？初恋是不是很浪漫？”

天痕苦笑道：“浪漫？你觉得我一个从贫民窟出来的人能给女孩子带来

浪漫的感觉吗？后来的结局你也知道，我和莲娜分手了，正是因为我和她分手，我才去了梦幻城，在那里遇见了你。”

蓝蓝“扑哧”一笑，点头道：“对，我想起来了。”

天痕尴尬地道：“那件糗事你就别拿来取笑我了，我平时不是那样的，实在是那天受的刺激太大了。蓝蓝，以后你可千万不能再提那件事，否则我就没法做人了，要是将来我找不到老婆，你可是要负责任的。”

蓝蓝笑道：“好啦，你继续说你与莲娜的事吧，我可不是个多嘴多舌的人。”

天痕似乎回到了当初与莲娜在一起的美好时光，眼中流露出兴奋之色：“我和莲娜是在达蒙老师的介绍下相识，莲娜是达蒙老师的亲戚，或许是觉得我有些才能，她同意和我交往。我们在一起的时光十分平淡，但是，那些平淡的日子一直都留在我内心深处，我不知道那是一种什么样的感觉，只知道一想起莲娜，我的心就会不自觉地加速跳动。

“我依旧努力学习，但每天都期待着能与她见面。哪怕只是看看她，我就满足了。蓝蓝，你不要笑我。我真的很珍惜我和莲娜的感情，或许，那就是爱吧，那种平淡而长久的爱才是我所渴望的。”

蓝蓝瞪大眼睛，仿佛看怪物似的看着天痕：“天啊！难道我遇上情痴了不成？你太有意思了。快，快，继续往下说。那你们到底是因为什么而分手的呢？像你这么好的男朋友，她还嫌弃吗？”

天痕回避着蓝蓝的目光：“喂，你别这么看我好不好？什么情痴，听起来怪别扭的。我和莲娜在一起两年，那两年是我永远都无法忘记的，莲娜是我的初恋，我很珍惜她。即使她后来离开了我，我心中也没有责怪她。我一直只想着自己喜欢那种平淡的感觉，却从来没有为她着想过，她作为一个女孩子，喜欢玩喜欢接触新鲜事物，而我却把大部分时间都用在了学习上，即使陪着她，也只是散散步而已。不怕你笑话，就算我想带她出去浪漫一下，经济条件也不允许我这么做。或许，莲娜离开我是正确的选择，因为那时的我给不了她想要的幸福。我是从贫民窟出来的，说实话，我自己也明白，我内心难免会有些自卑，所以，莲娜离开我，我连死缠烂打的勇气都没有，只能独自承受痛苦，只能让时间慢慢冲淡这一切。”

即使已经过去了快两年的时间，现在天痕一想起莲娜，心中还是不禁一阵绞痛。毕竟，初恋的记忆是那么深刻。

蓝蓝看着天痕，此时的他显得那么孤单和无助，她轻声劝慰道：“过去的就让它过去吧，别再想了，现在你是圣盟的操纵者，以后一定能找到更好的伴侣。咱们圣盟内部就有很多美女，有机会我给你介绍一个。”

天痕莞尔一笑，道：“那倒不用，我自己的事还是我自己来解决吧，感情这东西，是需要缘分的。”

蓝蓝道：“你说得对，缘分到了，挡都挡不住。就像我和绿叶，虽然我们只见过一面，但我肯定他就是我今生的伴侣。我有预感，在不久的将来，我们一定还会见面。你知道我为什么来魔幻星修炼吗？最主要的原因就是我想变强大，等下次再见到绿叶时一定不让他跑掉。”

听了蓝蓝坚定的话语，天痕心中一阵苦笑，心想：绿叶就在你面前，只是你不认得罢了。在同龄人中，蓝蓝是自己见过的最美的女孩子，自己能够接受她的这份感情吗？不能，因为她喜欢的是“绿叶”啊！况且自己还有黑暗系异能，或许，同蓝蓝成为好朋友才是最好的选择。我已经有了百合，她在等我回去，我一定不能再有其他感情负担，否则，怎么对得起百合呢？

两人坐在树下，各自想着心事，四下里一片寂静。

小凤龙在天痕怀中昏昏欲睡，身上散发出淡淡的香气。难得能享受这一刻的寂静，天痕闭上眼睛，尽量让自己的心平静下来。

正在这时，天痕脑海中突然出现了一股冰冷的气流，那绝不是属于空间系异能的力量，冰冷的气流瞬间引动了丹田中的黑暗系异能，那神秘的呼唤第一次在天痕清醒的状态下出现了。比起在睡梦中和昏迷的状态下，这次的呼唤更加清晰明了，那是一个充满诱惑力的声音。

天痕吓了一跳，赶忙将宇宙气扩散到体外，控制着自己身上的黑暗气息，不使它散发出来惊动蓝蓝。他下意识地向远方看去，看向那呼唤自己的声音所处的方向。

蓝蓝似乎感觉到了什么，她看了天痕一眼，目光中流露出警惕之色，再顺着天痕的目光看去，她发现原本生机盎然的森林突然变得死气沉沉，所有的植物仿佛都失去了生命力一般，森冷而阴邪的气息弥漫开来，虽然气息是无形的，但蓝蓝心中不自觉地生出了恐惧感。

天痕意念一动，挡在蓝蓝身前，沉声道："有点儿不对劲，咱们赶快离开这里。"那神秘的呼唤让他极为不安，直觉告诉他，肯定有什么事情要发生。

蓝蓝飘身而起，两人正准备离去，异变突生。

一股淡淡的黑色气流出现，飘浮在空中，渐渐扭成一团，魔幻太阳的光芒在黑色气流出现的瞬间暗淡下来，周围都变成了一片灰色。黑色气流骤然幻化成一扇黑色之门，一个尖锐而低沉的声音在两人心中响起："来吧，来吧。"

蓝蓝只觉得神志有些模糊，下意识地朝那黑色之门迈出一步。

天痕虽然修为不如蓝蓝高，但精神力比她要强大，他感觉脑海中象征着空间系异能的白色晶体光芒大放，他一把拉住蓝蓝，沉声道："小心！"

在意念的作用下，天痕与那扇黑暗之门中间的空间开始扭曲，他感觉自己似乎触动了什么，顿时将那黑暗之门上传来的气息隔开了。

天痕不再犹豫，一把搂住蓝蓝纤细的腰，然后将小凤龙送入异空间，接着腾身而起，想尽快离开这个是非之地。在这一刻，他的速度达到了至少十五倍声速。

先前扭曲的空间破碎了，一切都被那黑暗之门吞噬。黑暗之门骤然放大，不可抵挡的强大吸力从天痕和蓝蓝背后传来，目标就是他们。

天痕拼命地想抵抗那股吸力，以他现在对空间的控制力，本应可以破开一切对空间造成影响的力量，但是，黑暗之门产生的吸力太强了，似乎门背后有一个巨大的黑暗旋涡。

天痕和蓝蓝身上分别爆发出白、蓝两色光芒，却悉数被那黑暗之门吞噬了，两人只觉得眼前一片黑暗，身体剧烈颤抖，再也看不清周围的一切。

蓝蓝毕竟是女孩子，胆子更小，她紧紧地搂住天痕，以求从他温暖的怀抱中得到一些安全感。

天痕用精神力将脑海中的白色晶体催动到极限，白色晶体不断散发出扭曲的光芒，配合着蓝蓝的水系异能保护着自己和蓝蓝。在这一片黑暗中，天痕心中反倒没有了先前的恐慌，丹田处的黑暗系异能疯狂地吸收着周围无比浓郁的黑暗系能量分子，他体内的黑暗力量不断增强。由于一直无法吸收黑暗系能量分子而旋转缓慢的黑色旋涡骤然加速，很快在天痕丹田处形成一个黑色的光团，天痕清晰地听到了来自生物电脑的提示音：“异能等级十七，宇宙气三段三级。”

只过了这么短暂的时间，他的异能就重新回到了十七级。白凤和烈龙显然已将他的空间系异能增强到了一定程度，而此时黑暗系异能疯狂提升，他的异能等级自然就提升了。虽然心中没有了恐慌，但天痕并没有得意忘形，因为他不知道在这黑暗的空间之中将会遇到什么。

由于周围充斥着黑暗气息，蓝蓝并没有感受到天痕身体的变化，她只是一边紧搂着天痕，一边拼命地释放自己的能力。她脖子上的蓝色项链发出一层蓝光，将她笼罩在内，抵挡了黑暗气息对她的侵袭。

“异能等级十八，宇宙气三段三级。”

“异能等级十九，宇宙气三段三级。”

天痕又收到了生物电脑的两次提示，他的异能竟然瞬间提升了三级。虽然提升的只是黑暗系异能，但这已经足以令他震惊了。他丹田处的黑色光团已经如同实体一般，不断散发着黑色的雾气。

他的空间系异能究竟强大到了什么程度？竟然能够配合黑暗系异能提升到如此境界。虽然身处危险之中，但天痕的心难免有些激动，毕竟，难以提升的黑暗系异能一下有了这么大的进步，他怎能不高兴呢？

这时，周围的空间突然一变。两人脚下一震，来到了另一个地方。

蓝蓝脸色苍白地伏在天痕的胸口剧烈地喘息着，黑暗气息的侵袭带给她发自内心的恐惧，让她有些无法承受。

天痕一手拍着蓝蓝的背，一手轻抚她如丝缎般的蓝色长发，低声道：“蓝蓝，放松一些，一定要冷静。”

天痕一边说着，一边放眼向四周看去，先前的黑暗之门已经消失，黑暗气息不再那么浓郁，他的黑暗系异能平静下来，他也没有再收到生物电脑的提示。他前方是一片黑色的树林，地面上的所有植物完全被黑色所覆盖。半空中悬挂着一轮明月，正是这唯一能发出明亮光芒的月亮，让他能看清周围的一切。

四周弥漫着阴森的气息，偶尔有微风吹过，带起阵阵尖啸声。通过精神力感知，天痕发现这里除了黑暗系能量分子外，没有任何其他的能量分子，此处的黑暗气息异常纯净。

此时，冰冷的气息不断刺激着他，负面情绪蠢蠢欲动，他脑海中那白色晶体的光芒变得暗淡了，仍旧平静地飘浮着，第三阶段的宇宙气发挥出强大的作用，散发着温暖的气息，护住他和蓝蓝。

在天痕温暖的怀抱中，蓝蓝渐渐平静下来，她抬起头，看到天痕关切的目光，不禁脸一红，挣扎着想从天痕怀中起身。

“别动。”天痕低声道，“这里只有黑暗气息，你的宇宙气比较弱，只有我的宇宙气才能保护咱们不受到黑暗气息的侵袭，所以，你切不可远离我身边。”

说完，他拉着她的手，不断将宇宙气输送过去。

蓝蓝有些不敢看天痕，她很清楚，现在，只有身旁的天痕能够让自己依靠了，她平复了一下心情，问道：“这里是什么地方？”

天痕苦笑道：“我也弄不清这里是什么地方，不过，如果我没猜错，这应该就是地图上标记的那个禁中之禁。只有那里，才会有如此浓郁的黑暗气息。”

刚才他就想明白了，他几乎可以肯定，这里就是封印了黑暗之神的地方，只是，他不明白那个呼唤自己的声音是什么。

蓝光一闪，娜雪自动从蓝蓝的脖子上脱离，周围的黑暗气息显然令它很不适应，它的脸色显得有些苍白，点头道：“不错，天痕说得对，这里应该就是那个禁地。黑暗之神明明被封印了，哪里来的力量抓我们进来呢？难道、难道黑暗之神已经重新拥有崛起的实力，能够突破封印了吗？”

说到这里，它的脸色更加难看了，灭世之战的阴影始终在它心中挥之不去，一想起当初那恐怖的情景……

蓝蓝惊呼道：“什么？黑暗之神要突破封印吗？如果是那样的话，恐怕整个魔幻星都会被毁灭啊！现在可没有光明之神能够对付它。”

天痕沉声道："你们冷静点，没那么容易。光明之神的实力不比黑暗之神弱，它牺牲自己的生命产生的封印力量岂是那么容易突破的？如果我没猜错，黑暗之神应该还没有突破封印的力量。况且，现在已经没有了光明之神，就算黑暗之神突破了封印，它应该也不会毁坏魔幻星，毕竟，它要是毁灭了这里，就相当于毁灭了自己，这种损人不利己的事恐怕不是统治黑暗世界的王者会做的吧？"

听了天痕的话，蓝蓝冷静了许多，她轻叹一声，道："你说得有道理，但我们为什么会被抓到这里来呢？我真是有些想不明白。难道黑暗之神对我们有什么企图吗？应该不会吧，我们在它眼里肯定不算强大，而且，我们身上也没有值得它利用的地方啊！"

天痕心中一动，真的没有值得黑暗之神利用的地方吗？或许蓝蓝没有，但拥有黑暗系异能的自己就难说了，回想起那呼唤自己的声音，他似乎明白了一些事情。

娜雪道："现在不知道我们处于禁地中的什么位置，禁地总是有边界的，我们只有用最快的速度离开这里，才是正确的选择。不行，我受不了了，蓝蓝，在这里我能帮你做的很有限。天痕说得对，只有他的宇宙气才能保护咱们不被黑暗气息侵袭。"说着，它重新化为项链，回到蓝蓝的脖子上。

天痕拉着蓝蓝的手："既来之，则安之，想离开这里绝不是件容易的事，大不了就是死，且让我们看看这黑暗之神到底想做什么吧。"

一团黑色的浓雾突然遮盖住空中那一轮明月，周围的空气瞬间变得冰冷，蓝蓝不由得打了个寒战。天痕感觉到自己的黑暗系异能在迅速吸收黑暗系能量分子，而且吸收速度很快。

"异能等级二十，宇宙气三段三级。"生物电脑又一次传来了提示。

当天痕因为异能又有所提升而兴奋时，他突然发现，蓝蓝已经脸色苍白，而且昏迷了，一层淡淡的黑色气息围绕着她的身体。

天痕顿时大惊，刚想全力催动宇宙气救蓝蓝，但是，空中的黑雾抢先一步笼罩了他的身体。他没有任何反抗之力，包括意识在内，完全陷入了黑暗之中。在昏迷前的那一刻，天痕仍旧不忘将蓝蓝搂入怀中，希望用自己的身体来保护她。

天痕逐渐从完全昏迷状态转为半昏迷状态，低沉的声音在他脑海中响起："没想到，居然还有人能明白我的心，看来，我把你们抓来是正确的选择。嘿嘿，嘿嘿嘿嘿。"

冰冷的笑声刺激着天痕，他打了个寒战，意识终于清醒了。

"你是黑暗之神吗？"天痕的声音有些颤抖。毕竟，他面对的是足以毁灭魔幻星，令魔幻星周围产生异空间风暴的黑暗霸主，他怎么可能不怕呢？

"不错，用你们人类的语言来理解，你可以这么称呼我。小子，你身体里的黑暗气息还不够纯净。我送给你的礼物怎么样，你还满意吧？"

"礼物？"天痕渐渐冷静下来，虽然周围一片黑暗，但他能清晰地感应到黑暗之神的存在，"什么礼物？"

"从你第一天来到魔幻星我就感受到了你的气息，黑暗的气息。你不觉得自己的能力提升得有点快吗？如果不是我将最纯净的黑暗气息输入你的体内，凭你这半吊子能力，哪能提升得这么快？你体内有黑暗系和空间系两种异能，虽然这两种异能并不互相排斥，但你们人类的身体承受能力是有限的。如果你还按照原来那样子修炼下去，你以为你能成大器吗？你永远只会是一个庸碌之辈。"

天痕突然想明白一件事情，既然自己的修炼情况已经完全被这黑暗之神掌握了，那他还有什么可怕的呢？它如果要杀自己，难道自己害怕就能够不死吗？既然如此，索性就豁出去吧。

想明白这些之后，天痕顿时放松了许多，反驳道："你怎么知道我一定是庸碌之辈？我的老师也拥有两种异能，他现在就非常强大。两种异能相辅相成，除了进步的速度慢一些以外，并没有什么不好的影响。"

黑暗之神一愣，道："不，那是不可能的。你的老师也同时拥有黑暗系与空间系两种异能吗？如果是的话，他最多只有相当于天级圣兽的能力。你们人类的异能等级我知道，不就是一级一级提升的吗？对比起来，天级圣兽就相当于你们人类的四十五级异能者。"

天痕傲然道："我就说你的判断是错的，我的老师将他拥有的两种异能联合起来，至少有相当于六十四级的审判者的力量。他拥有风系和空间系两种异能。"

听了这番话，黑暗之神发出了森冷而骄傲的大笑，它的笑声令天痕毛骨悚然。

"你笑什么？"天痕冷冷地道。

第69章 黑暗之神

“我笑你的无知。”黑暗之神似乎心情很好，连说话的声音都变得温柔了，“我的判断怎么会错？你们人类根本没有人比我更了解力量。同时拥有风系与空间系两种异能和同时拥有黑暗系与空间系两种异能是完全不同的概念。风只是自然界中一种普通的力量，而空间和黑暗却是完全不同的。光明、黑暗、空间，这三种力量比其他四种普通力量要强，你知道是为什么吗？那是因为，这三种力量必须同灵魂有所联系才能发挥出真正的力量。你同时拥有黑暗系与空间系两种异能，说明你的灵魂已经被一分为二，精神力根本无法集中在一种异能上。你的两种异能最多也就是能各自达到地级圣兽的级别，也就是三十级左右。再想提升，几乎是不可能的。”

天痕一呆：“不，我不信，一直以来，我的修炼都没有出现过任何问题。而且，我的两种异能可以融合在一起，从而产生更强大的力量。”

黑暗之神道：“你说的情况我感受到了，不错，你那种变异力量是很强，但由于它并不是你本身修炼得来的力量，所以根本无法维持很长时间，准确地说，那根本就不是属于你的力量。只有灵魂与异能完全结合，异能才能继续提升。你的运气确实不错，竟然能够让白凤和烈龙那两个小东西帮你搭建连接灵魂与空间系异能的桥梁，但它们不知道，这样做对你而言是弊大于利。你身体里有两种异能，一旦失去平衡，你就等着完蛋吧。本来，你体内的危机即将爆发，我将你带来这里的时候，及时提升了你的黑暗系异能，才将你体内隐藏的危机暂时化解了，难道，我这个礼送得还不够大吗？”

天痕淡淡地道：“那我倒要谢谢你了。不过，黑暗之神，你带我来这里恐怕并不只是为了帮我吧？在我的记忆中，黑暗世界的生物从来没有帮助别人的习惯。更何况，你是黑暗世界的主宰。说出你的目的吧。我是个贪生怕死的人，只要你的条件不过分，我想，我会答应你的。”

从前面的谈话中，天痕渐渐明白，这黑暗之神所说的都是事实，但黑暗之神选择帮助他肯定有什么特殊的目的，否则，黑暗之神为什么要这么做呢？

黑暗之神发出一声怪笑：“好，不愧是拥有黑暗系异能的人，你确实是我最好的选择。以前来过一个家伙，他的黑暗系异能比你强大得多，可惜，我已经没有了最佳状态时的实力，只能眼睁睁地看着他离去。这次，我终于又等到了机会。看谁还能困住我？！”

天痕吓了一跳，道：“你不是要让我带你出去吧？那是绝对不行的，我宁可被你弄死，也绝不能让你出去祸害魔幻星。”

“你小子难道忘了自己先前说过什么吗？魔幻星同样是我的家，如果我把这里毁了，那我和我的那些手下怎么办？难道让它们都陪着我一起去死吗？别以为黑暗生物就是嗜杀和嗜血的，身为黑暗世界的主宰，我有着其他圣兽所不具备的智慧。况且，你以为我还是当初的黑暗之神吗？说出来你或许不会相信，现在的我，只能算是一只中级圣兽，最多可以同拥有十级异能的人类比一比。”

天痕一呆，道：“我没听错吧？堂堂的超神级圣兽黑暗之神，竟然告诉我你只有相当于十级异能者的实力？那你还能把我弄来？”

黑暗之神的声音中充满了苦涩："你不知道啊，我虽然是堂堂的黑暗之神，但在当初与那变态的光明之神的最后一战中，那家伙为了对付我，竟然将自己无尽的生命燃烧了。我不得不承认，我没有它那样的勇气。本来我们就是同一级别的圣兽，它燃烧了生命，将我囚禁在这里，使我的力量急剧减弱到只有原本的三成左右。

"凭借魔幻太阳带给它的力量，它将我们黑暗一族完全封印在这里。你也看到先前那轮月亮了，那月亮其实就是光明之神所化的封印力量，那力量根本不是现在的我所能突破的。本来，当初被光明之神封印之时，开始我并不害怕，因为我相信，以我自身的能力，用不了多长时间就能恢复到以前的样子。但是，光明之神太卑鄙了，它这个封印竟然附带了只对我们黑暗系圣兽生效的诅咒效果。在这个诅咒的作用下，我的力量只会一天天减弱，根本无法增强，一旦我的力量完全消失，魔幻星上的黑暗世界将不复存在，我也将彻底消失。至于你感应到的强大力量，那并不是我本身的力量。

"这个黑暗禁地中充满了各种黑暗气息，为了把你们带到这里，我只能再耗费一成力量，勉强将黑暗气息逼离封印范围。虽然在这个黑暗禁地中我可以轻易地毁灭你们，但我根本没有离开这里的能力，只能一天天等死。所以，我需要你的帮助，如果你不想死，就答应我的条件，当然，我也不会亏待你。只要你和我签订主从契约，我可以帮你提升黑暗系异能，同时帮你搭建一座连接黑暗系异能与灵魂的桥梁，让你修炼起来更容易，实力也能更快地提升。"

天痕疑惑地道："主从契约？你这么便宜我？堂堂的黑暗之神竟然愿意认我为主？嗯，你也是为了生存，我能理解你现在的心情。"

黑暗之神怒道："你想得倒美，是我主你从，不是你主我从！让你当我的仆人，已经是给你的大恩惠了，等到我的力量恢复一些后，还少得了你的好处吗？小子，你别忘记，现在你的性命还被我捏在手里呢，在这黑暗禁地，我想杀死你太容易了。”

天痕淡然一笑，道：“你不用跟我说这些，你觉得我现在还会怕你吗？不错，你确实是强大的黑暗之神，但现在是你求我而不是我求你。你觉得我现在怕死吗？既然你知道我来到魔幻星之后经历的一切，那你应该也看到了在龙凤谷中发生的一切吧。我根本就不怕死，我的运气是好，但我每一次的好运气几乎都是在生死关头撞上的，我根本没什么牵挂，死就死吧。

“但你恐怕不一样，你既然舍得用自己剩余不多的力量将我弄来这里，就说明在光明之神的封印下，你已油尽灯枯。你可以杀了我，但是，能来到魔幻星的人类只有我们圣盟的人，而在这些人里，我是唯一一个拥有黑暗系异能的，你恢复力量的机会只有我。话说回来，能让黑暗之神给我陪葬，倒也值了。”

此时的天痕很平静，他说的全都是自己的心里话。

天痕并不是不怕死，他赌的是黑暗之神比自己更怕死。与黑暗之神签订主从契约，是天痕绝不可能答应的事。他倒不是怕自己以后受到奴役，他最主要的担忧是，一旦黑暗之神恢复力量，恐怕会给整个人类世界带来灾难。黑暗之神的实力到底有多强，天痕不知道，但从当初娜雪的形容来看，黑暗之神的实力肯定在圣盟的审判者之上。

天痕的意念一动，蓝蓝的身影出现在他的脑海之中。她脸色惨白，紧闭双眼，看上去分外憔悴。

黑暗之神的声音再次响起：“天痕，你不怕死，难道你希望你这个小情人死吗？如果我杀了她，我想，你一定会后悔的。”

无数黑暗气息围绕着蓝蓝的身体不断涌动，仿佛一张张巨口，随时都可能将她吞噬。

天痕身体一震，但他很快就冷静下来，淡然地道："我说过了，你别想威胁我，既然你希望我帮助你，你就要拿出一点诚意来，只有对我们双方都有利的条件我才可能答应。蓝蓝的生命确实很重要，但无法同整个魔幻星的安危相比。我想，就算是她自己，肯定也愿意为了保护魔幻星而牺牲。更何况，你可能还不知道，我同蓝蓝之间以前是有矛盾的，她的死活关我什么事？她也根本不是我的女人。我深爱的女人只有一个，不过，就算她在这里，恐怕你也不敢动她，因为，她拥有你最惧怕的光明系异能。"说着，天痕的脑海中闪过百合的面容。

"胡说，你、你怎么可能同拥有光明系异能的女人在一起？那是不可能的！"黑暗之神已经有些惊恐了。

"没什么是不可能的，黑暗系异能怎么了？光明系异能又怎么了？无论你想让我怎么帮你，我都只有一个要求，就是签订灵魂契约。你把自己的灵魂奉献给我，我就答应帮助你，怎么样？你放心，我只会让你成为我的圣兽伙伴，只要你听话，我不会对你怎么样的。"天痕得意地提出了他最希望达成的愿望，他根本不指望黑暗之神能答应这个条件，他只是觉得先把条件提得苛刻一些，之后再讨价还价就相对容易了。

天痕暗想：黑暗之神虽然强大，但它毕竟是兽，即使是超神级圣兽，也不可能拥有超越人类的智慧，这么好的机会如果自己都不努力抓住，那不是脑子有问题吗？

就在天痕有些得意之时，变化突然发生，冰冷的气流如同尖针一般刺向他，剧烈的疼痛瞬间传遍全身，令他无法忍受。

天痕始终坚守自己的信念，这是他与黑暗之神的较量，如果他屈服了，结果是可怕的；如果他坚持住，就能保住自己，也能保住蓝蓝。他想大叫，偏偏又叫不出来，他的意识渐渐变得模糊。

无声的战斗还在继续，在剧烈的疼痛中，天痕那疯狂的精神力再次出现，当初，他正是凭借这种疯狂的精神力渡过了一道又一道的难关。

不知道过了多长时间，天痕惊讶地发现，自己的意志不但没有因为那冰冷气流的攻击而减弱，反而越来越强了。他不知道的是，黑暗系异能与精神力之间的联系是最紧密的，用黑暗系异能来刺激精神力，自然会产生特殊的效果。当然，这是任何黑暗系异能者或者圣兽都不敢轻易尝试的，因为一旦失误，将丧失自己的全部意识，变为行尸走肉。而敢于这么做的天痕无疑是幸运的，因为，正如他猜测的那样，黑暗之神根本不敢杀他。

所有的疼痛瞬间消失，黑暗之神长叹一声："罢了，罢了，没想到，我最后竟然要屈服于一个人类。灵魂契约是吗？好，我答应你。我们现在就开始吧。在天地间所有黑暗力量的见证下，我，魔幻星的黑暗之神，愿意将自己的一切献给新的主人，作为衬托主人荣耀的一丝最卑微的力量，我将遵从主人的一切指示，我的灵魂将永远成为主人的附属。灵魂·奉献。"

天痕还在吃惊于黑暗之神这么轻易就答应了自己的条件，黑暗之神就已经开始吟唱灵魂奉献的咒语了。

一颗紫色的星星在天痕脑海中亮起，黑暗之神的声音变得恭敬了许多："主人，这是我的灵魂凝结成的黑暗之星，从现在开始，我将完全依附在您身上。"

天痕只觉得脑海中那颗黑暗之星画出一道优美的痕迹，下一刻他便眼前一黑，失去了意识。

不知道过了多长时间，天痕缓缓地从昏迷中清醒过来，他睁开双眼，下意识地用手摸了摸自己的头。刚才发生的那一切是那么真实，他唯恐自己被黑暗之神算计了。头没事，一切都正常，天痕凝神内视，吃惊地发现，自己丹田中的黑色旋涡消失了，取而代之的是一块黑色的晶体，晶体旁边有一颗紫色的星星，正围绕着它不停地旋转，旋转的速度并不快。

天痕惊呼出声：“啊！这一切难道都是真的？”他发现不仅体内发生了变化，而且自己现在看什么都比以前要清晰得多，虽然这个黑暗禁地中有月亮的光芒，但毕竟光线很昏暗，可是，他竟然可以清晰地看到一草一木。

“当然是真的，我的主人。”黑暗之神的声音响起，“我已经与您签订了灵魂契约，您是主，我是仆，从今以后，我将尽自己的一切努力来帮助您。您似乎还与另外一个黑暗生物签订了灵魂契约，您放心，我的存在对她没有任何影响。毕竟，她的级别比我低太多了。”

天痕简直不敢相信这一切是事实，号称黑暗世界主宰的黑暗之神，竟然同自己签订了灵魂契约，将灵魂献给了自己。他心中感觉到一丝不妥，疑惑地问道：“你不会有什么目的吧？如果是那样的话，我宁可永远不离开这里，也不会让你得逞。”

“主人，我能有什么目的？灵魂契约是不可能造假的。现在，我的灵魂已经完全臣服于您，您大可不必多想。您也知道，如果我想反抗，您通过灵魂契约随时可以将我毁灭。为了生存，我不得不依附于您。”黑暗之神的语气很平静。

天痕虽然很高兴自己能收服一只超神级圣兽作为圣兽伙伴，但他内心深处始终觉得有一丝不安。灵魂契约是真实存在的，就像当初梅丽丝带给他的感觉一样，可一切真的这么简单吗？他有些难以相信，不过，事情既然已经发生了，自己还能怎么样？反正自己已将黑暗之神的灵魂握在手中，倒也不怕它。

想到这里，天痕道：“那好，既然你已经臣服于我，今后就必须听从我的命令。蓝蓝在哪里？”

黑暗之神道：“她不就在您的身边吗？主人，您放心，我既然已与您合为一体，自然会处处为您着想。”

天痕这才发现，蓝蓝就躺在自己身边的地面上，因为先前黑暗之神给他带来的冲击太大，导致他竟然没有发现蓝蓝。

“你把她怎么样了？现在我们该如何离开这里？你被光明之神封印在这里，我们离开的时候会不会有什么麻烦？”

黑暗之神苦笑道：“当然不会有麻烦，否则，我怎么会同您签订灵魂契约呢？您应该也知道，在灵魂契约的束缚下，如果您出了事，我也好不了。为了我自己的生命着想，我也不会做出对您不利的事。至于您的朋友，过一会儿她就会清醒过来，您放心，她和她的那只次神级圣兽都被我用黑暗气息催眠了，醒过来之后，她们什么都不会记得。

“光明虽然将我封印在这里，但是，光明的封印只对灵魂起作用，现在我的灵魂已经依附在您身上，而我是没有肉体的，所以，您只需要带着您的朋友直接走出这个封印之地就可以了，朝北方走。”

天痕暗暗松了口气，至少从目前的情况来看，黑暗之神并没有对自己构成威胁。他脑海中象征着空间系异能的晶体发出力量，将留在那里的两个灵魂契约掩盖。虽然他隐隐感觉到黑暗之神将来必定会对自己不利，但只要自己的空间系异能和宇宙气的强度加起来超过黑暗系异能，再加上有灵魂契约的制约，他就不信黑暗之神能翻起大浪来。

想到这里，天痕缓缓将蓝蓝扶起，背在背上。同时，他用精神力联络生物电脑，感知现在的方位。

“异能等级二十二，宇宙气三段三级。”天痕首先得到的竟然是自己的异能等级又提升了的消息，他心中一动，向黑暗之神问道：“我的异能等级又提升了，是你干的吗？”

黑暗之神道：“我已经尽全力了，只能帮您达到这样的等级。您的黑暗系异能已经与灵魂产生了联系，今后，您再也不会因为黑暗系异能带来的任何束缚而影响修炼，就像您的空间系异能那样。白凤和烈龙帮您将空间系异能提升到二十二级左右，我也帮您将黑暗系异能提升到了二十二级。今后的修炼就要靠您自己了。毕竟，外来的力量怎么也比不上自己修炼得到的力量。

“以后，我的灵魂凝结成的黑暗之星会留在您体内代表黑暗系异能的晶体旁，与它一起吸收黑暗系能量分子。不过，您可以放心，我的吸收并不会影响您的修炼，因为，不论在什么情况下，只要有我的黑暗之星在，您吸收黑暗系能量分子的速度都会是普通黑暗系异能者的两倍以上。虽然您的异能已经达到了二十二级，但您还要多加修炼，才能真正掌控这些力量。”

二十二级，没想到自己这么容易就达到了二十二级，这种感觉实在太美妙，尤其是对于渴望力量的天痕来说。

“这个禁地既然禁锢了你和你的手下，我怎么连一只黑暗系圣兽也没看到呢？难道现在只剩下你了？”

黑暗之神有些愤怒地道：“还不是光明之神那浑蛋干的！虽然现在并不是只剩我一个，但其余的黑暗系圣兽加起来也只有可怜的十几只而已。它们至少都是次神级的，为了抵消封印带来的诅咒效果，它们现在都处于沉睡之中。如果以后您有拥有黑暗系异能的朋友需要圣兽的帮助，我倒是可以命令它们直接臣服于你的朋友。现在还是算了，我的力量太弱，不可能带它们离开这里。”

黑暗之神自然有它的打算，灵魂契约确实对它有束缚作用，但那是在它的力量不够强大的情况下。它现在最迫切需要的，就是离开这个封印之地，至于以后如何，它早已有了计划，只是实施这个计划需要漫长的时间。曾经的黑暗主宰，又岂是那么容易臣服于人类的？

天痕背上的蓝蓝发出一声低低的呻吟，天痕赶忙将她从背上放下来，轻拍她的脸，呼唤道："蓝蓝，醒醒。"他一边呼唤蓝蓝，一边用宇宙气将自己身上散发出来的冰冷的黑暗气息掩盖住，以免被蓝蓝发现。

蓝蓝缓缓睁开双眼："啊！天痕，我们没有死吗？我、我好害怕！"说着，她伸出双手搂住天痕的脖子，伏在他怀中放声痛哭。

天痕看到蓝蓝脆弱的一面，心中不禁生出一丝怜惜："都过去了，没事了。那黑暗之神似乎并没有发现咱们，先离开这里再说吧。"

连天痕自己都不会相信的谎言，蓝蓝竟然相信了，她连连点头道："快走，快走，这里的气息实在太可怕了。"

黑暗之神带着一些戏谑的声音在天痕心中响起："主人，这个女人现在很脆弱，正是您乘虚而入的好机会。"

天痕没好气地道："行了吧你，这都是你给我惹来的麻烦。"他搂着蓝蓝站起身，辨清方向，带着她飞身而起，快速朝北方飞去。

蓝蓝全身酥软，完全靠在天痕怀中，她突然感觉到，躺在这个自己以前看不起的青年怀中竟然如此安全，她使劲拽着天痕，唯恐他丢下自己似的。

提升的能力在飞行中淋漓尽致地展现出来了，天痕没有运用黑暗系异能，单是空间系异能带来的能力，已经让天痕飞行的速度比以前快了接近一倍，这种感觉是如此美妙，距离仿佛缩短了一般。

大约飞行了二十分钟，天痕突然感觉全身一震，似乎有什么东西从自己体内抽离了一般，他眼前一亮，魔幻太阳那温暖的光芒重新笼罩了他的身体。

"终于出来了。"天痕和他体内的黑暗之神同时长出一口气，围绕着黑暗系异能的紫色黑暗之星的旋转速度随之加快了。

在阳光的照射下，蓝蓝的情绪渐渐稳定下来，她抬头看向天痕，突然发现天痕变了，变得自己都有些不认识了。现在的他，比以前多了一丝邪异的气质，脸色苍白，身上有一种异样的吸引力，她下意识地问道：“天痕，你没事吧？”

天痕飘身落地，将蓝蓝放了下来：“我没事啊！怎么了？”

蓝蓝遥望了一眼那个被黑色雾气笼罩，带给她无限恐惧的黑暗禁地，道：“是不是那里的气息影响到你了？你的脸色看起来不太好。”

天痕摸了摸自己的脸，安慰蓝蓝：“没事，只是力量消耗得多了一些。你现在好点了吗？”

蓝蓝点了点头，道：“一离开那里就好多了，我现在又能感觉到水系能量分子了。天痕，谢谢你，虽然我不知道在我昏迷后发生了什么，但一定是你救了我，对不对？”此时，她已经平静了许多，自然想起了先前天痕解释中的牵强之处。

天痕心头一紧，赶忙道：“其实，那黑暗禁地并没有咱们想象的那么可怕，光明之神留下的封印已经大大削弱了那里的一切黑暗系圣兽的实力。我遇到了两只神级黑暗系圣兽，但它们的力量都不强，被我打退了。宇宙气真是好东西，如果没有它，恐怕我很难活着带你出来。”

蓝蓝恍然大悟道：“宇宙气，原来是你的宇宙气，怪不得在那黑暗禁地中你仍然能够使用异能。看来我以前小看宇宙气是错误的。娜雪现在还昏迷着呢，它似乎受到了黑暗气息的伤害，咱们赶快走吧，离这里越远越好，我的力量已经恢复，你要是累了，换我背你。”

天痕一愣，不禁觉得好笑。蓝蓝虽然有着高挑的身材，但比起自己还是要矮不少，而且她那么纤瘦，让她背自己？那不是太可笑了吗？

他摇了摇头，道：“不用，我还能坚持，咱们先飞一会儿再休息吧。”说着，他很自然地拉起蓝蓝的手，两人同时催动自己的异能，高飞而起。

或许是习惯成自然，当天痕那温暖的大手拉住自己的手时，蓝蓝竟然没有产生一丝抗拒的念头。

魔幻星上清新的空气不断帮蓝蓝消除心中的恐惧，持续飞行了一个多小时后，她的脸色终于好转了许多，有了几分血色。她偶尔会偷偷看一眼天痕，但他一直在聚精会神地向前飞。

蓝蓝心中突然产生了一个莫名其妙的念头，暗暗地将天痕同绿叶做比较，她发现，天痕除了力量比不上绿叶以外，其他地方竟然丝毫不差，更让她心惊的是，自己的心正处于一种微妙的状态中，她对绿叶的思念竟然变淡了。

（本册完）

《空速星痕 典藏版》第4册即将上市，敬请期待！
